Sword Art Online Alternative

Sword Art Online 刀劍神域外傳

Gun Gale Online

1

—特攻強襲—

時雨沢恵一
KEIICHI SIGSAWA

插畫／黑星紅白
KOUHAKU KUROBOSHI

監修／川原 礫
REKI KAWAHARA

Kadokawa Fantastic Novels

CONTENTS

Sword Art Online刀劍神域外傳

GUN GALE ONLINE

1

特攻強襲

時雨沢恵一
KEIICHI SIGSAWA

插畫／黑星紅白
KOUHAKU KUROBOSHI

監修／川原 礫
REKI KAWAHARA

Kadokawa Fantastic Novels

THE 1st SQUAD JAM FIELD MAP

第1屆特攻強襲
戰場地圖

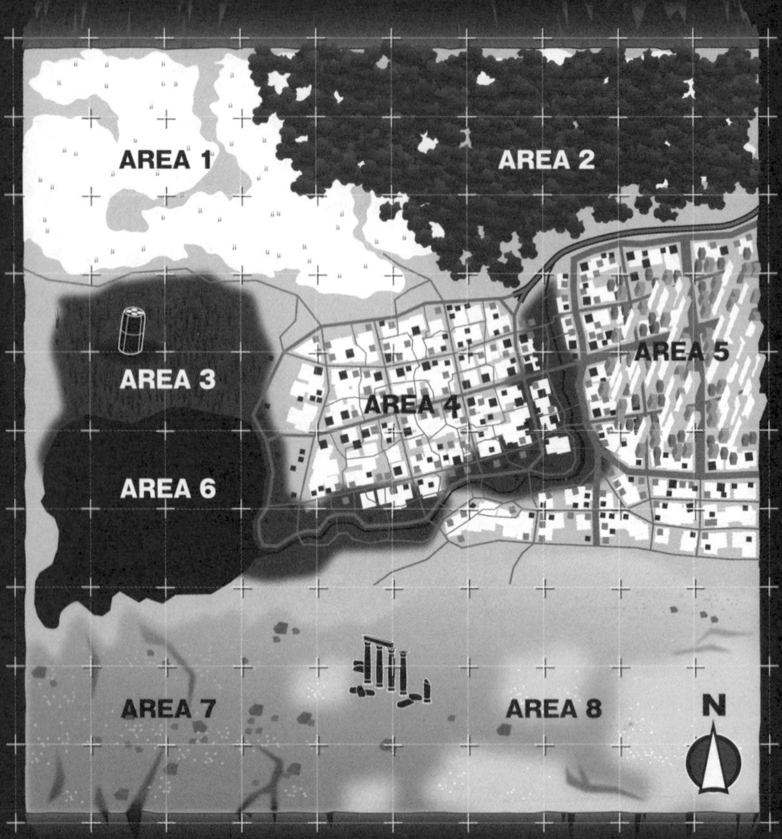

AREA 1：草　原
AREA 2：森　林
AREA 3：沼澤地、太空船殘骸
AREA 4：住宅區
AREA 5：都　市
AREA 6：湖
AREA 7：荒　野
AREA 8：沙　漠

PROLOGUE 序章

「對了，小蓮。」

「怎麼了，Pito小姐？」

「妳看了要舉行『Squad Jam（特攻強襲）』大會的電子新聞郵件了嗎？今天早上剛寄來的。」

「…………烏賊的……果醬？」

「嗚哇！別讓我想像那麼奇怪的東西！」

「可是妳剛才不就提到……鹽漬烏賊嗎？」

「哎……這個嘛，聽起來可能很像啦。」

「我很喜歡喔！拿來配熱騰騰的米飯！」

「我喜歡當成下酒菜。說起來我比較喜歡酒盜（註：指鹽漬魚內臟）。」

「酒盜確實很棒！真的會讓人想把它偷走呢！」

「我說啊……沒記錯的話，妳在現實世界應該未成年吧？」

「我當然沒有喝酒嘍。但我很喜歡下酒菜。爸爸和哥哥他們喝酒的時候，我們家一定會有這種下酒菜。」

「原來如此……妳有好幾個哥哥嗎？小蓮又透露真實世界的情報了。」

「啊……」

「嗯，我是不會怎麼樣啦，不過對話時還是要小心。尤其是像我們這樣的女孩子。因為有不少傢伙會死命蒐集詳細的情報，有時候還會從妳身上套話，最後利用網路搜尋來找出妳真正的身分。」

「我會注意的……謝謝您。」

「妳看，又這麼客氣了！不用這樣！在『這個世界』是人人平等！全是平輩！都是朋友！給我用普通的口氣說話！」

「了解了！Pito小姐！」

「很好。等等——原本是在說大會的話題吧！為什麼要兩個女生聊鹽漬烏賊啊，太可悲了吧？而且還是在虛擬世界的網路遊戲裡面！」

「說得也是。」

「還是在沙漠裡抱著槍。」

「真的很不可思議呢。」

在滿是岩石與黃沙的沙漠當中，有兩名女性。

那裡是幾乎看不見太陽，天空全被暗沉黃色雲朵覆蓋的世界。由於沒有風，所以雲朵不會移動，但是遠方有發出鈍重亮光與恐怖低吼聲的雷擊。

大地上只有茶色沙子、快變成沙子的大小石頭，以及形成這些石頭的岩塊。遠方勉強能看見一些斜向羅列，已經變成廢墟的高樓大廈。

在這個只適合以「殺伐」來形容的地點，兩個人把腳放在身前，並排坐在一塊汽車大的岩石遮蔽處底下。

「那麼……那個『Squ——什麼的』，究竟是？」

「問得好！」

「等一下，這本來就是Pito小姐提起的吧。」

「是嗎～？我不記得了～」

「唉，Pito小姐在真實世界是個老婆婆嗎？」

「啊！糟糕！」

兩人就像待在週末的複合式餐廳裡一樣吵雜地談笑著。不過在這裡就算對話的聲音再怎麼大，也沒有人會責怪她們。

兩人當中的其中一個人開口表示：

「哎呀，我也沒有特別隱瞞，不對——應該說雖然沒有透露真實年齡，但我沒有那麼老喔。當然不像小蓮是細皮嫩肉的未成年少女啦！」

「Pito小姐……現在已經沒人用『細皮嫩肉』這種形容詞了吧?至少在大學裡沒聽見有人用過。」

「抓到了,小蓮目前是大學生!我之前就這麼想了,果然是這樣!又了解一項事實了!」

「糟糕了啊啊啊啊啊!」

從剛才就被稱為「小蓮」的女孩子,已經不能說是女性或是少女,根本只是個小孩子。

還是一個全身粉紅色的小孩子。

雖然說是粉紅色,但並不是那種可愛的「桃紅」,是為了降低明亮度而混雜了茶色的暗沉粉紅。

除了未滿一五〇公分的身高外,還有一副瘦削的身體。圓滾滾的臉上並排著兩顆大眼睛,讓她的外表看起來更加稚嫩。

頭髮是較濃的茶色,髮型則是帶著男孩子氣的短髮。頭上還戴著一頂針織帽。

至於粉紅色說的是她身上的服裝。上下半身都是常見的戰鬥服,也就是類似工作褲的褲子以及長袖的軍服。大腿左右裝備了細長的彈藥袋,腳上則穿了一雙繫帶短靴。

「真的要多加注意才行~不然會一直被我挖出情報喔。」

「誰叫Pito小姐這麼會套人的話!妳這個詐欺師!」

「還好啦。」

「咦？我不是在稱讚妳耶。」

「原來如此，現在才要開始稱讚嗎？」

「嗯，也沒有這種打算喔。」

「咦～我是那種『越誇越能成長』的類型耶。」

「Pito小姐，這不是自己應該說的話喲？」

兩人當中的另一個人，從剛才起就被稱為「Pito小姐」的，是一名全身黑的女性。年齡看起來大多了的她，大概將近三十歲吧。

她有著褐色肌膚，細長且尖銳的臉龐。雖然是美女，但是從兩側臉頰朝脖子延伸的磚紅色幾何圖形刺青，卻散發出一股難以靠近的氣氛。

女性的身高相當高，應該超過一七五公分吧。黑髮在相當高的位置隨便綁成了馬尾。服裝是看起來幾乎像黑色的深藍連身衣褲。

由於相當緊身，所以身體的線條是一覽無疑，立刻能發現她的身上沒有任何女性性徵的隆起。這樣銳利的身形，看起來簡直就像是肌肉標本，如果說她不是人類而是人造人的話，所有人應該都願意相信吧。

女性腳上穿著黑色靴子。腰間繫了一條軍用的裝備腰帶，側腹部到背後還裝備著細長的彈藥袋。

而兩個人手裡都拿著「某樣東西」。

也就是槍械。

粉紅色少女抱在懷裡的是比利時ＦＮ HERSTAL（ＦＮ）公司所製造的「Ｐ９０」。長約50公分。像是把長方形箱子一部分刨空後裝上握把一般，看起來實在不太像槍械的異形武器。可以看得見裡頭整排子彈的半透明塑膠製彈匣，就像是整隻插入般著裝於槍枝上方。彈匣的容量多達50發。除了機關槍之外，它算是容量最大的彈匣之一。

Ｐ９０也跟服裝一樣被塗成暗粉紅色。加上它怪異的形狀，乍看之下就跟玩具沒有兩樣。身材嬌小的她這麼抱住，看起來甚至像小孩子收到包著華麗包裝紙的聖誕禮物。

另一名黑衣美女所坐的側邊，則有一把突擊步槍——也就是軍用自動步槍靠著石頭立著。

那是世界上最有名的槍械之一，俄羅斯製的「ＡＫ－４７」。裝置了可以發射30發7.62×39毫米子彈的弧形彈匣。

「那不重要啦，總之稱讚別人是受異性歡迎的基本技能喔，小蓮。」

「我……我又不需要受到異性歡迎！」

「咦～妳不想交女朋友嗎？」

「不需要。因為我是女生啊。」

「對方是男是女這種小事就不用太在意了～」

「我認為這是最重要的部分耶。」

當黑色美女與粉紅少女似乎要永無止盡地持續吵雜的閒聊時——

這個世界傳出了沉悶的爆炸聲。

感覺大地搖晃的同時……

「上鉤了！」「上鉤了！」

兩個人就停止閒聊，同時大叫同樣的話並迅速起身。黑衣美女抓起AK－47，粉紅色少女則放開懷裡的P90……

「幹掉它吧！」「幹掉它吧！」

再次異口同聲的兩個人，看似很高興地丟出恐怖的發言後，就分別從躲著的遮蔽處左右兩側衝出去。

距離50公尺外的沙地平原上，設置在地面下的炸彈爆炸後揚起的沙塵，此時正默默回歸平靜。由於沒有風，所以視野緩緩變得清晰。

在這樣的情況當中，觸動陷阱的對手——寬40公分，全長5公尺的巨大蚯蚓怪物全身有數個地方發出紅光，然後像在拍打大地般痛苦地蠕動著。

「我來負責援護！把所有子彈轟進去吧！」

跑過10公尺距離的黑衣美女丟出這樣的指示並停下腳步，然後把AK－47抵在右肩擺出射擊姿勢。

「了解了！」

粉紅色少女一口氣提升奔跑的速度。

AK－47發出怒吼。槍聲讓空氣產生震動。

在具節奏感的半自動射擊下發射出去的7.62×39毫米子彈，全都轟進狂暴蠕動的巨大蚯蚓怪身體裡。

由槍枝右側彈出來的暗綠色空彈殼，落在沙子上後輕輕彈跳起來──接著變成小小的光粒爆開，消失在這個世界裡。

飛逝的子彈旁邊，一道人影以不輸給它們的速度疾驅……

「呀──！」

將P90架在右肩且身體前傾的少女，嬌小的身體整個衝了過去。然後以全自動模式發射子彈。

擂鼓聲般的連續槍響，加入了AK－47彈奏出的節奏當中。

P90的槍口飛出5.7×28毫米子彈，不斷在巨大蚯蚓身體上轟出洞來。金色嬌小的空彈殼宛如瀑布般流洩到槍械下方。

全身遭子彈擊中的巨大蚯蚓，宛如頭部裂成一半般張開嘴巴。然後發出恐怖的咆哮聲。

「尾巴攻擊來嘍！」

黑衣美女停止AK－47的攻擊並這麼大叫。

「了解了！」

粉紅少女雖然大叫著這麼回答，卻還是往前衝了過去。左手放開P90後，就朝左腿的彈藥袋伸去，從那裡抓出裝在裡面的新彈匣。

巨大蚯蚓大大扭曲身體，像鞭子一樣對靠近的少女揮出尾巴。

「喝！」

粉紅色少女雙腳帶著沙塵躍起。輕鬆地跳出將近2公尺的高度。

粉紅少女就在巨大蚯蚓尾巴掃過的上空更換彈匣。她毫不戀眷地捨棄還剩下8發的彈匣，以機械般的快速動作將新彈匣敲進槍身。

「呀！」

在她輕鬆降落在沙地上的同時，也朝著自己腳下的巨大蚯蚓左右揮動P90的槍口，像以掃帚掃地般毫不容情地自動連射子彈。

三秒鐘後，身體上滿是洞穴且噴出紅光的蚯蚓怪物——

變成纖細的光芒碎片，消失得無影無蹤。

「那個，剛才伏擊的時候……提到什麼話題了？」

黑衣美女如此詢問。粉紅色少女則以受不了的表情回答：

「什麼烏賊做啥的大會之類的吧？Pito小姐自己提的還馬上就忘記了。」

在濃稠且噁心蠢動著的天空下，兩人各自用肩帶把槍揹上肩膀，悠閒地走在沙漠當中。如果無視充滿殺伐之氣的環境與她們手裡恐怖的武器，看起來簡直就像母女在散步一樣。

「對了對了。不過我還記得小蓮有幾個哥哥，然後還是個女大學生喲。」

「嗯，把這些事忘掉吧。那麼——烏賊究竟是？」

粉紅少女持續沙漠中的散步並這麼問道。

「烏賊是Squid。但剛才說的是——Squad。妳知道是什麼嗎？小蓮是理組的？什麼學系？」

「咦？我是……哎呀，這不重要吧。」

「哦，沒有被我騙到。學乖了嘛。大姊姊我很高興喲。」

「先別管這個了，Squad的意思是？」

「英文的『班』或者『分隊』的意思。以軍隊來說，不是有中隊和小隊這種小規模的人數區分嗎？分隊就是最小單位。大概是十個人左右吧。」

「這樣啊……那Jam呢？」

「J、A、M雖然也有塗在麵包上的果醬之意，但原本是『擠滿』的意思喔。Traffic jam是交通阻塞之意，這麼說妳應該就清楚了吧。」

「嗯，我知道。和槍枝發生故障，造成空彈殼或子彈卡住的Jam一樣對吧？」

「沒錯。原來我應該先舉這個例子。」

「這樣的話……就是『分隊全混在一起』？」

「就是這樣。也就是說——」

「也就是說？」

「Squad Jam呢，是這款『Gun Gale Online』裡『組成少數小隊進行大混戰』的大會喲。」

SECT.1　第一章　香蓮的憂鬱

小比類卷香蓮回歸現實世界時——

掛在牆壁上的薄型數位電波時鐘正顯示著二〇二六年一月十八日，星期天，十七點四十九分這樣的時間。

這裡是沒有其他人的某個公寓單位。除了六張榻榻米大小的寢室外，橫移式房門外是十張榻榻米大小的客廳，整體來說算是相當寬敞的單位。窗外因為太陽已經下山而一片黑暗，吊在天上板上的ＬＥＤ燈點著微亮的常夜燈。

壁紙全是相當沉穩的白色。客廳地板上鋪了毛很長的奶油色絨毯，中央放著一張大矮桌與座墊。房間角落可以見到一面大全身鏡。

牆壁上的書架整齊地按照科目排列著教科書與參考書。由整理地井然有序的環境，就可窺看出房間主人的性格。

橫移式房門被打開而與客廳一體化的寢室裡，放置了一張木製矮床。寬敞的衣櫥則擺設在窗戶對面的牆壁前方。

香蓮從床鋪撐起上半身。把戴在頭上那個遮住眼睛，把五感全帶進遊戲世界裡的機器——

「AmuSphere」拿下來後，就小心翼翼地把它放在枕頭右側。

穿著淡黃色睡衣的香蓮從床的左側放下雙腳，將左手往牆邊伸去。該處的掃描器感應到她的手後，房間的電燈隨即慢慢亮了起來。

為了讓眼睛習慣亮光而等了五秒鐘左右，香蓮就緩緩站起身子。光著腳啪噠啪噠走了兩步，從寢室移動到客廳。全身鏡旁邊的衣架上，掛著一件「並非衣服」的東西。

香蓮拿起該樣物體，然後面對全身鏡。

「………」

她看著一臉不高興的自己。

看著有一頭黑色長髮，身高一八三公分的高大女性。

看著讓手上拿著的黑色塑膠製空氣槍——到剛才都還抱在她胸口的P90變得非常嬌小的自己。

香蓮的嘴緩緩動了起來：

「Squad Jam……怎麼辦？小隊的對人戰鬥嗎……實在沒什麼意願耶……」

*　*　*

小比類卷香蓮是在富裕的環境中長大。

青森縣出身的雙親，移居北海道後在該處經商並獲得成功。而且老天爺相當眷顧，讓他們平安生下兩男兩女，而數年後的二〇〇六年四月二十日，么女香蓮也出生在這個家中。

生長在北方大地的富裕家庭，被雙親以及年紀差相當多的四名兄姊當成掌上明珠般呵護下長大的香蓮——身高卻有些發育過頭了。

小學三年級左右就開始成長的身高，到了畢業時已經超過一七〇公分。雖然祈禱不要繼續長高了，但是神明卻像是完全沒有聽見香蓮的願望。

結果國中時期也持續成長的身高，到了十九歲的現在已經是一八三公分。國外的話應該有許多這種身高的女性吧。但這裡是日本。

兄姊與親近的友人因為都了解香蓮的心情，所以絕口不提身高的事情，但一般社會大眾就沒有那麼善良了。

不論是國中還是高中時期，總是不斷遭到不想參加的運動社團無謂的招募。那些只因為身材合適而不尊重本人意願的招募，讓香蓮感到非常困擾。

走在路上也經常被揶揄是「大隻女」，甚至還有很多傢伙說壞話時都故意讓她聽見。

但這件事情不論她再怎麼感嘆、悲傷也沒辦法改變了。

從思春期開始的身高自卑感，改變了她內在的性格。幼年時期天真爛漫，有著標準爽朗性格，有時甚至會被誤認為男孩子的香蓮，變得只與熟識的人交談，而且只沉溺於讀書與音樂欣

賞當中，個性完全變成內向。

雖然為了增加一點女孩子氣息而把黑髮留長，但這樣根本無法改變什麼，而且錯失了剪短的時機，只造成每天早上要整理的困擾。

高大的身材也讓她能穿的衣服受到限制。

香蓮放棄所有帶著女孩氣息的服飾，選擇了較為輕鬆、簡單的服裝。

一年前，香蓮高中畢業之後就來到東京。原本應該就近就讀老家附近的大學，但她竟然在不抱希望的情況下，考取了日本屈指可數的貴族女校。她的父母親感到相當高興，於是在最年長的姊姊夫婦所居住的東京都內高級公寓裡幫她租了一個單位。

從二〇二五年的四月開始，感覺應該會有一些改變的香蓮開始了在東京的獨居生活。

結果開始在名門女子大學上課的香蓮，果然還是面臨了讓人高興不起來的現實。

到了這個年紀，當然也沒有明顯揶揄她身高的同學了——但是香蓮實在不適合什麼打扮啦、社團啦約會啦等等歌頌青春的「一般女大學生生活」。

而且這所大學大部分的學生都是從國中或者高中一路直升上來。結果也無法像期待的那樣交到知心好友。當然，受阻於內向的性格，無法主動找人攀談的香蓮也是造成這種狀況的原因之一。

香蓮就過著確實到學校上課，一個人吃完午餐，休息時間一直戴著耳機，然後回到公寓過著獨居生活的每一天。

與其他人的交流僅限於家人與老家的朋友。能夠放心談笑的，大概就只有時常叫她過去一起吃晚餐的姊姊夫妻與姪子而已。至於打工則遭到父母親的禁止。但他們也因此而給她幾乎用不完的零用錢。

不增加一些社交性的話，可能連怎麼跟人相處的方法都要忘了──

帶有這種顧慮的香蓮，在放暑假回鄉省親，利用網路茫然看著新聞時，注意力就被其中一則新聞吸引住了。

它的標題是這樣的──「Virtual Reality（ＶＲ）網路遊戲，由復活進入興盛。人類享受另一種人生的欲望之火無法熄滅」。

頭上戴著特殊器具，藉由大腦與電流訊號交流來獲得感覺，讓人的五感有身歷其境的體驗──這就是ＶＲ技術。

使用這種完全潛行技術，多數人能夠透過網路一起參加的遊戲就是ＶＲ遊戲。

香蓮也知道這種遊戲的存在。

其實應該沒有人不知道才對。因為三年前的二〇二二年，香蓮還是高中一年級時的十一月，發生了不只是日本，甚至是全世界都為之撼動的大事件。

「Sword Art Online刀劍神域」──簡稱ＳＡＯ。

冠上這個名稱的世界上第一款ＶＲＭＭＯＲＰＧ（大規模多人數同時參加型線上角色扮演遊戲）——

因為一名天才開發者的惡意，變成了恐怖的牢籠。

開始正式營運當天登入的一萬名玩家，全被關進那個ＶＲ世界裡。

他們無法依自己的意願離開遊戲。

而且還不只是這樣。角色在遊戲內死亡，或是在現實世界的某人把玩家戴在頭上的機械硬拔下來的話，玩家的腦也會被燒焦而真的喪牛，他們全都被迫參加名符其實的「死亡遊戲」。

事件發生後新聞每天都大幅報導，而時間就在找不出解決辦法的情況下慢慢過去。最後變成每當有新的死者出現，就只會出現類似報告般的新聞。

到頭來，除了身邊重要的人被關在裡面的受害者之外，人們都慢慢地忘記這件事情。

兩年後的二〇二四年十一月，當香蓮正因為準備學測而死命用功時，ＳＡＯ再次躍上新聞版面。這次是被關在死亡遊戲裡的人獲得解放的好消息。

但是，最後有多達四千名玩家喪命，ＳＡＯ也成為「世界上殺了最多人的遊戲」，在歷史上留下了燦爛的紀錄。

這麼危險的遊戲乾脆消失算了，結果這麼想的只有不喜歡ＶＲ遊戲的人而已。在人們依然被囚禁在遊戲裡時，就已經有標榜「這次絕對安全」的遊戲機發售，同時發表了新的遊戲。

當時的報導內容是這樣寫的：

「二〇二五年夏天的現在，ＶＲ遊戲的數量依然持續增加當中。遊戲人口當然也急速上升，受到歡迎的程度就像大家都遺忘不久前的過去曾發生過那麼恐怖的事件一樣。

能以五感享受的遊戲帶來了前所未見的假想現實，簡單就能入手的『另一個人生』，真的能給那個人帶來人格的成長與真正的幸福嗎？想以五感來感受世界，只要捨棄電腦親自走到戶外不就可以了嗎？就像過去的小孩子都元氣十足地在山野裡遊戲一樣。

無法感受真正痛楚，習慣虛構世界的年輕人，最後是不是有可能引起連大人都難以想像的犯罪呢？這還需要社會大眾冷靜的議論。」

當然，這是充滿記者偏見與厭惡感，打從正面批評ＶＲ遊戲的新聞，但是……

「『另一個自己』……」

卻給了香蓮完全相反的衝擊。

香蓮頓時有了這樣的想法。

在遊戲中變成另一個自己的話，或許就能稍微積極地與其他人交流了吧。這樣或許跟在現實世界裡的復健有同樣的效果。

於是香蓮開始從頭調查至今為止完全沒有興趣的ＶＲ遊戲。知道少數幾名老家的朋友之一曾經實際玩過，她便和對方見面並提出問題。

而名叫美優的朋友……

「怎麼現在才問！能增加遊戲伙伴真的很令人開心耶！」

則這麼回答並露出又驚又喜的表情，接著又告訴香蓮許多知識。

香蓮因此得知目前的VR遊戲，至少絕對沒有像SAO那樣的危險性了。於是她便下定決心玩玩看。

既然有了這樣的決定，當然就要「打鐵趁熱」，但老家年邁的雙親不可能允許自己這麼做，所以香蓮便提早結束省親回到東京。

她從羽田機場直奔家電量販店，入手了絕對需要的器材。

首先是類似銀色巨大護目鏡的AmuSphere。

這台機器能夠阻斷所有獲得的感覺，把虛構的感覺送進大腦裡。

也就表示啟動時使用者就像是昏厥了一樣，但AmuSphere設置了許多安全裝置。

雖然阻斷了實際的感覺，但還是監看著肉體。它被設定為一旦察覺使用者的心跳次數極端上升、呼吸停止過長的時間、產生頭痛或者腹痛等身體不適時，就會立刻自動關機，而且這是無法解除的機能。

另外它也跟入侵警報與火災警報器等居家安全設備、緊急地震特報與海嘯警報等防災警報互相連結，擁有只要發生事故就讓使用者回歸現實世界的機能。

此外香蓮也購買了遊戲。

她在為數眾多的VR遊戲中選擇的是美優也正在玩的「ALfheim Online」——簡稱ALO。

那是一個奇幻的世界，玩家們將變身為長著翅膀的精靈在裡面冒險。

「小比妳一定也會喜歡喲！和異種族之間的殘殺雖然有點血腥，但也不是一定得戰鬥才行。只是在美麗的世界裡飛行然後大家聊聊天，真的很有趣喔！」

正如美優所說的，出現在參考畫面上那個有著翠綠森林與湛藍天空、水源的炫目美麗世界，確實讓香蓮提升了許多期待感。

光是畫面就如此美麗的話，「身處其中」將會是多麼舒服的一件事啊。另外能夠親身在空中飛行也令人雀躍不已。

一邊在電話裡接受美優的指導，一邊完成筆電與AmuSphere的設定後，香蓮終於挑戰了人生首次的完全潛行。

由於認為還是舒適的環境比較好，所以香蓮特別換上了睡衣，拉上窗簾讓室內變暗，還按下了冷氣的開關。

接著把連結在筆電上的AmuSphere戴到頭上，在床上躺下後閉起眼睛。

「開始連線！」

最後以聲音發出命令——

香蓮的所有意識立刻就被帶到另一個世界去了。

才剛覺得像睡著了一樣身體失去所有感覺時，不知不覺間自己就站在黑暗的空間當中，正接受著語音導覽。

明明知道不是現實，但自己的意識卻非常清晰。那簡直就像是能夠按照自己意識來行動的「清醒夢」（了解「自己正在作夢」的夢）。

香蓮一邊讓因為期待而快速跳動的心臟冷靜下來，一邊遵從流出的語音導覽，利用浮在空中的鍵盤將必須的項目輸入進去。

她稍微更動本名，把角色的名字設定為「蓮」，為了不讓拼音與其他人的角色重疊，特別全用大寫並且把子音重疊起來標示成「ＬＬＥＮＮ」。

遊戲中有九種可供選擇的精靈種族，由於想與美優同一種族，所以選擇了「風精靈族」。因為是設定為從各個種族的領地開始遊戲，因此應該馬上就能與美優碰面才對。

輸入所有資料後，香蓮就以蓮的身分來到ＡＬＯ的世界——

「為……為什麼！」

她隨即感到強烈的絕望。

「抱歉！我完全忘記小比有身高的煩惱了……」

電話另一頭的美優雖然如此道歉了，但完全由亂數生成的「虛擬角色」——也就是遊戲內的分身是身高比同種族其他角色還要高大的美女跟她一點關係都沒有。

而在鏡子裡看見自己模樣的蓮因為大受打擊而心跳加速，結果觸動AmuSphere的安全裝置，在開始遊戲二十秒左右就被強制登出遊戲當然也與美優無關。

「哎呀……雖然有點晚了，但也有很多身材嬌小的種族喔……像是貓妖之類的……要不要重新生成角色？不過得多付一筆錢就是了……」

香蓮拒絕了美優的提議。

這不是錢的問題。

雖說是亂數生成，但身高造成的打擊已經讓她討厭起ALO這款遊戲了。

雖然想玩玩看VR遊戲，但再也不打算回到ALO去了。把這件事隨著道歉告訴了教導自己許多知識的美優後……

「這樣啊……雖然有點可惜，但也沒辦法了。嗯，我覺得小比這種頑固的個性也是一種優點喲。」

認識已久的她這麼說完，就又提出另一個代替方案。

「小比啊，妳知道角色的『轉移』嗎？」

也就是把剛才製作出來的蓮這個角色「搬家」到其他的ＶＲ遊戲去。

目前大多數的ＶＲ遊戲，系統根幹都是來自於被稱為「The Seed」的程式套件。因此同一個ＩＤ之下的角色可以轉移到其他遊戲。

這個時候，鍛鍊出來的角色也會繼承相對的強度。

比如在某個遊戲裡鍛鍊了筋力的角色經過轉移後，也能夠以筋力強大的角色在新遊戲當中起步。

雖然原本的角色就會消滅，持有的道具與金錢也無法轉移——但這些都和現在的香蓮無關。不會浪費好不容易開設的ＩＤ就是這個制度的優點。

這樣的話，似乎就可以找到自己希望的虛擬角色了。

「雖然變成其他遊戲了，但有任何不懂的地方都可以問我！然後如果我買到神崎艾莎的演唱會門票就會到東京去，那時候要讓我借住妳家喔！」

美優除了這麼表示，最後還確實地約定好將來的報酬，接著就送香蓮離開自己的遊戲了。

而香蓮接下來就用這個ＩＤ連接到各個ＶＲ遊戲裡，不斷轉移自己的角色。

只不過，每次轉移都得購買該款遊戲軟體，所以她便選擇了一開始有試玩期間，也就是免費的遊戲。

她完全不挑選遊戲的種類。

ＶＲ遊戲的類型可以說讓人眼花撩亂。

像是駕駛汽車的賽車遊戲、駕駛飛機進行空戰的飛行模擬遊戲、在宇宙旅行的科幻冒險遊戲、在虛擬世界體驗各種運動的遊戲、享受和美女或美少女戀愛的遊戲。當中甚至還有「過著一般生活」的遊戲。

試著敲開幾種ＶＲ遊戲大門的香蓮，只要對生成的虛擬角色有一點不滿意，就馬上開設其他遊戲的帳號。

這樣的執著心雖然讓如此提議的美優也覺得受不了，但她也沒有多加批評。

幾天之後，蓮她……

「找到了！」

在某款ＶＲ遊戲的開始地點這麼大叫。其實那已經算是嘶吼了。

那個有著不正常黃昏時節般怪異顏色的天空，以及金屬外牆的超級高樓大廈雜亂林立的異樣世界裡，香蓮映照在鏡子當中的模樣是……

「啊……找到了！我找到了！」

那是穿著綠色戰鬥服，身高應該未滿一五〇公分的……

「我找到了！」

一名極為嬌小的少女。

就這樣，蓮決定置身其中的遊戲名稱是——

「Gun Gale Online」。

正如「槍」與「疾風」之名所顯示，玩家們將在荒廢的世界裡毫無顧忌地互相射擊——

那是一個槍的世界。

＊　＊　＊

二〇二五年十一月。

開始遊戲後已經過了三個月以上。冬天的腳步也來到東京了。

興趣不多、在東京沒有朋友、沒有參加社團也被禁止打工的香蓮，即使每天都確實到大學上課，並完成預習與複習——依然有大量玩遊戲的時間。

平日玩幾小時，假日玩幾小時，考試前減少時數。嚴謹的個性讓香蓮仔細地訂出這樣的潛行時間，而她也就持續玩著Gun Gale Online——簡稱ＧＧＯ的這款遊戲了。

ＶＲ遊戲正如美優所說的，是「製作得相當完美的假想空間」。

在能完全使用五感來體驗外在的層面上雖然與現實世界沒有兩樣，但假想空間依然是假想空間。在能獲得的情報量方面絕對比不上現實世界，馬上就能了解「自己身在哪一邊」。

反過來說，就是沒必要煩惱「哪一邊才是現實」——

所以香蓮認為在某種層面來看，它或許可以說是相當優秀的成品。

ＧＧＯ的舞台是因為最後大戰而荒廢，連美麗的「美」都扯不上邊的地球。

天空是似晴似陰，也分辨不出是早上還是下午，只是有著洗完黃色與紅色顏料的洗筆筒一般混亂的夕陽顏色。

大地上的綠地極端稀少，到處都充滿沙漠、荒野與廢墟，可以說是和ＡＬＯ完全相反的世界。

玩家們扮演的是搭乘太空船回到這種世界來的人類。

在充滿殺伐之氣的世界裡，狩獵到處肆虐的噁心怪物或者襲擊人類的瘋狂機械。有時候會出現玩家之間毫不留情地互相殘殺。這就是ＧＧＯ。

如果不是這個虛擬角色，香蓮她絕對不會玩ＧＧＯ吧。

使用的武器是正如遊戲名稱所表示的槍械。

ＧＧＯ裡的槍械可分為兩大類。

一種是「光學槍」。

粒子槍、雷射槍、光束步槍、光線槍──雖然有各種稱呼方式但構造都相同。它們有著宛如科幻世界的虛構外觀與名稱，發射的不是子彈而是能源光線。

包含能源彈匣在內都相當小型且輕量，射程長命中率也高算是它的優點。但同時也有每一發造成的傷害不高，而且在對人戰鬥時會被名為「對光彈防護罩」的道具抵擋下來的缺點。

這種槍械的設計都帶有科幻味道，有著由直線組合起來的形狀。在設定上，這些科幻槍械是「在太空船裡使用的武器」。

另一種是「實彈槍」。

這種槍械在設定上是「實物或者設計圖還殘留在荒涼的地球上」。遊戲公司在獲得軍火製造商的許可後，完全重現了真正的槍械。

隨著猛烈槍聲發射出來的，是帶有質量的子彈。當然因為是在遊戲當中，所以只是「看起來像這樣」而已。

它的優點是每一發子彈的威力都相當大，無法用防護罩來抵抗。缺點是彈道容易受到風吹等外力因素影響，而且彈匣也有相當的重量。

於是就有對怪物戰使用光學槍，對人戰使用實彈槍這樣的準則出現。

只不過在槍械迷眾多的ＧＧＯ裡，也有像是要表示「沒效率又如何！」的玩家在對怪物戰裡也只使用實彈槍。比如說Pitohui就是這樣的人。

蓮雖然幸運地抽中了小不點角色，但是——

未滿一五〇公分的角色在這個世界裡是相當稀有的存在。

不論是玩家角色，還是由電腦操縱的Non Player Character（ＮＰＣ），在這個滿是彪型大漢的世界當中，可以說是再顯眼不過了。

當蓮走在高樓大廈當中充滿刺眼霓虹燈的科幻世界城鎮時……

「嗚哇！好小！」

「那是什麼……？女孩子？男孩子？」

「你看到剛才那個人了嗎？那是小孩子吧……」

「喂，太可愛了吧。」

「好嬌小喔。原來還有那樣的虛擬角色。」

「ＮＰＣ嗎？」

每個人口中都會低聲討論蓮的外表。

每次聽到這些聲音，她都會無法壓抑露出笑容的衝動，但因為被看見這種模樣很不好意思，所以就用頭巾把鼻子以下的部分遮起來。

雖然光是享受虛擬小不點就相當有趣了，但個性一板一眼的蓮覺得既然都開始玩這款遊戲了，還是應該試著戰鬥看看。何況又小又強的話不是很帥氣嗎？

遊戲裡大概都會有被稱為特別指導的新手用講習。

GGO的話，是有一名NPC的魔鬼教官會教授玩家槍械射擊方式、戰鬥時的躲藏方法、各種怪物的外表與弱點以及發現方式等所有知識。

雖然過去美優曾經說：

「特別指導根本不用參加啦！那只是在浪費時間而已！問一下同伴自然就會記住了！就是所謂的現場主義！以英文來說就是On the job training啦！」

但香蓮還是比較適合自己一個人默默接受講習，何況她根本沒有任何同伴。

於是蓮就在虛擬世界裡，學會了該如何使用一輩子都沒想過會碰到的槍械。

當然也仔細地學習了GGO特有的「Bullet Circle」輔助系統。

日文稱為「著彈預測圓」的系統，是告訴攻擊方子彈將會射中何處的系統輔助。

手指觸碰扳機就是啟動系統的開關，自己眼前會出現淡綠色的圓形。子彈會亂數擊中那個忽大忽小圓形裡的某個點。

圓形的大小會因為與目標的距離、槍的性能以及玩家自身的能力產生變化。而它的收縮則與心臟同步。

也就是說，一直因為緊張而心跳加速的話，圓形就會狂暴地收縮，準頭也會變得不穩定。就算在目標相當大的近距離戰可以無視這一點，到了遠距離狙擊時它就會變得極為重要。

特別指導當中有「學習遠距離狙擊！」這個科目，但蓮總是無法順利「保持心情穩定來瞄準目標」，所以成績是滿江紅，從頭到尾都遭到ＮＰＣ教官的怒罵。

「嗯，放棄使用狙擊槍吧。」

人總是有自己擅長與不擅長的項目。於是蓮以積極的態度乾脆地放棄了。

相對的，她在迅速瞄準附近的對手並加以射擊，也就是所謂「速射」項目上則出乎意料地獲得相當高的分數，於是教官……

「嗯！妳應該最適合衝鋒槍吧！」

便對她做出這樣的建議。

老老實實地上完所有特別指導課程的蓮，就開始自己一個人狩獵起怪物來了。

最初的狩獵是在離都市不遠的丘陵地帶，緩緩走動著的怪物看起來就像豬與鴕鳥的綜合體，而牠直接就被蓮射穿了。

一般人看見幾乎毫無抵抗力的怪物，說不定會覺得牠們有點可憐，但蓮倒是沒有太大的抗拒心，直接就扣下了光學槍的扳機。

被擊中的地方只會出現被稱為著彈特效的紅光，而死亡也不過是變成光粒並消失，不太有「傷害、殺害其他人」的感覺也幫忙減輕了抵抗感。

蓮認真地享受遊戲的樂趣。她逐一實行學到的知識，不勉強去攻擊絕對無法獲勝的怪物，如果這樣還是被打敗的話，就會確實地反省自己的失敗之處。

遇上實在無法擊倒的怪物時，就會到網路上的攻略網站尋找資料，學習順利打倒對方的方法。

一點一滴的努力通常會帶來確實的進步。蓮就這樣持續打倒怪物，踏實地賺取經驗值與點數，也就是能在遊戲內使用的金錢。

經驗值增加到一定程度後，就能夠提升自己的能力。

遊戲裡能夠調配筋力、敏捷性、耐久力（體力）、靈活度、智力、運氣等六種能力，創造出「自己喜歡的角色」。

難得身材這麼嬌小，提升敏捷性的話，應該能跑得更快吧。另外也想製造些什麼，所以也要提升靈活度。然後運氣好的話說不定會有幫助。不維持一定筋力就會出現無法使用的槍械，所以還是得提升。就算被擊中也不會變弱，所以耐久力就先忍耐一下吧。智力？誰管它啊。

這麼認為的蓮，就以提升敏捷性與靈活度為主，筋力與運氣為輔。現實世界裡因為高大身材帶來的不便，讓她在賽跑項目裡總是吊車尾，而這樣的心理陰影也在遊戲裡給了她很大的影響。

手頭上的點數一增加，就可以添購武器或裝備。蓮把光學槍換成了連射性能較高的衝鋒槍型武器。

然後考慮起如何使用剩下來的點數，最後選擇了更換服裝。難得入手這麼可愛的身體，當然會希望穿上帶有女孩氣息的可愛服裝。

在GGO這個充滿殺伐之氣的科幻世界裡，這無論怎麼想都是錯誤的選擇，但她本人卻是毫不在意。

蓮到城裡的服飾店——或許應該說戰鬥服店去，滿懷期待地尋找著可愛的衣服。

由於這裡是GGO，當然不會出現什麼帶有荷葉邊的服裝。國中時期在雜誌上看見蘿莉塔服裝後就相當憧憬，但認為像尤加利樹的自己絕對不合適，所以只能夠放棄。很可惜地，在這裡也找不到這樣的服裝。

相對的，依然身穿初期戰鬥服的她在那裡找到能隨心所欲更改身上布料顏色的系統。真不愧是遊戲的世界。

於是蓮便希望把服裝改成粉紅色。

可愛又楚楚動人的粉紅服裝，是她在現實世界裡無論再怎麼憧憬都無法穿上的顏色。雖然絕對不適合香蓮，但是一定會適合蓮才對。

色彩範例裡唯一的粉紅色，很可惜地不是她過去憧憬的那種鮮亮顏色。而是現實世界不太常見的，有些暗沉且土氣的粉紅色。

不過粉紅依然是粉紅啦。蓮除了把戰鬥服的上下半身都變成粉紅色之外，甚至連短靴、頭巾、手套、裝備腰帶，以及戰鬥中用來收起頭髮的針織帽都變成同樣的粉紅色。

全身轉變為粉紅單一顏色，滿心歡喜地離開店家後，蓮就看著自己映照在櫥窗上的模樣並露出笑容。

「…………」

接著又默默皺起眉頭。沒錯。還有尚未變成粉紅色的部分。

蓮衝進改造武器的商店，提出了上色的要求。

她表示要把掛在肩上的光學槍——這把深灰色武器塗成跟服裝同樣的粉紅色。

就這樣，蓮從頭到腳都完全是粉紅色，連手上粗獷的武器都是粉紅色，打扮變得跟某對喜歡拍照的知名藝人夫妻差不多了。

在城市裡看見這種打扮的蓮，有人會笑著說真是古怪，同時也有人會因為她嬌小的身材而稱讚她可愛。

可能是短髮讓人難以分辨性別吧，當中也有搞不清她是男是女而感到不可思議的人。

當然，這是蓮自願打扮成這種模樣，而且想到這只不過是在遊戲裡頭，沒有人認識真正的自己後，她也就不在意別人的目光了。

但這是她第一次也是最後一次在城市裡穿上粉紅服裝。

蓮不久之後就首次殺掉了其他玩家。

對狩獵怪物就覺得相當有趣的蓮來說，並沒有和其他角色進行槍戰並殺掉對方的欲望。她只對怪物開槍。雖然是遊戲，她還是不想強迫自己成為「殺人凶手」。

這一天蓮就跟平常一樣，獨自在紅褐色荒野裡狩獵著怪物。

雖然可以看見太陽掛在微陰天空的高處，但天空和世界還是跟平常一樣染著紅色，分不清楚是早晨還是傍晚。就設定上來說，這個地球在最終戰爭時甚至連大氣層都遭到破壞了。

蓮在滿是岩石的大地上散落一些生鏽戰車的「狩獵場」裡等待著怪物出現。

這個地方有跟牛一樣大的鱷魚怪物在戰車底下挖洞，並居住在裡面。

蓮在一輛戰車的前後方設置了手榴彈，在低處拉了纖細的鋼絲。由於提升了靈活度，所以現在也能夠製作這樣的陷阱了。

巨大鱷魚觸碰陷阱的話，爆炸聲將會通知蓮。

接下來只要一口氣縮短距離，迅速避開對方的攻擊，然後在必中的極近距離拚命發射光學槍。這就是蓮平常的狩獵方法。

等待的時間一直都是無事可做，所以蓮就靠坐在稍遠處的岩石旁邊，然後跟平時一樣聽著音樂。音樂播放器與耳機是遊戲裡頭的道具，可以用來收聽放在AmuSphere裡的音源檔案。

手上拿著槍，全身粉紅色服裝與裝備的蓮，孤寂地獨自坐在荒野裡。

蓮享受著現實當中絕對不可能做的事。有時會操縱選單畫面，從「道具欄」，也就是道具保管庫裡叫出裝有熱茶的保溫瓶，然後優閒地喝起茶來。

道具欄就像是「透明的包包」一樣。把道具裝在裡面的話，就不用徒手搬運。

但是會依照角色的筋力值而有重量限制，所以無法把所有東西都塞到裡面。能裝入道具欄的最大重量，與自己實際上能夠拿得動的最大重量相同。

要從道具欄裡拿出物品，就需要用手在空中揮舞來操縱視窗畫面。這不論多麼快都得花上幾秒鐘的時間，所以不能把馬上要使用的武器與彈藥收進裡面。

一般來說，道具欄裡應該塞滿了武器與治療的藥物才對——

「啊～茶真是好喝。」

但是蓮就算減少武器彈藥，都要把保溫瓶與點心裝進去。VR遊戲裡面，甚至可以體驗味覺的模擬。所以當然要嘗試看看。何況就算再怎麼吃喝都絕對不會變胖。

把莫札特聽完後，蓮就換成了「神崎艾莎」的專輯。

她是人氣急遽上昇中的女性創作型歌手。

讓人聯想到古典音樂的旋律，搭配優美的歌詞後以她清澈的聲音唱出，應該算是療癒系的歌手。在朋友的影響下，香蓮也徹底成為她的歌迷了。

蓮在這個荒涼的世界裡，享受著她輕快且清澈的歌聲。

等到這張專輯也播放完畢，依然完全聽不見爆炸的聲音，看來今天的埋伏是要落空了。但也已經充分享受過野餐的樂趣，差不多該回現實世界去了——

當蓮這麼想時，就有人類出現在她眼前。

蓮所坐的位置正面，距離大概200公尺的岩石陰影後面，忽然出現三名男性筆直地朝蓮的方向靠近。由於對方是從斜坡爬上來，所以至今為止都沒注意到他們。

他們全都是壯漢，穿著帶有鎧甲般護具的衣服，背上還都背著大型光學槍。

這款遊戲裡，在練功區遭遇到其他玩家的話——

如果不是相當熟稔的朋友，開始的將不是對話而是互相射擊。甚至有人表示「以槍戰來代替溝通才是GGO啊！」。

三個人不斷朝蓮靠近。

對方有三個人，而且看起來很強。自己只有一個人，而且是完全沒有對人戰鬥經驗的外行人。

比首次對上大型怪物還要強烈的恐懼感包圍著蓮，但她的腦袋裡同時也有好幾個問號炸了開來。

是不是應該快速逃走？

還是切斷連線逃回現實世界？

不對，最重要的應該是——

為什麼他們會筆直地朝這裡走過來？而且還是在揹著槍的情況下！

無法動彈的蓮一直觀察著三個人。最後男人們與她的距離剩下不到30公尺，他們興高采烈地談著槍械性能的聲音已經乘著風傳過來了。

蓮注意到了「他們沒有注意到自己」。這些人完全沒有發現自己的存在。

男人們就這樣靠近，最後距離終於不到10公尺——

他們最不幸的是，蓮在ＧＧＯ裡改變玩遊戲模式的決定性瞬間就在這個時候到來了。

首先，蓮的背後，也就是男人們前進的方向發生了小規模的爆炸。

想狩獵的巨大鱷魚這時終於觸動了蓮設下的手榴彈陷阱。當然男人們並不知道這回事。因為突然的爆炸而驚慌失措的三個人，視線被岩石後面揚起的沙塵吸引過去，完全沒有注意到眼前的蓮開始行動了。

爆炸讓蓮擺脫自己的恐懼。事到如今，她決定豁出去了。一切都只能聽天由命。

蓮抓起放在膝蓋上的粉紅色光學槍，一邊朝最近的男人連射一邊衝了過去。即使男人的對光彈防護罩已經減弱蓮子彈的威力，她還是不顧一切地射擊，最後有幾發子彈在極近距離擊中對方顏面。這個時候，蓮已經在對方半徑2公尺以內。蓮邊仰望著高大的男人們邊死命地發射子彈。

最後當短短十秒鐘的狂亂狀態穩定下來時，三個男人的身影也全都消失無蹤。他們的ＨＰ全都因為極近距離的槍擊而歸零，也就是全都「死亡」了。

沙漠裡只剩下因為興奮而心跳加速的自己，以及被陷阱弄傷還在戰車旁疼痛不已的巨大鱷魚。

為什麼那三個人會完全沒注意到我呢？

讓痛苦的巨大鱷魚脫離苦海之後，煩惱了一陣子的蓮……

「難道……」

建立了一個假設。

蓮把粉紅色的光學槍放在自己剛才待著的岩石遮蔽處底下，然後來到稍遠處進行觀察。她一眼就看出自己的假設完全正確。

剛才放在那裡的槍……完全看不見。

在GGO世界裡，經常帶著夕陽般紅色的空氣當中，蓮身上暗沉的粉紅色竟然和褐色的土石與沙子同化，變得很難看清楚。而且剛好在目前的光線亮度下根本是完全看不出來。

「這真是有趣……或許可以利用這一點……」

蓮如此呢喃著。

之後蓮在城市裡就再也不穿粉紅服裝了。這是為了防止對方想要復仇。

她總是穿著全新購入的常見綠色戰鬥服，以及能夠蓋住臉與全身的深褐色兜帽斗篷。雖然看起來簡直就像小孩子披著毛毯假扮幽靈，但總不會比全身粉紅還要顯眼。

而到了荒野或者沙漠的戰場後，就會在沒有其他人的地方換上最喜歡的粉紅服裝開始伏擊。基本上就跟至今為止一樣狩獵怪物，但要是看見其他玩家的話——

就會毫不留情地變更獵物。

對方往這邊過來時，她就會隱藏身形等待著。那個時候她真是一動也不動。知道是可以打倒的人數後（通常是一個人，最多也只有兩個人），就會從極近距離衝出去，無情地擊倒對方。

她已經完全忘記——剛開始玩遊戲時，有過「可以的話不想射擊人類（或者有人類外形的東西）」的心情了。

就算有了伏擊成功的經驗，只要發現對手人數眾多、不來到自己眼前、武器特別強大等任何不利的因素她就絕對不會出手。不是直接繼續潛伏，就是慢慢退後，安靜地讓對方通過。

蓮就這樣為對人戰鬥的樂趣深深著迷。

她想起孩提時期，和兄姊與朋友玩的抓鬼、躲貓貓、警察抓小偷等遊戲。除了躲起來時的緊張感、找到人時的興奮感之外，這時還要再加上——「擊殺」對手時的優越感。

原來如此，這就是在遊戲裡認真作戰嗎？這就是享受比試嗎？

「至今為止都瞧不起你們的行為，真的很抱歉」——加深理解的蓮，在內心這麼對全世界的玩家道歉。

藉由狩獵怪物與對人戰鬥獲得的經驗值，蓮又更加提升了自己的敏捷性，她的動作變得更加迅速，衝刺的速度也更快了。

雖然蓮完全沒有注意到，但是——

這種提升敏捷性，或稱agility，簡稱ＡＧＩ的模式被稱為「ＡＧＩ萬能論」，這個時候在ＧＧＯ裡被認為是「對人戰鬥最有效」的方式。

蓮接著又用賺來的點數購買了適合對人戰鬥的實彈槍。

絞盡預算與腦汁後選擇的是前捷克斯洛伐克製的「ＶＺ６１蠍式衝鋒槍」。

在折起槍托的情況下全長只有27公分，是全世界最小型且輕量的衝鋒槍之一。雖然使用的是手槍用小型子彈，但一扣扳機就能在兩秒鐘內把彈匣裡的30發子彈全都發射出去。算是擁有低威力這種缺點，以及反作用力小、命中率高這種優點的槍械。

蓮買了「兩把」這樣的槍枝。全都把槍托移除，然後也塗成粉紅色。

蓮的戰鬥方式就跟蠍子的刺擊一樣，屬於「一擊必殺」。

其他玩家進入自己潛伏之處大約10公尺以內時——雙手拿著蠍式衝鋒槍，發揮鍛鍊出來的敏捷性朝對方衝去。

然後將槍口往對方頭部，簡直像從下方往上突刺的同時，就以全自動射擊模式瘋狂發射子彈。對手只有一個人時就用右手的蠍式衝鋒槍，兩個人的話就立刻使用左手的蠍式衝鋒槍。

ＧＧＯ裡有著名為「Bullet Line」的系統。以日文來說就是「彈道預測線」。

除了狙擊或者埋伏等等對方不知道自己存在時的第一發子彈之外，被槍口對準的角色都會看見一條紅線。能夠事先看見飛過來的子彈軌跡，才有機會進行迴避。

當然現實世界裡不可能有這種東西存在，純粹是為了增加遊戲有趣度而設置的防禦輔助機能。

看清楚彈道預測線，以最小的動作避開正是GGO裡對人戰鬥的基本法則。

但是那在對上「從3公尺左右的距離，幾乎與槍口對準的同時發射的子彈」時根本一點用都沒有。因為彈道預測線在眼前閃爍的下一個瞬間，全自動發射的子彈就會掃過顏面了。

這是蓮創造出來的，完全發揮槍械特性的「殺人方式」。那簡直就跟東西方冷戰時期，東側的暗殺者一樣殘酷無情。

就這樣，蓮只要有機會就會確實地增加自己的戰果。有些日子是打倒怪物，有些日子是不分青紅皂白地擊倒某個可憐的玩家。

到了最後……

「沙漠戰場裡潛伏著來歷不明的恐怖玩家殺手。據說許多玩家都在沒看見對方容貌的情況下就被幹掉了。」

這樣的謠言也傳進穿著斗篷在街上行走的蓮耳中。

甚至出現以某個人作為誘餌，藉此讓那個ＰＫ臭傢伙露出真面目的討伐隊募集令。這樣下去的話，似乎快要被懸賞項上人頭了。

這時就連蓮也開始有所節制，不再進行有人認為相當卑鄙的沙漠伏擊。

之後她便穿上一般的綠色迷彩服在森林練功區裡狩獵怪物，或者是優閒地享受著遺跡與廢墟的探險。

開始遊戲已經過了三個月以上。

來到二〇二五年最後的月份時——

一點一點累積遊戲時間的蓮，已經獲得了足以稱為中堅分子的實力。只不過她本人沒有這樣的自覺就是了。

而她就是在這個時候，遇見了名為「Pitohui」的女性玩家。

SECT.2

第二章　蓮與Pitohui

「嘿！那邊的小不點。妳應該是女性玩家吧？看妳走路的方式就知道了。」

當蓮走在GGO中央都市「SBC格洛肯」裡某個金光閃閃的購物中心當中，看著櫥窗裡頭想像接下來要買什麼實彈槍時……

「要不要去喝個飲料？大姊姊我請客喲。」

一道女性的聲音從後面對蓮搭話，或者應該說是搭訕。

大姊姊？

穿著遮臉兜帽斗篷的蓮回過頭去所看見的是——

一名將黑髮綁成馬尾，臉上有磚紅色刺青的褐色肌膚美女，對方雖然不至於像真實世界裡的自己但依然相當高。

這時她穿在身上的是只比比基尼好一點，怎麼看都不適合戰鬥的極暴露服裝。就像是要對周圍的人炫耀她纖細緊實，宛如人造人般的肉體一樣。

蓮一邊對她為什麼只有臉上有刺青感到不可思議，一邊想著如果這是自己的角色的話，一定立刻就會離開GGO——

對方很明顯是女性，蓮也稍微放鬆戒心。

在現今所有的ＶＲ遊戲裡，除了偶爾出現的腦波判定錯誤之外，很少有與實際性別不同的角色會出現了。

雖然有喜歡新奇事物的男性玩家曾經對她搭過話，但這無疑是第一次有女性找她攀談。

說起來ＧＧＯ原本就是女性玩家占絕對少數的遊戲。雖然曾經遠遠看過外表像女性的角色，但蓮沒特別追上去向對方搭話。

褐色肌膚的美女露出滿臉微笑。

「我叫『Pitohui』。大家都抱怨很難發音，所以簡單叫我『Pito』就可以了。小不點，妳叫什麼名字？」

「您好……我是『蓮』……」

「小蓮嗎！真可愛的名字！還有在遊戲裡不用這麼客氣！難得來享受另一個世界，還在乎日本社會裡面的上下關係就太無趣了吧！」

這就是蓮在ＧＧＯ裡首次和其他人的對話。

蓮和Pitohui一起來到遊戲內餐廳的包廂，搭配茶飲與蛋糕聊著天。也就是所謂的ＶＲ女孩聚會。

香蓮這陣子除了教授和家人之外就沒和其他人直接對話過，但以蓮的身分且不分身分高低的對話卻出乎意料之外地熱絡。Pitohui開朗不拘小節的性格，也讓蓮想起了自己的朋友美優。

兩人先熱烈討論著彼此一路奮戰的ＧＧＯ內女性玩家竟然如此稀少，接著又笑談因為這樣而備受辛苦的話題。

變成性感角色的Pitohui表示在臉上加刺青後搭訕的人就急遽減少，並推薦蓮也這麼做。

蓮立刻搖頭婉拒她的建議後……

「我在真實世界裡也沒有刺青喔～因為會沒辦法泡溫泉！」

Pitohui就這麼表示，同時露出溫柔的笑容。

說起來ＧＧＯ內要加上或者消除刺青都只需要極短暫的時間，只要擁有點數，要挑戰多少次都不是問題。

Pitohui在ＶＲ遊戲的經歷上比蓮還要長，據說連ＳＡＯ造成的死亡遊戲騷動期間她都依然玩著遊戲。

而ＧＧＯ則是從八個月前開始營運時就加入了。她非常喜歡這個世界那種其他ＶＲ遊戲裡沒有的殺伐之氣，現在只一直玩這款遊戲而已。不過最近真實世界也相當忙碌，所以遊戲時間已經減少許多。

除了是遊戲界的前輩之外，玩家能力上Pitohui也超出蓮許多。

經過交談後兩人很快就打成一片，蓮也把Pitohui登錄為「朋友」。這樣不論是不是在遊戲當中都可以互傳訊息。

開始GGO這款遊戲已經過了三個月以上，蓮終於成功交到一名遊戲內的朋友。話說回來，她到了這個時候才想起，自己是為了消除因為身高自卑而造成的對人恐懼症才會開始玩VR遊戲。

當然蓮完全不清楚現實世界的Pitohui是什麼樣的人。

過去美優曾經這麼告訴她：

「雖然是在VR世界裡面，但操縱角色的終究是真正的人類，所以會話和動作都會透露出那個人的性格。沒有太多人能夠真正扮演另外一個人喔。」

Pitohui的態度相當開朗，完全沒有粗暴的感覺。

這時蓮擅自預測她的身分背景是「二十多歲的爽朗大姊型女性。社會人士。單身」，但完全無法得知是否正確。

吃完對方請的飲料與蛋糕後，Pitohui又詢問今天是不是已經要「下線」，也就是回到現實世界，而蓮則回答自己正在尋找新的實彈槍。

「什麼嘛！這件事就交給我吧！我告訴妳一家很棒的店！」

Pitohui接著就把蓮帶到自己知道的一家小店去。

那是一家在狹窄道路前方，看起來像偏遠處居酒屋般又窄又亂的商店。

但裡面排滿了其他玩家探索遺跡或者打倒強力怪物後入手的稀有且威力強大的槍械。

「太厲害了……竟然有這種商店……還有這樣的槍械……」

對著目不暇給的蓮……

「小蓮小蓮！這款我很推薦喔！聽說是昨天才剛進的貨！妳來這裡看看！」

Pitohui就像在推薦新化妝品一樣招手。

在那裡的是小型高性能，且還算稀有的槍械——P90。

並排在售價表上的數字相當具破壞力，遠遠超出蓮初期設下的預算，買下它後有好一陣子在遊戲內連茶都喝不起，但是……

「我買了！」

蓮看了一眼就立刻這麼決定。她張開嘴巴……

「這是什麼……真的是槍嗎……好可愛……『有夠可愛的啦』……」

透露出內心出現的方言。

「哦？小蓮是北海道人？」

讓店家贈送了預備彈匣與彈匣袋，結束令人滿意的購物之後，蓮就把P90抱在深褐色斗篷底下走在街上。

其實只要揮個手操縱視窗把它收進道具欄裡，就用不著承受這種重量了……

「我懂妳的心情。剛買來的槍總是會想摸一陣子。很想確認它的觸感對吧。」

走在旁邊的Pitohui說的一點都沒錯。現在的蓮就像抱著剛買的布偶，走在回家路上的小孩子一樣。很想一直把它放在身邊，盡情地撫摸。

「要取什麼名字？妳會幫它取名吧？」

「名……名字？要幫槍取名字嗎？」

蓮抬頭看著Pitohui的臉。

「那是當然了！」

「這……這個嘛——我當然會取嘍！」

「我就說吧～那這個孩子的名字是？」

幾秒鐘的寂靜後，蓮就以堅定的口氣回答：

「『小P』。」

「嗯，很棒的名字。小蓮要親手讓小P吸取大量敵人的鮮血喲。槍是不會背叛人類的。殺得愈多，它就愈會成長。」

「嗯！我會努力地殺的！」

要是在現實世界說這種話，首先一定會被報警抓起來吧。

到了差不多該回現實世界的時間，蓮就對Pitohui深深一鞠躬。

「非常謝謝您，Pitohui小姐。真的受您照顧了。」

「看吧，又這麼客氣了。千萬別這麼說，我也很高興多了女孩子的同伴呢。今後也請多多指教嘍。以後時間可以配合的話，就一起去狩獵吧。我還沒看過沙漠地帶的超大鱷魚呢。」

「嗯。」

啊，她是個很好的人。

蓮一邊這麼想，一邊為了登出而準備叫出視窗……

「對了對了，我忘了說。」

「嗯？」

「下次狩獵的時候，要先把P90塗成粉紅色喲！」

「…………」

啊，不能對這個人掉以輕心。

蓮一邊這麼想，一邊為了登出而叫出了視窗。

就這樣，蓮和Pitohui組成了「中隊」。

這是氣味相投的伙伴結成的小隊，在奇幻系遊戲裡通常被稱為「公會」。同一公會的成員可以齊心協力戰鬥、交換道具並別上同樣的紋章。

在遊戲裡合力戰鬥，在許多方面當然會比較占優勢。

對於想增加與人之間的交流而開始遊戲，卻沒有和任何人合作的蓮來說，這是首次參加中隊。只不過，實際成員也只有蓮和Pitohui兩個人而已。

之後的一個月裡——只要時間能配合，蓮就一定會和Pitohui一起狩獵。

和總是在相同時間玩遊戲的蓮不同，Pitohui的遊戲時間相當不固定。有時從平日的早上就開始遊戲，有時連週末都完全沒有出現過。

雖然對她現實生活中究竟過著什麼樣的生活感到不可思議，但直接詢問這種事情有違禮儀，所以蓮也相當自律。

最後她也知道，Pitohui是非常有錢的玩家。

蓮是從她擁有的槍械數量發現到這一點。因為每次與她一起遊戲，她所使用的槍械都不一樣。

「Pito小姐，今天的是……什麼槍？」

「哦～這是『L86A2』喲。是把英軍的突擊步槍L85的槍身強化並加長後的班支援武器版本。只能夠使用普通的彈匣，雖然這把槍有很多吐嘈點，比如說『那和步槍有什麼不同？』，但命中率還不錯喔。即使很重，我還是滿喜歡的。」

「這……這樣啊……」

「副武裝的手槍是『Colt Double Eagle』！是柯特公司以M1911手槍為基礎所推出的雙動式手槍，外表和性能都相當糟糕，算是很沒有人氣的槍械！哎呀～聽說GGO裡頭有之後，我找了好久！發現收藏家有這把槍後，我就付出大筆點數把它買下來了。」

雖然Pitohui是遊戲時間相當長的強力角色，但實在擁有太多高價的稀有、珍貴、奇特的槍枝了。

某一天在狩獵的等待時間當中，蓮實在無法壓抑自己的好奇心，於是詢問她怎麼會有這麼多點數。

「啊，當然是『真實貨幣轉換』啦。」

Pitohui很乾脆地說出真相。

真實貨幣轉換，簡稱RMT是把真實世界的電子貨幣，轉換成遊戲中貨幣點數或者道具的行為。

GGO是目前唯一一款官方公認遊戲內貨幣能與現實世界電子貨幣交換的VR遊戲。因此也存在長時間遊玩GGO這款遊戲，獲得「有賣相」的道具，並且販賣它們來營生的職業玩家。

Pitohui所進行的是以真實世界的金錢來發揮威力的玩法。對於認為不斷努力攻略才是玩遊戲的人來說，這通常是遭受輕視的遊戲方式。但如何玩遊戲是每個人的自由，何況系統也不禁止這種行為，而且被對方反譏輕視的都是窮人的話，也只是自取其辱而已。

Pitohui在現實世界裡是有錢人。至少是可以毫無節制地把錢花在遊戲上。蓮就此得知她在現實世界裡的一件事實。而託她是有錢人的福……

「今天的槍是『雷明登M870』喲！提到泵動式散彈槍的話，最先就會想到它！要試試看嗎？來，妳開一槍看看吧！」

「我終於入手『M16』了！不是常見的『M16A1』喲！是初期模型的M16喲！」

「今天我帶了五把左右使用9毫米魯格彈的自動手槍。我來說明一下，首先這是——」

蓮學會了許多槍械的詳細知識。

雖然試射了自己筋力容許範圍內的槍械……

「怎麼樣？怎麼樣？」

「嗯。射擊是很有意思啦……」

「果然還是鍾情於小P嗎？」

「嗯。」

「小蓮也太專情了吧！我還想把GGO裡所有的實彈槍都拿來開開看呢！」

Pitohui如此大吼，然後……

「小蓮，妳知道『反器材步槍』嗎？」

「只有大概聽過名字而已。」

「那讓大姊姊來跟妳說明一下！反器材步槍，也就是英文的Anti-materiel rifle，簡單來說就是使用超大子彈的槍啦。」

「有多大？」

「通常的突擊步槍口徑是5.6毫米或者7.62口徑，所以呢，12.7毫米以上的話大概就會被稱為『反器材步槍』了。這已經是重機關槍的子彈嘍。跟第二次世界大戰中的戰鬥機所裝備的機槍彈差不多大。」

「雖然很難想像，不過子彈越大的話，威力就越大嗎？」

「那是當然了。5.56毫米彈大概只能射中400公尺外的目標，而7.62毫米彈大概是800公尺，但是12.7毫米的話輕鬆就能射中1000公尺外的目標喔。」

「1000公尺？1公里？」

「超長距離對吧？當然，槍枝也會因此而變得又大又重！需要的筋力值會很恐怖。」

「我應該沒辦法吧……」

「嗯，有些槍身已經跟小蓮差不多高了呢。」

「耶嘿嘿……」

「為什麼感到高興？這種大型步槍呢——到第二次世界大戰為止都被稱為『反坦克步槍』，但後來戰車變得更加堅固，已經無法用槍來擊毀，所以就改了名字。之後這種槍是拿來用在長距離狙擊或者攻擊敵人的軍事物資上。雖然體積龐大，但一個人就能夠運用，所以還是很方便。」

「是喔。又大又可以射中遠方的槍嗎？那擁有它的話，就能變成遊戲裡最強的玩家嘍？」

「錯了，完全不是這樣。」

「哎？」

「因為又大又重，所以需要相當高的筋力值。進行超遠距離狙擊也需要一定的技術。嗯～不是特別喜歡這種槍的人，很難把它用在實戰上吧？它算是超超超級稀有的槍械，所以死亡掉寶而失去它的那一天應該會難過到睡不著吧。」

「就算是這樣，Pito小姐還是希望擁有它嗎……」

「是啊！想把它裝飾在自己房間的槍櫃裡！這種等級的槍呢——據說伺服器裡面只有十把左右，所以非常昂貴，也沒有人會賣掉。其實呢，我知道有一個角色擁有這樣的槍。而且還是女性玩家喔。」

「咦！先不管槍的事情，光是女性玩家就很令人驚訝了。」

「那女孩叫作詩乃，妳知道嗎？就是有著藍色頭髮的……」

「很可惜，我沒聽過。」

「算了。那個詩乃呢，是在某座地下遺跡迷宮裡打倒怪物，然後入手怪物的掉寶。那是一把叫作『黑卡蒂II』的反器材步槍。我聽說她相當寶貝那把槍，所以就找到她並對她說『妳好！把黑卡蒂II賣給我吧！』。」

「Pito小姐，妳真的覺得這樣買得到嗎……？」

「結果失敗了！那是個很有自己堅持的女孩子！」

「…………」

雖然很清楚Pitohui是超級有錢人兼槍械迷（而且性格有點問題）了，但除此之外就全是謎團。

某一天，蓮在出發到荒野狩獵的途中……

「Pito小姐，妳的興趣是？」

一個不小心就說出相親時會提的問題。

「嗯？這個嘛……除了這個遊戲之外的嗎？那就沒有了～」

Pitohui則是做出這樣的回答。

既然提問了，那也得說說自己的興趣才行——

於是蓮便提到自己的興趣是欣賞音樂，然後說了經常聽古典樂或者電影原聲帶，以及目前最喜歡的歌手是神崎艾莎等事情，但是Pitohui都沒什麼反應。

「音樂嗎……我幾乎不聽耶。」

「是嗎？真令人意外……」

蓮老實說出內心的話後……

「是嗎？」

Pitohui就露出意外的表情並這麼回答。

「雖然是我自己的想像，但我覺得Pitohui應該喜歡音樂。」

「呵，看到現實生活中連樂譜都看不懂的我，妳可能會嚇死喔。」

「…………等等，抱歉。現實生活的事情就到此為止吧。」

蓮一邊道歉一邊想要中斷對話，結果Pitohui竟然主動表示：

「嗯，和小蓮已經這麼熟了，我也曾想過要在真實世界和妳見面，讓妳看看我的真面目。也就是所謂的網聚。那麼小蓮妳呢？有這樣的膽子或覺悟嗎？」

蓮想到真實世界裡如電線桿的自己，考慮了幾秒鐘後……

「我想……Pito小姐……您應該會嚇一大跳喔……」

就以客氣的口氣這麼回答。

平常一定會要自己別這麼客氣的Pitohui，只有這個時候沒有這麼說。相對地則是看著縮起嬌小身體的蓮並露出微笑，然後又表示：

「那就這麼辦吧！哪一天小蓮正面和我挑戰然後贏過我，我們就在真實世界裡見面！不論妳住在日本哪個地方，我都會過去見妳！」

雖然不知道事情為什麼會變成這樣，但蓮這時候刻意沒有吐嘈對方。她反而開口說：

「我要在GGO內打倒Pito小姐……？那……那不知道要等到哪一天呢！」

「那就約好嘍！在那之前妳要在GGO裡鍛鍊自己，總有一天要用那把小P漂亮地把我幹掉！」

「遵……遵命！不對，應該說知道了！總有一天，我絕對會打倒Pito小姐！」

「嗯，很有決心的回答。那就用金打來立誓吧！」

「金打？」

「就是互相碰撞金屬作為立誓的證明啊。江戶時代相當流行喔，那個時代的事情，妳記不得了？」

「Pito小姐……妳真實年齡超過一百七十歲了？」

「這還是祕密。然後，武士的話是互碰刀與刀鍔，女孩子則是鏡子，但現在都沒有，所以就用槍吧！來——我們有一天一定要認真地一決勝負，我要是輸的話，就在真實世界跟小蓮碰面！這是女性的誓約！」

於是兩個人就在荒野裡各自舉起手裡的槍。P90的槍口與Pitohui的「SKS半自動步槍」的槍身互碰，發出了清脆的金屬聲。

雖然不知道這時候帶著笑容的Pitohui在想什麼，但蓮是這麼想的。

她認為自己不可能贏過Pitohui，那一天絕對不會到來。

訂下這個誓約後過了大約一個月，也就是二〇二六年一月十八日。在狩獵結束後回家的路上——

蓮就聽見了關於Squad Jam的事情。

SECT.3

第三章　Squad Jam

「Squad Jam呢，是這款『Gun Gale Online』裡『組成少數隊伍進行大混戰』的大會喲。」

「大混戰……？是大家湊一起戰鬥的那個？」

狩獵完巨大蚯蚓之後，蓮和Pitohui一邊走在無人的荒野上一邊融洽地對話著。

當然，為了受到其他玩家的襲擊就能立刻反擊，她們還是保持監視與警戒狀態。蓮平常都會看著人的臉說話，但在警戒中也只能一邊看著前面或旁邊來與Pitohui交談。

「沒錯。小蓮妳知道『Bullet of Bullets』嗎？大家都用ＢｏＢ來稱呼就是了。」

蓮點了點頭。

「只知道名稱和概要。」

ＢｏＢ是為了決定ＧＧＯ內的最強玩家所舉行的大混戰。在一對一的預賽裡獲勝的三十名超猛玩家，將在廣大地圖裡互相殘殺直到剩下最後一個人為止。

它無疑是ＧＧＯ裡最大的活動，每一屆舉辦氣氛都越來越熱烈。而且有許多玩家都為了出場而賭上了遊戲人生。

最近第三屆大會才剛結束。

當然，蓮沒有想過要參加，所以不知道戰鬥的經過。當天剛好和姊姊一家人出門用餐，所以沒有潛行，也沒有觀看實況轉播。

「然後上一屆的ＢｏＢ，其實我也參加了。因為很有可能因為真實世界裡的事情而無法參加，所以沒跟任何人提過就是了。」

「這樣啊～！結果呢？」

「預賽就輸掉了，而且是在第二回合。」

「哎呀……真可惜。」

「嗯，是被狙擊幹掉了，也算運氣不好啦。然後在決勝的大混戰裡，發生了有點奇怪的狀況。兩名玩家到最後關頭都一起合作對抗其他玩家。」

「也有這種事情嗎？」

「之後說不定能看到錄影，所以我就不再透露內容了，但到最後都讓人緊張不已，看了真的覺得很有趣！整個陶醉在戰況當中！」

「這樣啊。」

Pitohui竟然會如此強烈地稱讚槍械以外的事情，讓蓮感到有些意外。於是也興起看看錄影轉播的念頭。

「然後，接下來才是主題。看著ＢｏＢ實況的某個日本人，立刻呼吸急促地這麼想著：『想看看這種感覺的小隊大混戰！』，還有『複數對複數一定也同樣熱血！』。」

「嗯嗯。」

「那個人在連線的時候，對GGO在美國的營運團體『ZASKAR』寄了英文訊息。『Every body鈞鑒：因為我想看小隊大混戰，所以請務必要舉行。敬上』。」

「這種個人的希望難道真的被接納了？」

「就是啊。據說那個人跟ZASKAR表示自己願意提供舉行需要的費用，也就是成為大會的贊助者。很難想像他到底付了多少錢啦。他真實的身分也已經曝光，是一名超過五十歲的病態槍械迷，然後還是只創作槍械相關內容的小說家。」

「這樣啊……真的有這種怪人喔……」

「嗯，光是槍械迷就已經很不普通了，竟然還是小說家。這樣不是聚集古怪的要素於一身了？看到他走在路上就直接逮捕起來比較好吧。」

「Pito小姐……妳對世界上的作家有強烈的恨意嗎？」

「嗯？沒有啊？——不知道是那名作家的熱情感動了對方，還是單純能夠獲利，ZASKAR也表示『那麼就只在日本伺服器內，舉行個人贊助的迷你大會』。而那個大會的名字就叫作Squad Jam。簡稱SJ。好像是那個人命名的，不知道英文正不正確就是了。」

「原來如此。和烏賊的醃漬完全無關。」

「又再說這個了——SJ正在招募參加者，不對，應該說參加的小隊，二十八日，也就是下星期三是募集的截止日，然後將於再下一個星期日，二月一日舉行。」

「好趕喔……會有人參加嗎？」

「目前好像有一些小隊馬上表示要參加了，看來是不會因為參賽者不足而無法舉辦。因為是第一屆，所以算是實驗性質，除非有大量隊伍參賽才會舉行預賽，個人雖然無法參加全是強者的BoB，但小隊的話可以不用比預賽就直接出場，聽說有不少人覺得很高興喔。反而是能進入BoB決賽的強者們，這次應該都不會參加吧。因為那些傢伙感情都不好。與其攜手共同作戰，他們寧願待在家裡睡午覺吧。」

「這樣啊……」

「小蓮，感覺妳好像沒什麼興趣？」

「因為——其實BoB也一樣，對人戰鬥的大會根本就不適合我啊。」

「明明做出暗殺者般的殘忍PK行為，竟然還說這種話。」

「那……那是！那個——嗯……」

「嗯，那幹得很好！然後呢——接下來才是主題。」

「喔……」

「小蓮，妳參加SJ吧！」

「啥？我嗎？和Pito小姐組隊？」

「沒有啦，真的非常非常可惜，我沒辦法參加。國中就認識的好友……剛好二月一日要舉辦婚禮。就算我參賽，然後沒有死亡還獲得優勝好了——當被對方發現我沒去參加婚禮是為了參加遊戲裡的大賽那一天……」

「嗯，妳真的會被幹掉。」

「對吧？」

「也就是說，尋找那天全日本去參加婚禮的女性，就能找到真實世界的Pito小姐……」

「哇啊要被發現啦！先別說這個了——我希望小蓮務必要參加！妳那天有空嗎？不會要參加朋友或者自己的結婚典禮吧？」

「不看行事曆的話無法確定，不過，大概沒事吧……」

「那就參加吧！我幫妳完成手續！因為是小隊參賽，只要有名字就可以了。」

「等……等一下！為什麼會變這樣？」

「凡事都要體驗看看啊！」

「但這是小組戰吧？我要和誰一起戰鬥？」

「哦，有幹勁了嗎？很好。」

「只是問問看！」

「我認識一名很強的玩家喔。雖然是男性，也是個古怪的傢伙，老實說腦袋想的事情跟罪犯沒兩樣，但不是什麼壞人。雖然也不是什麼好人，但是就拜託妳和他組隊吧！」

「咦？只有兩個人？」

「嗯。只有兩個人。其他人都剛好沒空。」

「…………Pito小姐，妳認為這樣我還會說『好棒啊！我知道了！』嗎？」

「凡事都要體驗看看啊！」

「等等，那個……」

「小蓮啊，我認為小蓮在現實世界裡應該有不少心結吧？」

「咦？」

驚訝的蓮把臉朝向Pitohui。

平時都會說「監視時不要看這邊！」的Pitohui，這時候倒是沒這麼說。

雖然滿是刺青，但她露出心理諮詢師般溫柔的表情……

「妳在真實世界裡，應該抱持著某種鬱悶的心情吧？所以講好聽一點，來GGO是要消除悶氣。講難聽一點就是妳逃避的地方。」

「…………」

「雖然露出『妳怎麼會知道？』的表情，但其實很簡單就能看出來嘍。因為——我也是一樣啊！」

「…………」

「我也是因為現實世界有太過令人憤怒與無計可施的事情，才會在這裡大鬧。在這個地方盡情發射子彈，殺害怪物或者玩家。」

「Pito小姐……」

「所以呢，既然要做現實世界裡辦不到的事情，那就不顧一切地去做吧！這就是我想說的！小隊進行槍械大混戰，這在現實世界裡辦得到嗎？應該說，妳會想這麼做嗎？」

Pitohui又對著拚命搖頭的蓮露出教導小孩子般溫柔的笑容。雖然臉上依然滿是刺青。

緊接著……

「所以好好大鬧一番吧！如果到星期三早上都沒有任何回答的話，我就當妳要參加嘍！」

＊　＊　＊

「Squad Jam……怎麼辦？小隊的對人戰鬥嗎……實在沒什麼意願耶……」

回歸現實世界的香蓮，夾雜著嘆息這麼呢喃完後，就先把她手上的Ｐ９０掛回衣架上。

這把空氣槍，是上上週某一天偶然在大規模的購物網站找到的商品。知道真實世界也可以把可愛的Ｐ９０，也就是小Ｐ放在自己身邊後，她就忍不住下訂了。

她買的是P90空氣槍，以及「也推薦這樣商品給您」畫面裡出現的小小P90鑰匙圈。

隔天看見送達的空氣槍後，香蓮便感到一陣愕然。

她想著：「咦？有這麼小嗎？」

這樣啊，因為是空氣槍，所以做得比實物還要小嗎——

但她立刻改變了想法。當她注意到蓮和香蓮的體格實在相差太大，以至於拿著同樣的物體也有完全不同的感覺時，立刻覺得有點暈眩。

但就算是這樣，她還是喜歡這把槍，顏色雖然是黑色，還是像這樣隨時裝飾在自己房間裡。姊姊和姪子來家裡時，當然會把它藏在衣櫥深處就是了。

同時買來的鑰匙圈則用油性筆塗成了粉紅色。這把槍就變得跟小P一模一樣，算是相當完美的成品。

原本想把它掛在經常帶到學校去的包包上，但是——

認為不會有掛著槍型鑰匙圈的女大學生後就又改變想法，把它掛在房間的牆壁上。

GGO很有趣。真的非常有趣。

所以香蓮即使每個月付出3000日幣，以這種遊戲來說算相當高的月費，也還是持續玩著遊戲。雖然經歷了許多事情，現在也有了Pitohui這個伙伴。

但正因為有趣——

回歸現實時，香蓮總是會覺得心情沉重。

ＶＲ遊戲是快樂的夢之世界，但沒辦法一直待在夢裡。正因為有現實，才能凸顯出「夢之世界」。如果彼此對換的話——就會變成惡夢了吧。

香蓮不由得感覺這真是太諷刺了。就是因為想離開艱苦的現實才開始玩ＶＲ遊戲，結果卻因為遊戲太過有趣而體認到與現實之間的乖離，並因此而感到痛苦。

如果一定得選一邊的話，當然只能選擇現實世界了。

今後學業變得更忙碌、開始求職活動、出社會，結婚生子之後——終究就會再也無法逃進ＶＲ世界裡了吧。

世界上應該也有放棄現實生活，全心投注在ＶＲ遊戲裡的人吧，但那種人都被稱為「網遊廢人」。乖小孩絕對不能模仿那種行為。

所以趁著和夢之世界分別還沒有那麼痛苦之前，甚至在變成「無法分離」這種最糟糕的事態前先收手——也就是和ＶＲ世界斷得一乾二淨的選項，最近一直在香蓮腦袋當中飛繞著。她也知道以長遠的眼光來看，這是最好的選擇。

老實說，她完全沒有參加ＳＪ的意願。

首先光是登入ＧＧＯ就已經享受過虛擬的小不點身材了，而且光是對怪物的戰鬥就相當有趣。

雖然不否認某段時間曾經迷上對人戰鬥的樂趣，另外和強力對手比試時，內心會稍微感到興奮也是不爭的事實——但也不會因為這樣就積極地想參加大賽。

何況雖說是Pitohui的介紹，也實在提不起勁和不認識的男性玩家一起組隊參賽。蓮不覺得與這樣的搭檔能夠順利地行動。既然參加就要以優勝為目標，但自己似乎明顯會變成扯後腿的成員。

當然，蓮也不是不能理解Pitohui所說的「對新生的自己的挑戰」等等內容。

因為她就是因為這樣才會開始玩ＶＲ遊戲。怎麼可以現在才在這裡逃跑呢？

但是拒絕ＳＪ的同時，也完全脫離遊戲似乎也是個不錯的契機不是嗎？

不過還是學生身分時再繼續一陣子，等到開始求職活動才停止應該也沒關係吧？哥哥姊姊也要自己多培養一些興趣，而這不就是在遵照他們的意思嗎？

思緒就這樣在肯定與否定之間來來去去。經過了只會讓自己越來越累的幾分鐘煩惱時間後，香蓮便……

「唉……」

嘆了一口氣，決定在困擾時求助於朋友——

打電話給ＶＲ遊戲的前輩，目前依然玩著ＡＬＯ的朋友美優。

「哈囉！小比！」

很幸運地，美優人在這個世界。

香蓮就對唯一能商量這件事的她，淡淡地吐露內心的煩惱。

「妳覺得我該怎麼做？身為ＶＲ遊戲前輩的妳，請給我真心的建議吧。」

「那還用說嗎？只要覺得有趣，繼續下去就好啦！」

對方的回答相當乾脆。

「煩惱不知道該選哪一邊時，不論選擇哪一邊都會後悔喔。人類這種生物，總是會過於看重沒有選擇的那一邊。所以選擇哪一邊都沒關係，我覺得乾脆丟銅板決定好了。」

「原來如此……那麼，丟銅板決定的結果，如果讓人……覺得很不甘願呢？如果不想遵從銅板之神的判斷呢？」

「這樣就表示，妳絕對是想要沒有選擇的那一邊吧？那就應該選那一邊啊。很簡單吧？」

「啊……原來如此……」

「如果讓我完全解放自己欲望的話，當然是覺得能像現在這樣和小比談論遊戲的話題比較好啦。嗯，抱歉請原諒超任性的我。」

即使拒絕ＳＪ，還是再繼續玩一陣子ＧＧＯ吧。正當香蓮這麼想時……

「咦？但是二月一日不是神崎艾莎開演唱會的日子嗎？我們不是說好買到票的話要一起去聽？」

「咦！」

美優的話讓香蓮急著翻開行事曆，結果看見裡面確實是這麼寫。自己一時疏忽了。

到目前為止，還沒有買到過神崎艾莎的演唱會門票。她舉辦演唱會的會場總是不大，所以一定會變成一票難求的情形。雖然不要求到巨蛋球場，但實在很希望她能夠到稍微大一點的會場舉辦演唱會。

美優目前正在網路上的拍賣網站搜尋，希望以能接受的價格購買早就搶購一空的門票。

「真的耶，我忘記了，對不起……如果買得到票我一定會拒絕參賽。我們兩個人一起去吧。到時候要來住我家喔。」

「嗯。但是——沒買到的話怎麼辦？老實說，按照至今為止的經驗，買得到的機率是百分之五十喔。」

「什麼時候可以知道最後的結果？」

「星期二下午四點。」

怎麼會有如此湊巧的時間。

於是香蓮便決定把參加ＳＪ與否交給這次的擲銅板。至於是否要繼續玩遊戲則先不考慮。

「這樣的話……到時候再告訴我結果。買到票我就拒絕遊戲裡的大會！」

一月的東京一直持續著晴朗的天氣。

對在北海道出生長大的香蓮來說，完全沒有濕度的冬天要比不冷的冬天新鮮多了。但喉嚨會因此發疼，皮膚也會變得乾燥，而為了防止這些症狀就得每天幫加濕器加水，老實說她不太喜歡這種麻煩事。

從公寓到就讀的大學還不到2公里。搭乘地下鐵的話只有一站，而且附近就有車站，但除非天氣相當惡劣，否則香蓮都會走路上學。與其在電車內窗戶上看見自己的身影，香蓮寧願選擇走路，而且這樣也比較健康。

一月二十七日。星期二下午快到四點時。

大學的課程結束，在冬天總會提早到來的傍晚當中，香蓮就走在大學的校園內。

當然，不用說也知道她是自己一個人。

周圍到處是接下來去哪裡喝酒或者參加社團活動等興奮的聲音，但這些全都和香蓮無關。算是另一個世界發生的事情。

當穿著牛仔褲、球鞋、薄大衣的香蓮為了快點回家而走在只剩下樹枝的行道樹底下時——

就看到六名女高中生朝自己前進的方向走過來。從她們穿著同樣的制服，以及還在校園內就能夠知道，她們是在同一座校區裡的附屬高中的學生。

和她們六個人擦身而過已經不是什麼稀奇的事了，從去年夏天開始，每週大約有兩三次這樣的情形。香蓮都已經記住了她們的長相。

從她們拿在手上的超大運動包包來看，應該是某個體育社團的成員吧。大學的體育館相當寬敞，有時會和高中部進行合同練習。

當中的一個是有著漂亮的金髮與雪白肌膚、藍色眼睛的白人。不是留學生，就是居住在日本的外國人子女。不管是哪一種，在這所學校都不是太稀有的例子。

她們全都相當嬌小——不對，依照她們的年齡應該算「普通」，但是對香蓮來說每個人都非常嬌小、纖細，而且還楚楚動人。她們笑著交談，愉快地走在路上。給人和學校社團的伙伴正在享受青春的爽朗感。

如果自己不是這麼高大的女孩子，是不是也能有那樣的青春生活呢？

一這麼想，就無法避免地湧起憂鬱的心情。當然，她們一點責任都沒有。

香蓮一邊看著隨著愉快的聲音逐漸靠近的六個人，一邊為了快點回家而加快腳步。馬上就能從美優那裡得知是不是買到神崎艾沙那一票難求的演唱會門票了。

安靜的一個人與吵雜的六個人沒有任何交點就擦身而過……

「欸，那個人——」

香蓮的耳朵裡聽見六個人當中某個人的聲音。

「個子又高——」

她實在不想聽見接下來的話了。

香蓮低下頭加快腳步，立刻從現場逃走。

同時心裡也湧出一個欲望。

想射穿她們。把那六個人全部射穿。

右手雖然摸索平常掛在身體前面的小P，但是卻撲了個空。

香蓮像逃走般回到房間，門一關上而自動上鎖的瞬間，智慧型手機就震動了起來。

美優傳來的訊息……

「沒買到票！」

就只有這麼一句話。

香蓮站到客廳的筆電前面後，才剛打開電源就啟動了ＧＧＯ。

她傳給Pitohui的訊息……

「我要大鬧一場！」

就只有這麼一句話。

＊＊＊

一月三十日，星期五晚上八點過後。

香蓮結束和姊姊夫婦以及姪子的快樂餐會，離開了那個房間。

四歲的姪子雖然央求她一起看電視上播放的動畫電影，但是……

「抱歉喔，姊姊還有功課要做。」

撒了這樣的謊後，就從上一層樓的姊姊家回到在下面一層樓的自己家裡。

然後進行超越次元的移動，由現實世界前往ＶＲ世界。

「哈囉！小蓮！妳這女孩果然沒讓我失望！」

約好碰面的地點，中央都市ＳＢＣ格洛肯的酒店裡，Pitohui用力拍著蓮的雙肩。被高大的Pitohui從上面拍打，原本就矮小的身材似乎就縮得更小了。

「好痛，好痛喔，Pito小姐！——我人是先過來了啦……」

說完就環視了一下微暗又狹窄的包廂。裡面沒有其他人在了。

「啊，要和小蓮組隊的搭檔嗎？抱歉，他馬上就會來了，再等一下喔。跟平常一樣，我請妳喝一杯吧。」

「謝謝──是去哪裡買東西了嗎?」

蓮一邊坐到Pitohui對面位子上一邊隨口這麼問道。這裡的「去哪裡」指的是GGO內的某處。

「沒有啦,還在現實世界。因為我有事拜託他。」

同樣是隨口說出來的回答,卻讓蓮嚇了一大跳。

在現實世界裡拜託對方做事情,所以知道他會晚點到,就表示是「現實世界裡也有親密關係的男性」吧?這樣的話……是男朋友?戀人?老公?難道說是兒子還是爸爸?

蓮不讓驚訝的心情表現在臉上,也不把心裡的想法說出口,然後將從桌子中央浮出來的冰紅茶拉到面前,用嘴巴含住了吸管。

和現實比起來口味雖然比較淡,但嘴裡依然可以感覺到冰冷甘甜的紅茶。而且喝再多也不會胖,更不用去上廁所。

Pitohui這時大口喝著顏色跟熱帶魚一樣鮮豔的汽水……

「妳看過SJ的規則了嗎?依照小蓮的個性,一定從頭到尾熟讀過了,不過為了慎重起見還是確認一下。」

蓮一邊想著個性完全被對方看透了,一邊點了點頭給了對方肯定的答案。

由於Pitohui已經幫忙報名了，所以從營運公司ＺＡＳＫＡＲ那裡寄來寫了規則的訊息。蓮不是隨便看看，而是仔細地研讀過了。

ＳＪ的規則基本上是以個人混戰的ＢｏＢ大會規則為依據。然後有幾個地方有重大的差異。

至於相同的部分，簡單來說就是——

「參加者（小隊）將一起被傳送到距離其他人（小隊）１０００公尺以上的地點，然後比賽隨即開始。最後存活下來的人（小隊）即為優勝者。」

「舞台是在特設的戰場。雖然不知道會在什麼樣的環境下開始，但可以知道的是該處為混雜了許多地形的戰場。雖然有對自己有利與不利的地形，但傳送到什麼地方完全是亂數決定，所以只能靠運氣。」

「只要是遊戲當中該角色能夠拿得動的武器，無論使用什麼都可以。也就是說不只是槍，也有可能是炸彈或者小刀。另外也可以使用散布在戰場裡的交通工具。」

「一般來說屍體都會粉碎並且消滅，但在大賽當中將隨著『Ｄｅａｄ』的標籤一起殘留下來。」

「一般來說死亡後會有被稱為『死亡掉寶』的道具遺失，如果伙伴不幫忙撿起來的話，就算再貴的槍械都會永遠消失，但大會中沒有這種情況。」

「為了避免出現單方面逃走並且躲起來的人（小隊），將進行『衛星掃描』。這在設定上是人工衛星的查探，會定期且短暫地把對手的位置傳送到當天參加者所持有的攜帶型接收器上面。」

「到目前為止有什麼問題？」

Pitohui一邊指著叫到空中的規則畫面一邊這麼問，蓮則是回答：

「沒問題。雖然對衛星掃描接收器的使用方法有些不安。」

「沒那麼困難啦，只要會使用智慧型手機就沒問題了。那麼，關於只限於在ＳＪ內的重要規則——」

與ＢｏＢ不同之處，首先當然就是人數了。

「不承認個人參賽，必須是最少兩人最多六人的小隊。」

「對伙伴的攻擊，也就是誤射、誤爆也跟平常一樣會造成傷害。」

「ＢｏＢ內禁止使用的通訊道具，小隊成員之間則可以使用。當然，無法與外部或者死亡的玩家聯絡。」

Pitohui指著自己的左耳。

「我會給妳能夠常時通話的道具，就是妳之前和我用過的。」

「了解。」

蓮點了點頭。

常時通話指的是可以同時「說」與「聽」，也就是像一般電話那樣的通訊機。一般的無線電是要說話時才按下按鈕，只能進行單向的傳達。

不過常時通話的話可以隨時聽見所有的聲音，伙伴人數增加的話會變得非常吵雜。關於這方面則可以按照自己的喜好做選擇，只有兩個人的話，常時通話應該比較方便吧。

下一個很大的差異是……

「ＳＪ的話屍體會在十分鐘後消失，玩家就能回到酒場裡。」

「嗯，這是因為它不是像ＢｏＢ那麼嚴格的大會吧。如果是下了大量賭注的ＢｏＢ，為了防止情報流出，在優勝者出現之前，意識都只能跟屍體一起待機喔。」

「嗯嗯。ＳＪ的話就算馬上死亡，也不用一直等到大會結束對吧。」

「馬上就死掉的話我可饒不了妳喲～」

「是！我會拚死奮戰！」

「很好。」

而衛星掃描的時間也經過變更了。

「ＢｏＢ裡每隔十五分鐘的衛星掃描，在ＳＪ則是縮短為十分鐘。」

「這是因為想縮短大會的時間吧。BoB通常是兩個小時左右會分出勝負，SJ一定不會比它還長。星期日的下午兩點開始……說不定一個小時以內就結束了。」

「那麼快？」

「以我的慧眼來看是這樣。」

「有人這樣稱讚自己的嗎……？」

「哎呀，有什麼關係嘛。所以只要能在這場大會裡存活一個小時以上就很了不起嘍。」

「這樣啊。因為參賽的是小隊，所以可能馬上爆發盛大的槍戰嗎……」

「是啊～遊戲開始之後雖然敵人最少也會距離1公里，但全力衝刺的話距離馬上就會縮短了，所以一點都大意不得。視野良好的地方，距離800公尺就會有狙擊槍的子彈，600公尺就會有機關槍的子彈飛過來。嗯──關於這方面，就交給實際要和妳一起戰鬥的傢伙吧。」

提及該名蓮不認識而且目前仍未到場的搭檔後，Pitohui又接著表示：

「然後接下來大概就是SJ最重要的規則了！好，那麼我現在要出題嘍！」

Pitohui邊說邊指向畫面。將寫在上面的內容簡約之後大概是這樣：

「衛星掃描後標示的只有Squad leader（分隊長）的位置而已。另外BoB內觸碰光點就會出現玩家的名字，這次則不會顯示出小隊名稱。」

「這是怎麼回事？」

「每個小隊最多有六個人，所有人都顯示出來的話，畫面就會擠滿名字，根本看不清楚了吧。」

「原來如此……」

「所以只會標示出隊長所在的位置。這代表什麼意思呢？來，小蓮請回答。」

Pitohui老師指名之後，蓮思考了幾秒鐘的時間後回答：

「在親眼目擊之前，都不知道其他小隊成員潛伏在什麼地方……小隊長的位置，反而可以用來當成吸引敵人的陷阱……」

「沒錯！不愧是設下螞蟻地獄般陷阱的小蓮！馬上就了解了！」

「等等，忘了那件事吧……」

「我是在稱讚妳耶！那種不把人當人看的無情攻擊！真是令人著迷！」

「回到主題來啦。那麼——衛星掃描的意義就和個人戰的BoB有很大的不同了吧。」

「正是如此。但是呢，小隊要是過於分散，也會造成不利喔。」

「我知道了……老師，我有問題！」

「妳問吧，小蓮同學。」

「隊長陣亡的話……該怎麼辦呢？那個瞬間——該小隊就輸了？」

「沒有啦，這樣就不能大家同樂了吧？被發現所在位置的隊長也有可能因為狙擊而立刻死亡。所以那個時候就跟實際的戰爭時一樣。」

「什麼意思？」

「在軍隊裡，隊長戰死的話，就由階級次高的人，同樣階級的話則由先晉升的人承接指揮權。也就是說在ＳＪ裡，只要先申請小隊裡的順位，就可以由第二名、第三名依序遞補。」

「原來如此。那麼我們這支只有兩個人的小隊，就不必煩惱這種事情了。不過，真的要兩個人上場嗎……」

「是啊。加油喲～只有兩個人還獲得優勝的話不是很帥嗎？」

「這樣啊……」

「其他還有『只有隊長才能投降，那個時候就算整支小隊都投降了』的規則，不過這也和小蓮你們沒什麼關係。意思是說人數減少而真的沒有機會獲勝的話，可以馬上退場。」

「嗯嗯。」

蓮為了把所剩不多的冰紅茶喝完，開始含住吸管吸了起來。緊接著……

「以上就是所有的規則了。蓮分隊長小姐。」

這句話差點讓她把嘴裡的紅茶噴出來。好不容易吞下去後，才邊瞪大眼睛邊說：

「咦？啥？唔？」

「驚嘆詞的發音練習嗎？」

「才不是哩！——我來當隊長？請問為什麼呢？和我搭檔的人比我還弱嗎？」

「又變客氣嘍。不是啦不是啦。那傢伙當然是很強的玩家啦。」

「那為什麼……？」

臉上滿是刺青的Pitohui對小小臉龐浮現問號的蓮回答道：

「祕密！嗯，也算是作戰的策略啦。」

「…………」

蓮聽見後也沒辦法再說什麼，包廂頓時籠罩在寂靜當中。

接下來……

「抱歉，來遲了。」

傳出男性渾厚的聲音，然後就是一名巨大的男人走了進來。

SECT.4

第四章　以M為名的男人

看見分開布簾走進包廂的男人……

「…………」

蓮頓時有種熊闖進來的感覺。

那個男人是身高超過一九〇公分的巨漢。

身上穿的是由綠色、茶色與黑色的刺眼圓形所組成的迷彩長褲，以及單一茶色的T恤。

雖然身上沒有任何裝備，但這樣也更加凸顯出他強壯的肌肉。除了個子高之外，還有魁梧的體格與厚實的胸膛。他的胸口看起來就像皮膚下方裝了防彈板一樣。從T恤的袖子延伸而出的兩條手臂簡直跟圓木沒兩樣，它們大概比蓮的腰圍還要粗吧。

而男人的頭髮也讓他看起來更像一隻熊。蓋住整個頭部，帶著波浪狀的茂盛深茶色長髮一直長到肩膀。沒有鬍鬚的臉龐，就如同一大塊岩石般稜角分明。兩顆眼睛雖然又圓又大，但是完全沒有溫柔的氣息。

他的年紀看起來相當大，至少已經超過四十歲了吧。當然虛擬角色的外表與真實世界的實際年齡完全無關，所以現實世界的他可能是個男高中生，也可能是個八十歲的老爺爺。

在GGO這款美國製的遊戲世界裡，這種類似健美先生的超強壯虛擬角色並不是太少見。

雖然在街上也經常可以見到，但在如此近距離下面對面，還是讓蓮感到很恐怖。

但是，即使外表是這樣，如果他是剛開始玩這款遊戲而筋力值相當低的話，就會發生拿不動蓮都可以裝備的槍械這種非常有趣的狀況。不過Pitohui已經說他「很強」了，所以應該不可能會這樣吧。一般來說，男性最少也跟蓮差不多，不然就是比她花了更多時間在這款遊戲上。

「喔，太慢了吧，喂。」

「抱歉，Pito。我把事情全部處理完了。」

以渾厚的聲音冷冷回答的模樣，也讓蓮覺得很恐怖。長到這麼大，從來沒有和如此高大的人見面的經驗。她甚至想起幼年時期在動物園裡透過玻璃看見棕熊的記憶。

蓮浮現實在沒辦法和如此恐怖的搭檔合作，還是放棄參加ＳＪ的想法。但這樣對Pitohui以及這名男性都相當失禮，而且這是自己決定好的事情，於是就又改變了想法。再加上他並不是敵人，而是會成為蓮的隊友的人。

「我知道了。來，坐到這裡來吧。」

Pitohui邊說邊站了起來，把自己坐的位子讓給了他。巨大身軀在包廂入口處和Pitohui交錯，從狹窄的座位邊緣往前進，最後坐到蓮面前。

「小蓮，我來跟妳介紹！這個像笨蛋一樣，有著一副無謂巨大身軀的——」

聽到她這麼說的瞬間，蓮不禁感到有些心痛。因為現實世界裡，大家就是這樣看自己。當然，這不是Pitohui的錯。因為這本來就是隱藏真實身分的ＶＲ遊戲。

「就是這次要和你一起作戰的傢伙——喂，快點自我介紹啊。」

Pitohui對男人擺出一副極為高壓的姿態。蓮心裡想著雖然不知道兩人之間是什麼關係，但現實世界裡Pitohui的地位一定比他高出許多。

巨漢微微低下頭……

「初次見面。我叫作Ｍ。請多指教。」

然後做了這樣的自我介紹。外表看起來雖然恐怖，但對人的態度卻很客氣。在他的影響下，蓮也低下頭客氣地回答：

「初次見面。我叫作蓮。」

然後兩個人就安靜了下來。看來這名叫作Ｍ的男性，社交能力不像Pitohui那麼強。真難對話耶。不過有Pito小姐在應該就沒問題吧。正當蓮這麼想時……

「那我還有點事，接下來就交給兩位年輕人了！」

在包廂入口處的Pitohui，留下一句相親時經常會聽見的台詞後……

「咦？啊——」

蓮還來不及搭話，她就已經迅速溜走了。

剩下來的只有極為尷尬的氣氛。

不是因為單獨和男性相處而感到危險。ＶＲ遊戲裡面，系統將會對與異性的肉體接觸提出「性騷擾」警告。這時要是不遵從指示的話就會遭到處罰，最後還有可能被停止帳號。

香蓮自從青春期之後，就幾乎沒有單獨和異性對話的經驗。之所以不是完全沒經驗，是因為還有兩名年長許多的哥哥，以及和大姊結婚的姊夫在。託他們的福，蓮還不至於害怕男性到完全無法對話的地步。

「…………」

但目前實在不是能主動積極說些什麼的氣氛。因為對方是個宛如能把自己從頭直接吞食掉的巨漢。

蓮同時也深刻體認到現實世界其他人看見自己時有什麼樣的心情，這也讓她再次感到有點憂鬱。

真想直接登出逃走，帶著這種念頭而低下頭的蓮，耳朵裡……

「那個……嗯，請……請……不要這麼緊張。不對，應該說不要這麼緊張啦……太客氣的話，之後又會……被Pito那傢伙痛扁一頓。」

就聽見了結結巴巴的說話聲。聲音當然是來自於Ｍ。

啊，原來不是只有自己害怕嗎？想到這裡蓮的心情就稍微放鬆了。想像這個巨漢被Pitohui

痛扁的模樣——雖然暴力是不好的行為，但那確實是會讓人露出微笑的光景。

「啊——是的。不對，嗯，那大家就別那麼客氣吧。」

與人說話時要看著對方的眼睛，這是小比類卷家的規矩。經商的父母親嚴格地訓練她要這麼做。這時蓮一邊看著M嚴肅的臉孔……

「既然決定要參加，我就會努力戰鬥——還請多多指教嘍，M先生。」

「多多指教。我是以優勝為目標，讓我們一起努力吧。蓮——可以直接這樣稱呼妳嗎？我實在不習慣……在名字前加個『小』字。」

蓮點了點頭。看來M的個性不像外表那麼恐怖。

操縱這個魁梧角色的，在真實世界裡究竟是什麼樣的人呢？蓮雖然再次湧出興趣，但還是努力把它丟出思緒之外。繼續想下去的話，似乎又會不小心問出口。

「妳從Pito那裡聽到些什麼？在我來之前，妳們在談論什麼話題？」

這時候M可能也終於從緊張當中解放出來了吧，只見他一隻手拿著點餐後就立刻從洞裡冒出來的冰咖啡，然後以極為正常的態度向蓮搭話。

蓮則是以「這個人是我叔叔。可以不用這麼客氣的長輩」這樣的概念來和他對話。

「我們再次確認了ＳＪ的規則，還提到使用無線道具，以及不知道為什麼是由我擔任隊長等話題。」

「這樣啊。那有談到今天像這樣讓我們見面的理由嗎？」

「這都還沒提到。」

蓮搖了搖頭這麼回答。

話說回來，到底是為什麼？

Pitohui也沒有說理由，只是詢問可不可以從星期五晚上九點起撥出三個小時左右的時間。

大會當天Pitohui應該會因為參加婚禮而相當忙碌，所以趁現在先介紹M給自己認識當然相當令人高興，但怎麼樣也不用三個小時吧？本來以為是為了加深默契而要三個人一起去狩獵，但是Pitohui卻又立刻就離開了。

蓮的回答……

「真是的。」

讓M丟出這麼一句話並輕笑起來。他嚴肅的臉龐也稍微變得比較放鬆，這時蓮則產生「啊，這個角色也會笑啊，竟然也準備了笑容用的圖形」這種不可思議的感想。

「我們都不知道對方有多少能力。雖然我已經從Pito那裡聽說了，但接下來想到演習場去確認一下。」

演習場是正如字面上意思的地點。

與室內射擊場不同，在該處可以選擇包含各種地形與建築物的戰場，然後利用地形來進行等同於實戰的移動與長距離射擊的練習，只要設定彼此不會受到傷害，就可以進行戰鬥演練。而在這段期間都不必擔心會被怪物或者其他玩家襲擊與殺害。只不過，想使用的話就得預約並付費，而且費用相當貴。

「原來如此。但是——有一件事讓我很在意……」

「什麼事？」

「為什麼由我當隊長？那個……不用確定也可以知道，我沒有那種能力喔。」

蓮以嬌小的身軀拚命傳達自己的想法，而M則是再度微微笑了起來。

「不要緊。就是因為有策略，才會這麼做。實際的作戰指揮就交給我吧。」

在星期五快要變成星期六之前，香蓮回到現實世界當中。

她用力伸直高大的身軀，慢慢確認現實的感觸後才站起身子，打開了房間的照明。

茫然看著掛在衣櫥上的黑色P90……

「算是……入隊測試吧？」

香蓮低聲這麼呢喃。

之後的兩個半小時左右，蓮在M的命令下做了許多事情。

兩個人先到他已經預約好的演習場。那裡是有著紊亂顏色的天空，以及岩石與廢棄車輛相當顯眼的荒野。遠方可以看見傾斜的大樓與有隕石坑的山脈。看起來雖然和普通的戰場沒有兩樣，但是有2公里左右的移動距離限制，應該有著「無法繼續前進」的透明牆壁才對。

「先全副武裝吧。我也會把通訊道具交給妳。」

M首先這麼表示。於是蓮就操縱畫面，把保管在道具欄裡的裝備實體化。她的裝備是平常那套粉紅色戰鬥服與P90。雖然換衣服時身上的衣服會先消失，所以會變成只穿著內衣褲的模樣，但依然裝備著斗篷的話就沒問題了。

緊接著蓮就按照命令做了許多事情。

「40公尺前方有一個大油桶。請妳以立姿對準那個桶子中央射擊。以半自動模式緩緩發射10發，然後盡可能快速地發射10發。剩下的30發則以全自動模式發射。」

「從這裡到那輛廢棄卡車有200公尺。腳下是堅固的石頭地面。請妳在手持P90的狀態下全力衝刺。碰到卡車後再全力跑回這裡。」

「這次換成邊跑邊射擊。先對著油桶全力奔跑，然後在我的指示下邊跑邊以全自動射擊把子彈射光。彈匣裡的子彈低於8發的話就立刻更換。」

「用目測的話，妳認為到那個突起來的石頭有多遠的距離？然後到它對面的洞穴呢？」

到此為止，蓮都知道他是在觀察自己的戰鬥力。

「前方沒有任何東西。請妳閉起眼睛往前走。盡可能以平常的姿勢並維持一定速度。然後按照我的指示改變方向。」

「慢慢走、平時速度、小跑步、全力衝刺——按照指示切換這四種速度。」

「請妳趴下。經過一分鐘後我會突然做出訊號，到時候妳就起身往我指示的方向跑。下一個訊號來了就再次趴下。」

「面朝後方並盡可能快速行走。地面上有石頭，要是跌倒的話就直接翻轉並趴到地面上。」

「蹲下來並縮起身子，盡量讓身體小一點。然後試著就這樣從坡道上滾下去。」

聽見他做出這些指示後，蓮實在不知道它們有什麼用處。

在VR世界裡無論再怎麼動肉體都不會覺得疲勞。只要腦部下達「全力衝刺」的命令，就能像按下搖桿的按鈕一樣，讓身體持續地往前跑。

由於不知道自己在做什麼，所以精神上會感到疲勞，但蓮還是確實地完成對方的指示。

「嗯，我知道了。謝謝妳。」

當蓮想著這下終於結束了時，M又叫出自己道具欄的操作畫面，叫出了自己的槍。

出現在他眼前的，是一把又大形狀又怪異的步槍。

那是一把相當大而且長，同時有許多隆起的步槍。蓮感覺它看起來就像是工地裡頭的機械。此外上面還附有似乎相當堅固的兩腳架與瞄準鏡。

顏色是茶色與綠色的迷彩塗裝。到處都可以看到塗料脫落或者因為摩擦而褪色的痕跡，看來已經被使用很長一段時間了。

「這就是M先生的主要武器嗎？我是第一次看見這種槍械，它叫什麼名字？」

蓮想著「看起來很強大但似乎很重，自己的話一定無法裝備」，開口這麼問道。

「『M14・EBR』。」

檢查完槍械的M首先只回答了它的名稱。他接著把M14・EBR放在腳邊，然後一邊將裝備品實體化一邊又開始繼續說明：

「EBR是Enhanced Battle Rifle的縮寫。正如它的名稱所顯示，是M14這種舊型戰鬥步槍的『強化版』。口徑是7.62毫米。」

聽見對方這麼說，蓮就回想著Pitohui過去教給自己的知識……

「這樣的話，M先生的戰鬥型態是……半自動模式的中距離射擊？」

然後像是要確認般如此詢問。

現在的蓮已經擁有許多開始玩GGO時完全不清楚的槍械知識了。

在特別指導中學習到，又經過Pitohui複習的——

「槍會因為口徑而改變有效射程，另外相同口徑的槍也會因為種類而有不同的有效射程。妳要注意自己和對手槍械的口徑與種類。」

就是這樣的知識。

所謂有效射程，簡略來說就是「能夠射中並給予傷害的最大距離」。而「最大射程」則是單純指子彈在物理上能飛行的最大距離，所以兩者在意義上完全不同。

7.62毫米等級的子彈威力強大，最適合中距離的狙擊。

「是啊，我基本上希望能夠在開闊的地點，和對方保持一段距離來戰鬥。當然，近距離戰鬥時也會使用ＥＢＲ，但在室內就會用這個。」

這麼說著的Ｍ，右腿上出現強化塑膠製的槍套。

裡面裝著一把黑色大型自動式手槍。Ｍ以背帶揹起Ｍ１４．ＥＢＲ後，就用右手從槍套裡拔出手槍。

從道具欄裡實體化的槍不可能已經上膛，所以Ｍ以左手拉了一下滑套並放開，把首發子彈送進膛室裡。

將位於姆指處的小桿子上移關起保險後，Ｍ就露出手槍的側面讓蓮看。

「這是德國的Heckler & Koch（ＨＫ）公司製的『ＨＫ４５』。是45口徑的自動式手槍。彈匣容量是10發。右側的桿子往上抬就是關保險，通常是進行水平射擊。緊急時妳或許會用到，希望妳先記下來。」

M雖然做出比介紹M14．EBR時還要詳細的說明，但是蓮心裡卻想著自己應該沒有機會用到才對。

不過她姑且還是記住了使用方法。把那個小桿子往上抬就會關保險。

GGO的玩家們不太會關上槍械的保險。雖然現實世界裡不這麼做的話會相當危險，但這裡是遊戲的世界。跟走火的危險比起來，玩家都選擇能夠立刻反擊的優點。

蓮一直以來也是這樣，來到戰場上就立刻將P90上膛，而射擊模式選擇旋鈕兼保險都是在「全自動」的位置上。

在移動時都會伸直食指避免觸碰到扳機，而攻擊時則以細微的控制來扣動扳機，一次發射3～5發子彈。

M把HK45放回槍套裡，繼續把其他裝備實體化。M厚實的身體加上內含防彈板的裝備背心與看起來像是要去登山般的大型背包後，他在這個世界裡占據的體積就又增加了許多。頭上則戴著跟衣服相同迷彩圖案的闊邊帽。

背心上附加了許多M14．EBR用的彈匣袋。由於他的身體相當大，所以可以帶許多彈匣袋。合計共有八個以上。預備彈匣的數量可以說相當充足。

背包雖然也整個隆起，但是不知道裡面裝了些什麼。總之不可能是便當，應該是某種與戰鬥有關的物品吧。

結束準備工作的M開口表示：

「那麼，現在請蓮按照我的指示到距離20公尺、50公尺以及100公尺的地方去。」

「嗯。然後呢？」

「我會用EBR朝許多方向射擊。在射擊前會確實說出方向。」

「什麼？那麼……我……我要做什麼？全力逃走嗎？」

以為自己將成為射擊練習的標靶後，蓮就焦急地這麼詢問，結果答案卻是出乎意料。

「希望妳專心地聽，然後記住聲音。」

「聲音？你是說槍聲嗎？」

「是啊。妳或許已經知道了，在GGO裡面，極近距離的槍聲和現實世界的比起來算是經過相當的壓抑。」

蓮點了點頭。這件事之前就聽Pitohui提過。

雖然槍械的真實呈現是GGO的特徵，但營運公司故意沒有完全呈現聲音。

如果沒有壓抑槍聲，就沒有任何人能夠一邊射擊一邊談話，也會出現許多重聽的玩家。

「但是，經過某種程度減輕的音量，也就是不會對耳朵造成傷害的槍聲，還是真實呈現出因為地點與距離而變弱的情況。所以只要習慣，就能知道對手是在多遠的距離開槍。」

「原來如此。」

「接下來就要蓮記住因為距離而產生變化的槍聲，練習以感覺來辨認間隔多少距離以及朝著哪個方向射擊。射擊到一定程度後，就換成閉上眼睛。然後我開始移動，在不告知狀況下射擊。而妳則盡可能正確地說出有多少距離以及朝哪個方向開槍。」

蓮雖然有「那是什麼，聽起來好像很難」的想法，但也只有照著做了。這樣總比被當成標靶好多了。如果剛才是體育測驗的話，這次應該就換成考音樂了吧。

「我知道了……」

「這些結束後，就換成中間隔著遮蔽物、岩石或廢棄車輛、空屋等再做一次同樣的動作。請妳確實記住聲音之間的差異。」

嗚哇，這也太累人了吧。蓮在心中這麼大叫。

＊　＊　＊

「入團測試」結束的隔天，也就是星期六時，香蓮除了完成大學的功課之外就沒有其他事情了。而且功課也在上午就已經結束。

完全無事可做的香蓮雖然稍微瞄了一眼掛在床邊的AmuSphere……

「嗯……今天還是算了吧。」

最後還是決定不玩GGO了。

雖然也可以一個人去狩獵怪物，但這樣就會出現遭到其他玩家襲擊，而且還無法逃走慘遭殺害的可能性。就算蓮對自己逃走的速度有自信，還是有可能遇見速度比自己快的敵人。

即使角色死亡，也只會受到「死亡罰款」，也就是失去一些賺到的經驗值並回到城市裡而已。但偶爾會出現死亡掉寶而當場掉落所持的槍械或者裝備。

這樣的話，如果沒有同伴幫忙撿拾，就會永遠失去這些武器與裝備。由於蓮沒有同伴，所以到時候會出現什麼結果已經很清楚了。在明天就要參加重要大會的現在，如果失去重要的主要武器P90，就太對不起Pitohui與M了。

結果她就這樣無所事事地度過這天下午。

反正到了明天，就算不願意也能夠大幹一場。這時候蓮……

「啊，神崎艾莎果然很棒呢……」

雖然無法去參加該名歌手明天的演唱會，但蓮還是在她的清澈歌聲包圍下悠閒地度過這段時間。

由於神崎艾莎是創作型歌手，所以也自己作詞作曲，而她有許多歌曲都是改編自知名的古典樂。這也是喜歡古典樂的香蓮欣賞她的理由之一。

香蓮一邊聽一邊想著。為什麼神崎艾莎不在大一點的地方舉行演唱會呢？

這時香蓮忽然興起一個念頭。

「神崎艾莎小姐惠鑒：」

她開始動筆寫著給神崎艾莎的信。信紙與信封則用了來家裡玩的姪子留下的可愛商品。

雖然是有生以來第一次提筆寫信給偶像，卻很不可思議地下筆如有神助——

回過神來才發現連自己因為身高而一直有自卑感，以及為了消除自卑感而迷上入手小不點虛擬角色的ＶＲ遊戲等事情都寫進去了。

接著又寫了：「我在現實世界當中很喜歡妳的歌聲，希望有機會可以聽見現場演唱。所以請在大一點的場地舉辦演唱會吧。」

寫完信的她先去吃了晚餐，然後把信重新看了一遍——

香蓮雖然覺得這樣實在吐露太多感情，也實在太不好意思了，但是……

「…………」

認為反正對方應該不會看的她還是直接把信寄了出去。

收信人地址寫的是神崎艾莎的經紀公司。

心想如果能收到回信就太好了——

於是就在信封背面確實寫上自己的姓名與地址。

＊　＊　＊

就在蓮用可愛貼紙封上給神崎艾莎的信件時——

日本各地也有隔天準備參加大賽的多位男性以及女性玩家。

在某個地方，五名男性藉由網路電話聚集在一起。

「屬於我們的光輝時刻終於要來臨了！那就是明天！」

「是啊！讓我們放手一搏然後陣亡吧！」

「沒錯！就算不能同年同月同日生，我們也要同年同月同日死！」

「我才不要哩，你先去死吧。雖然不會幫你撿骨，但是可以幫你撿裝備。」

「太過分了吧！」

「哇哈哈！抱歉在這熱絡的情況下澆你們冷水，不過ＳＪ和ＢｏＢ一樣不會掉寶喔。」

「什麼嘛。嘖……」

「你不知道嗎！你這傢伙真的太誇張了！」

「只是緩和現場氣氛的玩笑啦。」

「哪一天我一定會從背後給你一槍喔。」

「嗯，就照這樣輕鬆地參賽吧！難得舉行了這麼奇怪的大賽。對連續三屆BoB都在預賽敗退的我們來說，終於也有出頭天的時候了！」

「喔！小隊戰鬥的話，說不定能拚到最後！」

「很好！要好好努力！至少要存活十五分鐘！」

「喔～！」「喔～！」「喔～！」「呀～！」

另一個地方，一個男人正在對其他六個男人說話。

「明天終於要參賽了，嗯，這次只是實驗，就算不順利也不用太在意。只要發揮平常的實力，應該就能得到不錯的成績吧。但是，如果快要獲得優勝，就按照預定投降並離開遊戲。我要說的就到這裡，期待諸位的奮鬥。」

在另一個地方，果然也有幾名女性同時利用網路電話交談當中。

「明天終於要到了。別忘了要登入喔。特別是——」

「我知道我知道！明天我會叫老大打電話給我啦！」

「誰叫妳老是遲到。不過，明天終於能大鬧一番了！」

「事到如今，優勝就是我們唯一的目標！一定要贏得獎品！沒有別的選擇了喲！」

「那是當然！」

「了解了！」

「交給我吧！我們一定做得到！」

再到另一個地方，一對裸身互擁的男女正在床上交談。

「明天終於要參賽了，你要加油喔，達令！」

「…………」

「別擔心。就算死掉，也不過就是真的會喪命而已呀。」

「…………」

「只要有這樣的緊張感，無論做什麼都會順利啦！」

「我——」

「不用說了！我都說別擔心了！來，反正還有時間，我們再做一次吧！」

「對明天的工作會有影響……」

「我才不會因為這樣就累倒呢。還是說達令你已經變成老爺爺了？」

就這樣，日本時間的星期六過去了。

時鐘超過午夜十二點，來到舉行ＳＪ的星期日。

那麼，戰鬥即將要開始了。

SECT.5 第五章　大會開始

二〇二六年二月一日，星期日。

從中午開始，Gun Gale Online裡的中心都市，SBC格洛肯的一個角落開始熱鬧了起來。

地點是寬敞大街上的某家大酒場。

雖說是酒場，同時也是餐廳與咖啡廳，而且地點就在購物中心旁邊，裡面也有遊戲區與賭場，深處甚至還有室內射擊場。

平常的星期日，這家店也會聚集不少喜歡這裡的老顧客，所以生意還算不錯，但今天可以說比平時更加熱鬧。

造成這種情況的理由只有一個。就是這裡是「第一屆Squad Jam」的大會本部。

因為不像BoB是舉整個GGO之力舉辦的大型活動，所以這次不是在被為「總統府」的中心設施，而是在這間酒場裡舉行。

參加者都會先聚集在這裡，時間到了就會為了進行準備而整支小隊被傳送到「待機區域」裡頭。

在該處的十分鐘倒數中，把裝備從道具欄裡拿出來並進行作戰會議。然後到了下午兩點整時，就會再被轉移到不知道是什麼地形的戰場上。

戰鬥畫面將由複數的攝影機進行轉播。

如果是像BoB這樣的大會，戰況就會由網路電視台的「MMO動向」進行轉播，只要連上網路在任何地方都能觀看，但SJ就沒有這樣的規模了。

不是在這家酒場內和大家一起熱熱鬧鬧地享受吊在天花板或牆壁上的大螢幕，就是看GGO內的轉播或者事後才看錄影轉播。

穿著斗篷的蓮進入店內時，左手腕上的小小數位手錶顯示著十二點四十五分。這隻和遊戲系統連動的手錶不可能會有誤差。

SJ參加者的集合時間是十三點四十分，和M約定好在十三點半碰面，所以還有相當寬裕的時間。

蓮進入熱鬧的店內，隨即開始尋找空的包廂。這是為了立刻躲進去，不讓對戰的對手獲得太多情報。

雖然也有幾名在酒場裡炫耀愛槍的玩家，但M已經說過那是在告訴敵人如何對付自己的愚蠢行為，所以絕對不能那麼做。當然，也有可能是進行故意顯露較弱的槍械，等正式開始比賽才拿出強力稀有槍械的情報戰。

蓮進入某間包廂拉上布簾。然後照約定以電子郵件告訴M房間號碼。

等不到幾分鐘，在第一杯冰紅茶喝完前M就來到現場。雖然還是挺著一副像山一樣的巨大身軀，但蓮已經不再感到害怕了。

「嗨。今天一起加油吧。」

「請多指教。」

悠閒地等待比賽時間到來的兩個人，耳裡也聽見店內熱鬧的聲音。

螢幕畫面播放著成為這次大會贊助人的中年男子小說家，正以現實世界裡的樣貌接受訪問的模樣。

留著凌亂鬍鬚的邋遢男性，就這樣說著「哎呀～真的很令人期待」、「請大家盡情在遊戲裡互相攻擊吧」等話，總之看起來相當高興。

「等等，說要辦活動的本人不參加大賽嗎！」

在酒場裡的客人雖然這麼吐嘈，但馬上又有其他人說：

「不一定喔，雖然真實身分曝光了，但他在遊戲裡的虛擬角色可沒曝光，接受完訪問後可能會偷偷參賽吧？」

「原來如此！和一般的情況相反嗎！」

「真是少見的情況……」

「那打倒那個傢伙有獎勵嗎？」

「當這個大會的主辦人，不知道出了多少錢喔？」

可以聽見現場有這樣的對話。

蓮和M從浮現在眼前的視窗上，看見了出場隊伍的名單。

全部共有二十三支隊伍。從ＢｏＢ由幾百人的預賽裡只選出三十人來看，在沒有預賽的情況下還只有這些隊伍，果然只能稱為小規模的賽事。

不過如果每支隊伍都登錄了上限的六名參賽者，那麼總參加人數就有一百三十八人，所以這場在和ＢｏＢ同樣大小的戰場上進行的遊戲確實相當「擁擠」。

「希望開始之後酒場不會變得冷冷清清。」

M這麼說道。蓮想像著那種情形，忍不住發出竊笑。

不過自從蓮他們進入包廂之後玩家就不停湧入，所以看起來是不用擔心有這種情況發生了。第一屆Squad Jam比想像中還要來得受矚目。

至於出場名單裡的小隊名稱，蓮他們的隊伍是叫作「ＬＭ」。

是由蓮和M的名字直接組成。蓮之所以排在前面，不知道純粹是因為英文字母順序，還是為了向隊長表達敬意？

其他的小隊也全是像「DDL」、「ZEMAL」、「SYOJI」、「CHBYS」、「DANG」或者「SHING」等簡短的名稱。

由於許多看起來都像是縮寫，應該是在登錄時把名字省略掉了吧。一想到這裡，蓮便覺得LM是相當簡潔的好隊名。

重要的是上面看不見任何小隊人數的紀錄。

這樣的話，只有把所有小隊都當成有六個人來戰鬥了。反過來說，只有兩個人的蓮他們也可以利用這一點來讓敵人掉以輕心。

這次不像BoB那樣開了將由誰獲得優勢的賭盤。相對的……

「猜猜大會分出勝負為止總共開了多少槍吧！一次500點。」

舉行了BoB時沒有的預測遊戲，而且相當受到歡迎。

因為是遊戲世界，所以系統可以正確計算出參加角色的開槍次數。這是猜測決定勝負時，所有人消費了多少子彈的企畫。

連個位數都完全正確的話——就能夠獲得自己想要的同數量子彈。不過上限是到7.62毫米為止。

由於GGO的彈藥都得自己購買（或者購買材料製作），所以能夠獲得大量彈藥的話，今後就有好一陣子玩遊戲都不必擔心購買子彈的費用。當然，也可以把它們讓給同一個中隊的伙伴或者賣給商店。

如果沒有完全猜中的人，那麼最接近的五個人將可以獲得獎品，但是獎品等級將隨著猜中十位數、百位數而降低。

就算是這樣，依然有衝鋒槍以及以打為單位的手榴彈等相當不錯的獎品。也難怪賭局會如此熱絡了。

不過總共發射多少子彈並不是那麼容易預測。參加者只要在加入賭局的機器上隨意打進數千到數萬的數字，然後在視窗上按上手掌就能夠參加。

不理會這樣的騷動……

「Pito小姐現在應該穿著禮服吧。」

蓮想像著參加婚禮的Pitohui並這麼說，結果……

「我想是吧。無法參加ＳＪ應該讓她懊悔到咬牙切齒吧。希望不會造成周圍的人有『為什麼那個新娘的朋友會這麼懊悔？難道說？』的誤解就好了。」

Ｍ淡淡地這麼說完，蓮就忍不住噗哧一笑。

笑完之後，蓮就靠攏膝蓋挺起背桿……

「Ｍ先生，今天請您多多指教。我當初為了要不要參加而拖拖拉拉地煩惱了一陣子，但現在已經決定更認真一點來玩ＧＧＯ了。」

向對方說出這樣客氣的發言。

「我知道了。不過不要再這麼客氣了。」

「啊——了解了。」

有著嚴肅臉龐與魁梧身軀的M以溫柔的口氣這麼說道：

「Pito那個傢伙對我說『一定要贏得優勝！』。」

「嗯，很像Pito小姐會說的話。」

「我回答會盡量努力。不過，怎麼說我們也只有兩個人。說起來打從一開始就相當不利了。也跟她說了如果蓮戰死，而且對手人數相當多的話，我可能就會投降了。而Pito也說那也是沒辦法的事。」

「嗯，那就這麼說定嘍。剛才雖然說要全力以赴，但遊戲畢竟是遊戲。何況就算是真正的戰爭，知道打不過對方後也可以投降。如果只剩下我一個人，我也想馬上投降啊。」

「但還是要盡可能追求上面一點的名次。讓我們試著期待看只有兩個人可以努力到什麼樣的地步吧。」

聽見M自言自語般的發言……

「了解！」

當蓮開朗地這麼回答時，酒場裡就響起了女性播報員的聲音。

「各位參加Squad Jam的選手們！讓大家久等了！一分鐘後，將開始把大家傳送到待機區域。同伴都到齊了嗎？」

十三點五十分時，蓮與M就被傳送到一個微暗的狹窄房間裡。

眼前可以看到「待機時間09：59」的倒數時鐘。時間正一秒一秒地減少。當它變成00：00的時候，他們就會被傳送到戰場的某個地方並開始戰鬥。

「好吧！」

蓮開始興奮起來了。

不論是哭還是笑，都已經沒辦法逃離比賽。為了一掃平時在現實世界裡的憂鬱，就盡情在比賽裡大鬧一番吧。

為了做到這一點，現在得先好好準備才行。

眼前首先出現顯示配給到衛星掃描接收器的畫面。

蓮用手碰了一下畫面後，眼前就出現一台類似大型智慧型手機的機器。

另外也出現了使用方式。按下兩顆主要按鍵後，手中的畫面以及自己的眼前就會出現大地圖。想偷偷看時就用畫面，行有餘力或者想與伙伴一起觀看時就可以選擇眼前的地圖。地圖比例尺的變更就跟智慧型手機一樣，以手指來進行縮放。

由於還不清楚正式比賽時的地圖，目前標示的是大大寫著「範例」兩個字的地圖。

十分鐘進行一次的衛星掃描，將會以白色光點的形式呈現在這張地圖上。標示的是參加隊伍的隊長所在位置。暗灰色的點是全滅或者投降隊伍的最終位置。使用方法可以說相當簡單。這樣的話應該沒問題才對。

蓮先暫時把機器放在腳邊，然後在斗篷底下換上粉紅色戰鬥服。頭上依然戴著粉紅色針織帽。脖子上也還是圍著粉紅色頭巾。不需要的繩索則是收進道具欄裡。

接下來則是裝備。手邊出現愛槍小P也就是塗成粉紅色的P90，兩腿旁邊則出現各裝有三個彈匣的袋子。

光是操縱視窗畫面就能讓自己的外表瞬間改變，這就好像以前看過的魔法少女動畫當中的變身場景一樣，蓮很喜歡這種系統。雖然變身之後的模樣變得很危險就是了。

雖然覺得像SJ這樣的對人戰鬥裡幾乎沒有人會使用光學槍才對，但不論什麼地方都會有怪人存在。蓮為了慎重起見，還是裝備了類似大型胸針般的道具，也就是產生防護罩的裝置。

由於腰帶上尚有空間，於是就把裝有筒型急救治療套件的包包著裝在彈匣袋旁邊。

急救治療套件是回復道具，打在皮膚上後，就能夠恢復百分之三十失去的HP，算是相當優秀的道具。但是治療完成必須花上一百八十秒的時間，在戰鬥當中實在無法使用。

放在腳下的衛星掃描接收器，剛好可以放進戰鬥服胸前的大口袋裡。

「好了。」

蓮的準備至此結束。

這時候……

「這個給妳。」

把實體化的M14・EBR放在腳下的M，對著蓮遞出某件物品。

「嗯？」

不知道怎麼回事的蓮接過來後，發現是收在刀鞘裡的戰鬥小刀。

綠色塑膠製的刀鞘上有黑色尼龍製的套子，而有著黑色握把的小刀就收在裡面。全長大約有30公分左右。光看刀刃也有20公分左右吧。

蓮畏畏縮縮地拉開袋蓋把小刀從刀鞘裡抽出來，結果完全不反射亮光，不知道該說是邪惡還是凶惡的消光黑色刀刃就出現在眼前。

做菜時雖然會使用菜刀，但這還是她首次拿著如此大型的刀刃。在蓮嬌小的手加成下，讓它看起來簡直就像柴刀一樣。

雖然和菜刀一樣都是刀刃，但算是比槍還要常見的「武器」，所以讓蓮感到相當害怕……

「…………」

她立刻把小刀放回刀鞘裡。將袋蓋蓋回去後，蓮就看著M說：

「M先生，這個……給我要做什麼？」

「妳的筋力值應該還可以負擔一些重量，所以給妳當做副武裝。不然的話，等P90子彈用罄就只能束手就縛了。」

「但我帶了七個彈匣，總共有350發子彈耶。」

蓮提出反駁。

雙腿上的袋子裡各裝了三個彈匣，P90上也著裝了一個。這就一個人所能攜帶的子彈數量來說已經很多了。只有P90這種多彈數彈匣才能有這種成果。

其特殊的配置讓P90在更換彈匣時會比其他槍械多花一點時間，但蓮鍛鍊出來的敏捷性與靈活度也在此發揮出效果，讓她甚至可以在空中就迅速完成更換彈匣的動作。

順帶一提，道具欄裡也還有三個彈匣，所以戰鬥與戰鬥之間如果有間隔的話，甚至還可以裝備新的彈匣。

蓮至今為止從來沒有為P90子彈用罄所苦的經驗。所以也就沒有裝備過副武裝。

但是M卻不願意讓步。

「GGO雖然是以槍戰為主，但在狹窄的室內還是會發生激烈的接近戰甚至是肉搏戰。人數眾多的SJ就更不用說了。我也有可能會做出『別發出聲音，改為使用小刀』的指示。」

這一點蓮倒是也無法否認。

狩獵怪物時，也經常會發生太過於接近而朝腳下發射子彈的情形。那個時候如果有小刀的話，的確就能以砍擊或者刺擊來攻擊對方。而且還不會發出聲音。

「近距離戰鬥時，經常會有刀子比槍械還要強的情況出現。擁有像蓮這樣的敏捷性就更不用說了。把它水平裝備在妳腰後。使用的時候就以右手來反手將它抽出──」

M一邊說，一邊動著右手來教導蓮。

「對手應該會比蓮高大才對──」

嗯，絕對不可能比我還小吧。

「正面對峙的話就衝過去，鑽過敵人跨下時砍向左右其中一邊的大腿內側。因為那邊有大腿動脈，應該可以給對方不小的傷害。有時甚至會比1發子彈的威力還要大。」

「…………」

這過於寫實的指導實在讓人不太舒服。

GGO裡對於傷害的設定也忠實地呈現了人類的要害之處。

頭部中心或者延髓被擊中的話，就算是小小的子彈也可能一擊斃命。除此之外像容易大量出血的部位、受傷之後身體就無法動彈的部位，都會讓HP大量減少。

蓮這時心裡想著「如果是槍的話就沒什麼抵抗感，但換成刀子後就有強烈的忌諱感」。不論對GGO多麼著迷，在裡面擊殺了多少人，果然還是無法在現實世界裡殺人，這樣我就稍微放心了。

說起來，蓮一開始和美優玩的ALO，是除了魔法攻擊之外就得用劍砍殺的肉搏戰遊戲。

M繼續著他的「殺人術」課程。

「其他還有像是對手用槍對準自己時，就以上鉤拳的要領由下方撕裂對方的上臂內側。這個地方也能造成很大的傷害，對方的槍也可能因為疼痛或麻痺而掉落。」

VR遊戲裡，不論是被揍被砍被魔法或者槍械擊中，甚至是被怪物咬噬，總之只要「受到傷害」就會感到疼痛。

會有多大的痛楚——應該說，要不要讓玩家感覺到「模擬的疼痛感」則是每個遊戲不同，不過GGO在這方面屬於相當疼痛的遊戲。

據說被擊中時的感覺近似於「被人按住穴道」。

在接受指壓而被按到疼痛的穴道時，其周圍就會有銳利的麻痺感並開始脫力，大概就類似那樣的感覺吧。指壓結束後疼痛馬上就會獲得緩和，也不會在皮膚上留下傷痕，在這方面也跟在遊戲裡被子彈擊中相當類似。

手臂或者手被打中時特別容易感到那種痛楚，那個時候經常會發生所持物品掉落的情形。

「即使對手的槍械掉落，也沒必要把它撿起來。不讓對方有喘息的空間，繼續瞄準大腿內側或者手臂砍去。只用槍戰鬥的人，肉搏戰時通常會出乎意料地弱。」

M的授課依然持續著。以平淡的語氣說著這樣的內容反而更加恐怖。

「如果是從後面偷襲沒注意到自己的對手，那就保持壓低身體的姿勢，瞄準靴子上面一點的阿基里斯腱橫砍下去。此時就算對方跌倒，刀子還是無法刺穿腹部與胸部等裝有防彈板的部分。那個時候首先要瞄準的是脖子。盡量在脖子上割出長長的傷痕。大概用刀子劃過脖子半圈左右。」

「…………這樣啊……」

蓮一邊曖昧地回答……

M先生究竟是什麼人！

一邊這麼想著。

知道得太詳細了吧。蓮熱切地希望只是遊戲裡的知識。

「瞄準臉的時候目標就是眼睛。人類的骨頭出乎意料地堅固，所以刀刃就算插下去也無法輕易穿透，但眼窩就是例外。刺眼睛的話就能直接給腦部傷害。GGO裡以小刀戰鬥時，大概就只有脖子和這個地方能讓對手一擊斃命。」

蓮心裡雖然覺得噁心，還是不由得聽了講師說的話並記在腦子裡。一板一眼的個性在這個時候就會帶來壞處了。她已經學了許多一般女大學生不用知道的知識。

「就這樣了。」

結果蓮無法讓M把小刀收回，在沒辦法的情況下只能直接把它裝備在腰部後方。由於是在遊戲內，所以只要操縱視窗畫面，就能讓它漂亮地著裝在腰帶上。

蓮用肩帶把P90揹在左肩上，然後右手朝著小刀伸去。

用姆指一按，設計良好的帶子就無聲地鬆開，小刀滑順地被抽了出來。蓮保持反手持刀的姿勢在眼前輕輕揮舞了一下。感覺不會太過沉重。

蓮是敏捷性相當高的角色，所以認真揮動它的話，應該可以用相當快的速度砍傷對手吧。

「很好。」

M很滿足般簡短地這麼說道，但是——

蓮把小刀收回刀鞘裡時，心裡卻想著自己絕對沒有使用它的機會。

剩下的時間不到三分鐘時，M也結束了豪邁的準備工作。

跟前天一樣，他上下半身都穿著鮮豔的綠色迷彩服。頭上雖然還是戴著闊邊帽，但今天這頂帽子還垂著許多紙條狀迷彩布。應該是為了最顯眼的頭部線條所做的偽裝。

上半身還穿了裝進厚實的防彈板，並且附加許多彈匣袋的裝備背心。今天在側腹部，或者應該說幾乎是背部的地方還掛著電漿手榴彈。

這種電漿手榴彈，威力比一般用火藥炸裂來撒出碎片的手榴彈要強大許多。

一旦爆炸，就會擴散出直徑4公尺左右的藍白色球狀能源洪流，在這個範圍內的物體，如果沒有太大的重量都會被轟飛。

人類在其效果範圍內的話，雖然也得看防禦力，但只要身體有六～八成在其中就會立刻死亡。在那之下的話，也會依分量受到相當大的傷害。

它的威力雖然大但是輕量又便宜，所以在GGO內是相當受歡迎的攻擊道具。隔著掩蔽物的近距離對人戰鬥中，甚至可能出現雙方像在打一場激烈雪仗般，全力互相投擲這種手榴彈的情形。

M背上依然背著裡面不知道裝了什麼且整個膨脹起來的背包。

右腿上可以看見裝著HK45的槍套。左腿則是裝有M14・EBR與HK45彈匣的袋子。

巨大身軀全副武裝讓體積更加膨脹，而且又拿著M14・EBR這把大槍，讓他看起來簡直就像是科幻電影裡的機器人。

可以的話乾脆讓我坐在肩膀上，這樣移動應該會很輕鬆。

蓮雖然這麼想，但還是沒有把它說出口。

顯示待機時間的數字，這時已經不到一分鐘了。

只有秒數的地方43、42、41、40、39——這樣無情地減少著。

「好……我們上吧。」

蓮的左耳與通訊道具同時聽見M冷靜的聲音。接下來一直到比賽結束為止，都不會關掉這個道具的開關。

「了解了！」

蓮拉了一下P90上膛的把手，第1發子彈立刻隨著清脆的金屬聲被送進膛室裡。

M也拉了M14・EBR的上膛把手，讓它傳出遠比P90上膛時要沉重許多的金屬聲。

這道上膛聲可以說是最能激發蓮戰鬥意志的聲音。

倒數隨著亢奮感持續進行著——

時間全部歸零的瞬間，兩個人就被包圍在光芒當中。

白化的視界逐漸能看得見顏色與形體。

目前在什麼地方呢？

率先應該確認的是自己目前處身於什麼樣的地形。

蓮一以視覺確認自己待在什麼地方……

「是森林。不太妙啊。」

耳朵就同時聽見M的聲音。

「森林嗎……」

以懊惱的口氣如此呢喃著的蓮，目前正處身於森林地帶。

這裡是一座有著筆直、高大樹木的森林。和日本那種蒼鬱茂盛的森林不同，讓人想起過去在電視裡看見的北美大陸。

由於足有3公尺那麼寬的樹幹重疊在一起，所以視界相當差，100公尺前方就已經看不清楚了。地面是潮濕的泥土，而且長著高達膝蓋的蕨類植物，此外還稍微朝著某個方向傾斜。

蓮往上一看，發現樹木的枝椏形成黑色屋頂，只能從隙縫中看見平常的紅色天空。

蓮馬上就能夠理解M說出「不太妙」的理由。

「有兩個理由對吧，M先生？一個是無法發揮M先生狙擊的威力。另一個是我變得很顯眼。」

並排著如此多的巨大樹木，和敵人之間的交戰距離再怎麼遠也只有數十公尺吧。雖然是對蓮的P90有利的間隔，但是對支援的M來說卻是討厭的距離。

而且蓮身上的粉紅色迷彩，也必須在經常有紅色太陽照射的沙漠或者荒野才能發揮效果。

在這個只有微弱光線的地點可以說非常不利。

身穿綠色迷彩的M反而融入環境到有點恐怖的地步。只要不動的話，似乎就會變成森林的一部分。

「沒錯，這裡很不利。」

M一邊回答一邊把左臂繞到身後，把手伸進背包的側邊口袋裡。正在想他要拿什麼時，兩人之間就出現一件大披風外套。外套上面印著跟M相同的鮮豔迷彩圖案。

M用左手抓住它，把它對著蓮丟過來。

「離開森林前先披上它吧。緊急的時候把它扔掉也沒關係。P90就在外套底下射擊就可以了。」

原來如此。這樣絕對不會比粉紅色還顯眼。蓮心裡想著「發現一樣M的祕密道具了」。照這個樣子看起來，他似乎有配合各種地形的迷彩外套。

蓮把外套從頭罩下來。

雖然雙手與武器都被蓋住了，但遭遇敵人的話只要直接射穿這件外套就可以了。雖然現實世界裡的戰鬥很難辦到這種事，但是GGO裡有表示子彈前進方向的著彈預測圓。

不用確實看著瞄準鏡，只要手指放到扳機上圓形就會出現，所以近距離的話不用特別擺出射擊姿勢也無所謂。當然，要進行精密射擊時要是不好好擺出姿勢的話，槍械與預測圓就不會穩定。

這種「近距離射擊的話，不用擺出姿勢只要迅速將預測圓對準敵人並且射擊即可」的GGO限定射擊技術，是蓮最為擅長的戰鬥方式。

同時也是GGO裡光學瞄準鏡（等倍鏡頭上帶有顯示紅色著彈點的瞄準鏡）與雷射瞄準鏡（發出雷射來對準射擊目標）完全流行不起來的理由之一。因為紅點和雷射會與預測圓重疊，反而變得難以瞄準。

「看完地圖後就開始移動。」

M這樣表示。應該是因為這裡無法占地形之利，所以打算立刻開始移動吧。

「我知道了！要往哪邊走？」

過長的外套蓋住全身，變得像綠色怪物一樣的蓮如此詢問。M操縱衛星掃描接收器，在兩人面前的空間顯示出地圖影像。要兩個人一起看的話，這樣比較方便。

出現在影像上的是上方為北邊的地圖。

地圖是彩色，而且地形是以立體影像來呈現，可以說非常容易搞懂。當然，也像智慧型手機與平板電腦一樣，可以自由自在地擴大、縮小、回轉。

蓮首次確認到接下來的戰鬥舞台裡有著什麼樣的地形。

地圖的左右兩邊，也就是東西兩端都有深邃的山谷，是上方被山脈，下方被懸崖包圍起來的地形。

東西兩端的山谷是為了分割可移動區域的地形，在其他戰場上也常可見到這種情形。那是超過100公尺的斷崖絕壁，摔下去的話必死無疑。

可能是認為玩家們會吐嘈「有這麼剛好的事情嗎」，所以營運公司便做出「巨大太空船緊急降落時，被船體下部堅固的安定翼劃出來的痕跡」這種煞有其事的設定。

地圖北側是忽然變得險峻的山脈。南側則是高大到讓人覺得地殼是不是位移了的懸崖。當然，雙方都是不論再怎麼努力，或者使用任何技能都無法通行的區域。

可移動區域的上下寬度與BoB同樣大約是10公里。由於有十一條等間隔的縱橫格線，所以可以知道一個正方形的寬度是1公里。

將可移動區域大致分類之後——

南方（下方3公里寬）是散布岩石、荒野與沙漠的開闊地域，到處還可以見到可供藏身的岩山或者遺跡。

東側中央部位是一大片都市廢墟，地圖上描繪出寬大的街道與依然聳立的高樓大廈。「明明面對東側的山谷，太空船緊急降落時大廈怎麼都沒事呢？」，像這種問題這時候就先不用管了。

地圖中心部分似乎原本是並排著許多低矮房屋的住宅區。地圖上詳細地描繪著街道與建築物，看起來就像迷宮一樣。看得見有相當大的範圍變成藍色，就是這個區域被水淹沒的證據。

因為附近有一條從右上流往左下的河流，水應該就是從這裡溢出來的吧。只要水不深的話當然可以走路，但有一定深度的話就需要「游泳」這樣的行動了。

這個時候，如果不是很擅長游泳，就必須先把槍械等重裝備收回道具欄裡，否則就會溺水。另外HP在水中會慢慢減少，所以不是很想通過這種地方。

東北部則是一大片綠色森林地帶，顯示自己所在位置的標誌正發出微弱的光芒。SJ的規則上也明確地記載了這一點。只有最初的一分鐘能夠知道自己的所在位置，算是一種救濟措施。之後就得等待衛星掃描了。

看見光點後，就能知道蓮他們幾乎是在配置在地圖的右上角。由於規則是遊戲開始時每個小隊間最低都得距離1公里，所以自己的北邊以及東邊應該都沒有敵人。

森林的西側，也就是西北區域是一片平緩的草原。這個區域的視野相當好，同時沒有什麼可以躲藏的地點。

草原下方的西側是難以行走的圓形濕地。該處有一個幾乎是筆直地插在地面，像是太空船的巨大結構物。它應該和大廈一樣，可以進到內部並爬到高層。之所以會變成沼澤地，應該是因為這艘太空船劇烈撞擊的緣故。

看了地圖十秒鐘左右的蓮抬起頭來，而M則是又再瞪著地圖十五秒鐘左右。由於他一動也不動，而且臉上露出前所未見的認真表情，所以蓮也就默默地等待。嗯，其實自己也沒有看過多少次他認真的表情啦。

「好吧。」

M按了一下衛星掃描接收器的按鍵收起地圖後，就小聲地下達命令：

「總之先離開對我們不利的森林。雖然一開始的掃描應該來不及了，但希望能盡量利用都市地區。我們往正南方前進。等等在間隔10公尺的距離下跟在我後面。」

雖然幾乎沒有發出真正的聲音，但是靠著能夠自動調整音量的通訊道具，還是可以聽得相當清楚。這樣的話，就算附近有敵人也完全不會被聽見，所以不需要以手號，也就是身體動作來進行溝通。

「了解。我會跟上。」

蓮一這麼回答，M就立刻往森林裡跑去。他的行動裡沒有一絲猶豫。M就這樣跑下斜坡，往南方的都市區前進。

雖然附近應該還沒有敵人，但是M沒有絲毫大意。為了一發現對手就能射擊而把EBR抱在身體前面，一邊注意著周圍一邊跑動。

蓮把迷彩外套捲在身體上，按照指示拉開10公尺的距離，從後面跟了上去。之所以不靠得太近，是為了萬一遭到敵人伏擊時，不會因為全自動連射或者電漿手榴彈爆炸而全滅。

由於敏捷性不同，跑得太快的話就會超越對方，所以蓮一邊對自己下達「再慢一點」的命令一邊往前跑。

目測在陰暗的森林裡前進了大約200公尺時——

突然從遠方傳出類似敲打小太鼓般的聲音。

「停下來。趴下。」

M短促地這麼說道並停下腳步，迅速壓低身體。這種時候他的反應真的十分迅速。蓮也仿效他，有些慌張地在10公尺後方蹲低身子。

幾道輕快的「噠噠噠噠噹」射擊聲重疊在一起，形成了雜亂的節奏。聽起來就像是彆腳的傢伙胡亂一直敲打小太鼓一樣。這無疑是哪兩支隊伍正在互相射擊。

聲音忽長忽短地持續，從來沒有中斷超過兩秒鐘以上。看來有相當多的子彈被發射出去。

「應該是5.56毫米等級的突擊步槍，另外還有用衝鋒槍射擊的傢伙。」

M冷靜的分析傳到蓮的耳裡。

「M先生，你聽得出來嗎？」

「嗯。」

GGO這款遊戲已經盡可能錄下實際槍械的聲音，所以重現度相當高。

不過竟然聽槍聲就能連種類都猜出來，這不知道是角色的技能還是玩家本身的知識？

「啥？這樣啊……」

對Ｍ感到難以置信的蓮，心裡只想著「耳朵究竟有多好啊」。她接著又提出內心浮現的疑問：

「已經開始戰鬥了嗎？不會太快了？」

「想要搶得有利的位置，於是毫無計畫地全力衝刺，結果運氣不好就碰見了。地點大概是這邊西側的森林某處。應該不會太遠。」

「原來如此……」

正如Ｍ所說的，距離最初的衛星掃描還有七分鐘以上，所以應該真的是偶然的邂逅吧。

對那些人來說，算是相當倒楣的一件事。沒想到在獲得自己希望的有利位置前，就先開始盛大的亂鬥。應該會出現ＳＪ才開始三分鐘就死亡而結束遊戲的角色吧。

在劇烈的槍聲當中……

「接下來要慢慢前進。蓮，妳到前面去。朝這個方向走。一有偏差我就會告訴妳。」

Ｍ緩緩動著左手，指出蓮應該前進的方向。

「萬一在森林裡遭遇敵人，妳就先在那裡蹲下。接著我會按照狀況來給妳指示。」

「了……了解了……」

老實說，在目前這種不知道什麼時候會遭遇敵人的狀態，而且還是在視野不良的森林裡打頭陣實在讓蓮感到很害怕，但這是比自己優秀許多的玩家發出的命令，自己也只能遵守了。

蓮一邊盡可能筆直地前進，一邊避開粗大的樹幹，並且仔細注意前方，以快走的速度繼續往前。

不論再怎麼往前走，森林中的景色還是沒有任何變化。這是個甚至會讓人懷疑起自己是不是在前進的地方。

希望不要忽然遇見敵人，不要忽然就遇見敵人——

她一邊在心裡這麼祈禱著，一邊拚命壓抑下右手食指想觸碰Ｐ９０扳機的衝動。手指放在扳機上移動的話，在跌倒時會有走火的危險，所以絕對不能這麼做。

不久後，遠處傳來的射擊聲忽然消失了。不知道是其中一支隊伍獲勝了，還是兩邊同時逃走了。

希望不要有敵人不要有敵人不要有敵人不要有不要有——

因為恐懼而繃緊神經的蓮走下森林的斜坡。說不定有人躲在那棵樹後面。通過時說不定會忽然被人從側面射擊。

一開始胡思亂想就沒完沒了，到了最後……

「啊啊夠了！要來就來吧！就算同歸於盡，也要讓對方變成小Ｐ槍口下的亡魂！」

她開始邊這麼想邊前進了。

但是幸運女神似乎對蓮露出了微笑。即使遊戲開始後過了九分鐘，他們也沒有遇到敵人。

「好，停下來。蹲下。保持警戒在原地待機。」

為了觀看衛星掃描的結果，M做出停止行軍的指示……

「呼……」

蓮當場在森林裡蹲了下去。

再晚一點的話，就算M沒有命令蓮也打算停止行軍了。

這是因為森林在蓮眼前10公尺左右的地方就已經到了盡頭。接著只要走下只有雜草的斜坡，就是成為廢墟的都市區。

大概有高速公路六線道的寬敞道路正橫跨在蓮眼前。它不是高架，而是與周圍地面同樣高度的道路。從位置上來看，河川應該是在高速公路底下變成暗渠了吧。

看起來是一條容易移動的柏油路。到處可見翻過來或者是燒焦的車輛。和目前所在的森林相比，雖然視界將變得極為開闊，但遮蔽物，也就是藏身處同時也會減少。

道路前方可以看見幾座不高的瓦礫山，繼續往前則是聳立著幾棟從十樓到三十樓不等的廢棄大廈。

蓮慎重地窺探著前方。目前可以看見的範圍內沒有任何人影。自己無疑已經南下了1公里以上的距離，這樣就表示被配置在南側的敵人也往南方或者西方移動了。

「呼……」

蓮長長地呼出一口氣，那麼M到底在什麼地方呢，當她準備轉身時……

「我在距離妳300公尺的後方。」

耳朵就聽見了M的聲音。

「咦？這麼遠嗎？」

蓮因為驚訝而忍不住發出聲音，而M則是又用冷靜的聲音回答：

「接下來要開始掃描了。蓮的位置會被發現。所以我才拉開距離。」

「…………」

「運氣不好附近有敵人的話，掃描之後一定會立刻朝蓮這裡殺過來吧。」

這一點蓮當然也知道。但是這樣的話，就會變成她一個人最多可能得面對六名敵人的情況。她完全不覺得自己可能獲勝。

「然……然後呢……？到時候，我該怎麼辦？」

完全不知道M在想些什麼，所以只能開口詢問的蓮如此問道。

「那個時候，妳不用瞄準也沒關係，只要拚命發射子彈然後靠著樹木往後退。我會一邊繞往左側，一邊狙擊追過來的敵人。」

原來如此，也就是把自己當成誘餌，而M則繞到因為是戰場邊緣而應該沒有敵人的東側嗎？蓮總算理解他的想法了。

雖然理解了，但是——

把隊長當成誘餌，有這麼過分的作戰嗎！

她也稍微感到有點生氣。

到了十四點九分三十秒，蓮左手腕上的手錶開始輕輕震動了起來。她已經在每次衛星掃描三十秒前設定了鬧鐘。

「蓮不用看衛星掃描接收器。對周圍保持警戒就可以了。」

「了解。」

不用說他說蓮也會這麼做，因為敵人很可能會殺過來，怎麼可能悠閒地看接收器呢。蓮在迷彩外套底下，再次用手指的感覺確認Ｐ９０的保險是不是已經打開。

到了下一個瞬間……

「咦？」

她就目擊了移動的人影。

SECT.6

第六章　戰鬥開始

「咦？」

蓮發現的很明顯是人類。

目前所在的森林邊緣，外面就是有寬廣高速公路橫跨的都市區——可以看到一群男人像是要把身體藏在瓦礫山後面一樣，排成一列走在寬敞的道路上。雖然又遠又小而看不清楚，但手上都有黑色粗大的棒狀物。除了是槍之外，就不可能是別的東西了吧。

蓮躲在附近的一棵大樹旁邊，只悄悄把右眼露出來。

「M……M先生……發現敵人……」

「距離掃描還有三十秒。盡可能詳細地說明情況。」

「咦？那……那個，在高速公路的那一頭！城市裡面！大概200公尺以上的對面！還……還有——」

「冷靜下來。看得到幾個人？拿什麼槍？」

「最少有五個人！不知道拿什麼槍！但是體積不小！他們躲在瓦礫的遮蔽處，啊，現在所有人都停下來了。」

「打算看衛星掃描吧。會發現蓮的存在喔。」

「那……那那那……那該怎麼辦？要射擊嗎？要……要射擊了嗎？」

蓮以極為焦急的聲音回答。

「妳先冷靜下來，P90在這種距離下沒辦法擊中敵人。反正遲早會被發現。現在開始掃描了，妳在那裡等著。」

「哇啊……」

蓮發出細微的悲鳴看向左手腕上的手錶。十四點十分，時間的確到了。

「虧我先發現對方了！」

蓮忍不住這麼說道。怎麼有這麼倒楣的事呢？

掃描應該已經開始了，沒有操縱接收器的蓮看不見結果。經過感覺十分緩慢的十秒鐘之後……

「我確認過了。都市區與高速公路的交接處有一支隊伍。距離大約200公尺。」

M過於冷靜的聲音傳到蓮耳裡。

「其……其他呢？」

聽見蓮的問題……

「別擔心，目前沒有其他隊伍在馬上會發生戰鬥的距離。」

M便這麼回答。當蓮覺得這是好消息而鬆了口氣的瞬間，就有無聲且半透明的紅線往自己目前所在的森林延伸過來。

雖然看起來像瞄準用的雷射光，但這就是彈道預測線了。

是GGO特有的「接著子彈就要飛過來嘍」的好心提醒。而且紅線的數量還多達一百條以上。

不論是夜晚、雨天或者是濃霧都看得清楚。紅線貫穿森林躍動的光景，看起來就像是華麗的演唱會會場。

「嗚哇！M先生！我被瞄準了！」

蓮一邊發出悲鳴一邊把臉縮回去的同時，就出現甩動鞭子般的「咻咻！」聲包圍了她。而且還要再加上樹幹被彈飛的聲音。

遲了一拍之後，「咚咚咚咚咚咚」的重低音，以及「噠噠噠噠噠噠噠噹」的輕快節奏已經變得比剛才要大聲許多了。

即時蓮沒有被發現，衛星掃描也已經顯示出她躲藏的位置。因此子彈當然會往那邊集中，她周圍30公尺左右，子彈已經像是午後雷陣雨般落下。

土塊從地面飛濺而起，蕨類的葉子在空中飛舞。有時會出現與彈道預測線不同的亮橘色線條飛過身邊。那是為了讓射手容易看出子彈軌道的曳光彈。

視線裡全是紅線以及類似爆米花般彈跳的地面與樹幹。耳朵裡則是聽見「啾」的子彈飛翔

聲、樹木被貫穿的「嗶嘰啪嘰」聲與射擊聲綜合在一起。

「哇呀！M先生！我已經在槍林彈雨當中了！好恐怖啊！救救我！」

待在現場完全無法動彈並這麼呼救的蓮，左耳聽見的是……

「嗯。對手用的是機關槍。」

冷靜的分析聲。

「什麼──？」

「7.62毫米等級的通用機關槍。從連射聲聽起來應該是『FN・MAG』吧。至少有兩挺以上。另外還有輕快響亮，連射速度也相當快的聲音，應該混雜了5.56毫米的子彈。同樣是FN HERSTAL公司的『MINIMI』嗎？」

「等一下！你不來救我嗎？」

「現在沒有大礙的話，就先躲在那裡不要緊的。乖乖待著吧。」

「幹掉對方！」

距離蓮200公尺左右，都市區的瓦礫前面……

「呀哈～！」

一群男人以爽朗的笑容瘋狂地發射機關槍。

他們總共有五個人。

所有人雖然不像M那麼誇張，但也都是有著相當魁梧體型的虛擬角色。

而他們手上的槍械也都十分龐大。

「好爽啊————！」

如此大叫的男人，手上那挺世界上最有名的機槍之一，FN·MAG正以全自動模式瘋狂發射子彈。

把兩腳架設置在瓦礫山上的他，瞄準的目標當然是隔著高速公路的森林當中。

「咚咚咚咚咚咚咚咚咚咚咚咚」的重低音響徹整個空間，槍口造成的衝擊波讓附近揚起一片沙塵。從機槍左側垂下來的7.62毫米子彈的彈鏈，正以每秒鐘10發以上的速度被吸進槍械當中，子彈從前方發射出去後，空彈殼便掉到機槍底下，聯結彈鏈的金屬環也跟著四散並從右邊排出。

槍口產生鮮紅的火焰，而每隔5發就有1發的曳光彈則是劃出橘色線條。

在數公尺外的隔壁……

「喝呀啊啊啊啊啊啊啊啊啊！」

依然有人傳出極端熱血的叫聲，那個人直接站立，左手握住提把，把槍托夾在腋下——以外表雖然與FN・MAG稍有不同，但基本上是同一把槍的美軍制式「M240B」連續射擊著。

剩下來的三個男人也拿著機關槍。

其中一個人果然也是7.62毫米的「M60E3」機槍。

一個人是5.56毫米的輕機關槍「MINIMI」。

最後一個人則是趴在瓦礫山上，以色列軍事工業參考MINIMI製作出來的「內蓋夫」輕機槍進行射擊。

由於戰鬥畫面將會被轉播出來，所以空中有表示攝影機位置的藍色圓形在他們四周繞動，找尋著帥氣的角度。

目前正被轉播，獲得酒店裡觀眾熱烈響應的他們，正是前一天晚上……

「至少要存活十五分鐘！」

做出這種丟人誓言的五名男性。

一覽表上顯示他們的隊名是「ZEMAL」。不論是蓮還是M，甚至除此之外的玩家們可能都沒注意到，但這其實是「全日本機關槍愛好者」的簡稱。

他們正是一群喜歡機關槍到無以復加的男性。

這群散居日本各地且志同道合的玩家正是在遊戲裡遇見彼此。之所以僅有五名成員就自稱全日本，全是因為有人住在北海道有人住在沖繩這樣的理由。

他們有著「喜歡機關槍到快要抓狂」的共同嗜好。

所以使用的槍械絕對是機關槍。

絕對不可能使用其他槍械，使用的話就是開除會籍。他們是一群連副武裝的手槍都沒有，對於光學槍也只有「那是什麼？好吃嗎？」想法的傢伙。

由於操縱沉重的機槍需要相當的筋力值，所以他們當然都列為重點鍛鍊項目。而且機關槍是相當高價的槍械，於是他們為了入手而踏實地賺取點數，甚至有人還投入現實世界的金錢，可以說灌注了相當大的熱情。

他們就這樣一起享受著ＧＧＯ帶來的樂趣，不過他們還有一個特徵。

也就是——「對人戰鬥相當弱」這個特徵。

機關槍是能讓大量子彈像下雨一樣落下的強力武器。基本上是使用聯結成彈鏈的子彈，所以可以連續擊發１００發以上的子彈也不用休息。

對敵人周圍發射子彈來封住對方的行動，然後可以趁這段時間以突擊步槍或者衝鋒槍繞到敵人後方，所以在戰鬥當中算是相當有利，但是……

「嗚喔喔喔喔！」「好爽啊啊啊啊啊啊啊啊啊！」「呀哈啊啊啊啊！」「嗚呀啊！」

「去死吧！」

現在只是隨心所欲發射子彈的五個人，連「合作」的「合」字都不知道該怎麼寫。

因為他們只要能夠拿著機關槍盡情射擊就可以了。只要能感受連續不斷的聲音與振動，他們就很滿足了。

沒有人想做研習戰術、訂立繞到對手後方的作戰並共同採取行動這麼麻煩的事。有的只是「盡情射擊就是我們的戰術」這種豁出去的意見。

所以他們至今為止從來沒有認真進行過對人戰鬥。為了賺取經驗值與點數，只有盡情地轟炸怪物而已。雖然曾在結束狩獵的回家路上被其他小隊發現過，但是……

「全是實彈系的機關槍。看來不是剛狩獵完。還是算了吧。」

對手都擅自判斷「那些傢伙擅長對人戰鬥」，於是他們甚至沒有被人襲擊過。

他們雖然曾以個人的身分參加ＢｏＢ，但就算能藉由強大火力通過首戰，之後就再也行不通，所以從來沒有參加過正式決賽。

於是就參加了這次的ＳＪ。

他們認為能夠整支小隊參賽，在裡面盡情發射機關槍的大會，簡直就是為了自己這群人所舉辦，於是便高興地提起勇氣參賽，並且開始這次的遊戲……

「沒想到第一次的掃描就知道有人離我們這麼近！」

「是啊，真是幸運！」

「謝謝機關槍之神！」

他們拚命地發射著子彈。

先不管這樣的對手隱藏了什麼樣的實力……

「哇呀！」

對遭到掃射的蓮來說，目前仍是在危機當中。

因為五挺機關槍毫不間斷地發射子彈，周圍的情況只能用慘烈來形容。

短短一分鐘內，蓮附近的樹木已經是滿目瘡痍。破壞自然環境也該有個限度吧。

雖然沒有親眼確認，但是自己藏身的粗大樹幹，是不是已經有一半被轟掉了呢？不久後是不是就要倒了呢？蓮忍不住就這麼想著……

「嗚嗚……」

然後背部因為湧起的寒氣而開始發抖。

在無情降下的彈雨當中……

「M先生M先生！」

蓮只能向唯一的伙伴求救。

衛星掃描的時間應該已經結束了，就算來這邊幫忙，不對，應該說就算要過來幫忙有點困難，也要想點辦法才對吧……

「保持原狀。不要隨便亂動。」

M的回答相當冷酷與冷漠。

「咕嗚……」

蓮雖然很想從這場由子彈形成的雷陣雨底下逃離，但就算想移動，周圍也全都是閃亮的彈道預測線。在抵達下一棵樹之前應該就會被擊中……

「可惡！」

以不像女孩子的態度咒罵了一聲後，就只能一直縮著身子。

至於這個時候，M——

已經靠近到蓮身後100公尺左右的地方。一邊以一棵大樹作為掩護，一邊慎重露出臉的他，視界前方看見的是森林諸多樹木後面有許多瞄準蓮的彈道預測線。紅線就在森林裡到處蠢動，因此馬上就能注意到了。

有時彈道預測線會像跳躍般改變方向，朝自己所在地附近飛過來，但還不到需要躲避的地步。

不在乎這些彈道預測線消失後子彈就要飛過來了，M把大部分注意力放在敵人有可能過來的西側，然後一直躲藏在樹木的遮蔽處。

M看了一下左臂內側的手錶。十四點十分的掃描結束後已經過了三分鐘。

「差不多是時候了……」

透過通訊道具聽見M的呢喃……

「什麼是時候了？」

雖然傳來蓮期待他做出指示的聲音，但M依然只是淡淡地回答：

「沒什麼。妳繼續待在那裡就對了。」

「交換！」

全日本機關槍愛好者的其中一人，也就是站著以M240B射擊的男人，一邊這麼大叫一邊蹲了下去。放下揹著的細長背包後，從裡面拿出來的是裝有備用彈鏈的袋子與備用的槍管。

機關槍雖然是可以連射的槍械，但是不可能永無止盡地持續下去。

槍管會因為大量射擊而過熱，造成性能極度低落。所以射擊到某個程度後就一定得交換槍管，而GGO裡也忠實地重現了這一點。

槍的各個零件都設定了耐久值，而最忠實反應出影響的，就是持續連射之後的槍管。要是不在意而繼續拚命射擊，命中率就會降低到幾乎派不上用場，最後槍枝更會完全無法發射。

「了解！」「好喔！」「交給我吧。」「沒問題！」

周圍的伙伴這麼回答。雖然完全沒有什麼戰術上的合作，但不愧是熱愛機關槍的男人們，只有在這種時候特別團結。

男人拉著拉機柄退下槍機後，就打開機匣蓋確認是否有殘彈。

接著按住槍械左側的槍管固定栓，將附在槍管上的提把用力往左扭。這樣子就能夠解除槍管鎖扣，讓它順利從前面拆解下來。

以拆解時同樣的要領著裝新的槍管，並且裝上新的彈鏈之後，短短幾秒鐘內就能夠完成交換的程序。

「太好啦！又可以拚命射擊嘍！」

男人再次站起身子，露出笑容面向蓮所在的森林——

但是1發子彈都沒有射擊就當場癱倒在地上。

趴下的男人後頸脊髓經過的地方，可以看到發出紅光的著彈痕跡。他的身體上立刻浮現出「Dead」的標示。

也就是說，他陣亡了。

「嗯？咦咦——？」

手持MINIMI得意忘形地拚命發射子彈的男人親眼目睹伙伴陣亡。由於自己幾個人的槍聲完全沒有中斷，所以根本沒有聽見由敵人發出的槍聲。

「喂！各位！停止射擊！」

不再射擊的他如此大叫著。因為是在遊戲當中，所以伙伴聽見了他的聲音……

「怎麼了？」「啥？」「怎麼啦？」

在忽然變得寂靜的世界裡，幾個人轉動脖子左顧右盼，接著看見戰死的伙伴。

「怎……怎麼會這樣？發生什麼事了？」

「沒有啦，就是不知道才會要你們停手……」

「難道是自爆？」

「他……他沒笨到那種程度吧！」

「不會是從森林裡攻過來了吧？」

「從那樣的彈幕當中？」

手持FN．MAG並這麼說著的男人，背後出現紅色著彈特效。雖然不至於被一擊斃命，但是HP條也無情地大為減少。目前已經超越綠色安全範圍馬上要變成黃色了。

「唔啊啊啊啊……」

男人因為背部浮現的鈍重痛楚而扭動身軀，整個人往後仰時，下一發子彈就飛過來命中了他的頭部。命中要害的一擊帶有立即死亡的威力，所以減少三分之一的HP瞬間就歸零了。

又多了一具出現「Dead」標籤的屍體，並且聽見從大樓那裡傳出兩聲槍聲的回音——到了這個時候，全日本機關槍愛好者的眾人才終於完全理解發生了什麼事。

使用M60E3的男人對剩下來的同伴大叫：

「是狙擊！從後面被射中了！」

這就是他在SJ裡說的最後一句話。

同伴們全都看見了。轉過頭來的他眉間中彈，對方僅用1發子彈就讓他斃命。

他應該也能看見朝自己延伸過來的鮮豔彈道預測線才對。但很可惜的是，男人沒有高到能讓他靈巧避開攻擊的反應速度。

「快躲起來！」

「嗚哇！」

使用MINIMI與內蓋夫的兩個人，跳到原本趴著的瓦礫山後面。

「嗯？發生什麼事了？咦？」

由於自己的周圍忽然就安靜下來，蹲坐在地上縮成一團的蓮也因此抬起頭。這過於突兀的寂靜，讓她一瞬間以為自己被擊中而死亡了。這個地方其實是天堂，不對，是死後被傳送過來的待機區域。

蓮的自言自語……

「在都市區的隊伍終於來到他們槍械的有效射程內了。聽見3發其他的槍聲吧？妳得救嘍。」

讓M以冷靜又帶點高興的聲音回應了她。緊接著……

「我現在到妳那邊去。別把我誤認為敵人而開槍啊。」

他又這麼表示。

蓮一邊在心裡大叫「終於要過來了啊！」一邊在原地等待。

不久後，可以看到在身穿迷彩服的巨大身軀在陰暗森林中蠢動。

在忽然變得寂靜的世界裡，M來到蓮左邊10公尺處的巨木遮蔽處底下後，就迅速打開EBR的兩腳架，然後一邊擺出射擊姿勢一邊趴在土地上。

看見以臥射姿勢看著M14．EBR瞄準鏡的M……

「總之……這到底是怎麼回事？」

終於放下心來的蓮這麼詢問，而M到這時才終於回答她。

「剛才我故意沒告訴妳，掃瞄時除了那群機關槍的傢伙外還有另一支隊伍。他們也在能加入戰局的距離內。當時那支隊伍在更南方的都市中心部位。」

「原來如此……那些人忽然來到這裡，然後從後面襲擊掃射我的那群人。」

「沒錯。用機關槍的那些傢伙不是看見掃描後就覺得還有一段距離而掉以輕心，就是被過於靠近的蓮嚇了一跳，打從一開始就沒注意到他們。不論是哪一種，都太過大意了。」

「那……那麼！M先生是知道這一點，才把我當成誘餌嘍？」

感到有些火大的蓮這麼問道，但是……

「沒錯。」

對方直接這麼承認後，她也無話可說。

M在懷裡探索了一陣子後……

「接住。」

就對著蓮丟出某樣東西。

「體積滿大的，是電漿手榴彈嗎？」，這麼想的蓮雖然擺出警戒的姿勢，但對方完全沒有攻擊同伴的理由，所以馬上改變了想法。該物體被以漂亮的控球往自己這邊丟過來，而蓮也完美地只用左手把它接住。

那是一具小型的單筒望遠鏡，也就是單眼用的望遠鏡。這以前也從Pitohui那裡借來使用過。它是附有雷射測距機能的便利道具，要購買的話應該得花不少錢才對。

「妳沒有吧？那拿去用吧。暫時要在這裡觀察情況。」

「謝……謝謝。」

蓮把望遠鏡換到右手後，就將它貼在自己慣用的右眼上，然後悄悄、慢慢地從樹木後面探出頭去。

目前自己附近看不見彈道預測線，所以至少不用擔心會被那群拿機關槍的傢伙射擊。

如果被更遠方的敵人瞄準——在不知道敵人身處何方的狀態下，首發子彈不會出現彈道預測線，所以根本防不勝防，但蓮認為他們應該會先打倒附近的敵人才對。距離下一次衛星掃描還有五分鐘以上的時間，有更多敵人來到此地的可能性也很低。

「用機關槍的傢伙有五個人。三個人已經死了。」

正如以M１４・EBR的瞄準鏡確認過狀況的M所說，蓮透過望遠鏡的眼睛也看見三名閃爍著「Dead」標籤的男人。為了測試而按下按鈕測量距離後，就出現了「１９７M」這樣的標示。

屍體的附近，也就是瓦礫山前面還有兩名存活者。由於正警戒著身後的敵人，所以現在全身都暴露在蓮他們面前。

「那兩個人現在完全沒有注意我們這邊耶。M先生很輕鬆就能擊中他們吧？」

蓮如此問道。２００公尺的話，對M的M１４・EBR來說應該是必中的距離才對。甚至連她都想用自己的P90擊殺對方了。當然是為了報剛才讓自己這麼害怕的仇。

「不行。現在我們不能主動攻擊。在我下達命令前絕對不要開槍。」

雖然很想問「為什麼？」，但蓮還是忍耐住了。

「過來了……左側的大路。整個翻過來的巴士遮蔽處。」

蓮按照M的指示把望遠鏡往左邊移動。距離那兩個傢伙150公尺左右的地方有一輛整個翻轉過來的大巴士，它的旁邊這時可以看見蠢動的人影。

「喔喔！」

感到興奮的蓮立刻用手指調整望遠鏡的倍率。望遠鏡就像攝影機一樣流暢地拉近鏡頭，自動對焦之後就能看清楚來者的細部。

新出現的敵隊共有四個人。以黑色與深茶色為基調的迷彩服表現出小隊的整體性。頭上則戴著同樣迷彩圖案的頭盔。另外還戴了被稱為「巴拉克拉瓦」，像是銀行強盜般只露出眼睛的黑色頭套，所以完全看不出長相。

四個人正排成一縱列移動當中，最前方的男人以黑色細長的步槍擺出射擊姿勢，然後在槍口完全沒有晃動的情況下流暢地往前進。

跟在後面的三個人看起來也拿著同樣的槍械，果然也是擺出射擊姿勢並保持2公尺左右的間隔跟在後面。只有最後一個人經常轉身警戒著後方。

蓮雖然看不出步槍的種類，但M可能是了解這一點吧……

「是『FAL』。7.62毫米。空降部隊用的短槍管型。」

這時候可以聽見他這麼說道。

FAL由於半自動射擊的命中率以及7.62毫米子彈的威力都相當高，所以在玩家之間頗受歡迎。四個男人手上拿的就是FAL的空降部隊版本。是藉由折疊式槍托以及較短槍身讓它更容易使用的樣式。

拿著同樣的槍械，同樣覆蓋面容與穿著同樣迷彩服的四人組，現在從巴士旁邊來到瓦礫山旁邊，然後再來到下一輛廢棄車輛的遮蔽處，他們前進的動作可以說是行雲流水。

發現從遮蔽物角落出來之前，領頭的男人會先把某樣東西伸到腳邊，感到好奇的蓮就拉近鏡頭，結果發現是一根前端帶有小鏡子的棒子。

原來如此，在轉彎前先這樣進行確認嗎？蓮佩服地這麼想著。

四個人前進的方向，當然就是失去伙伴而束手無策，從剛才開始就完全沒有動作的兩名機槍使用者所待的地方。

「蒙面的幾個傢伙動作很流暢。他們合作得很好。」

聽見M透露出感想後，以望遠鏡看著遠方的蓮就問道：

「那支小隊就只有那四個人？」

「不。應該還有其他人。」

「你怎麼知道？看得見嗎？在哪裡？」

「雖然還沒發現，但是那些傢伙幾乎是以最短距離，而且確實隱藏身形的方式朝那兩個人的地方前進。應該是有人從大樓上對四個人做出指示。大概還有兩個人從大樓的窗戶看著。他們一定拿著狙擊槍。射擊三名機關槍使用者的就是他們。」

蓮一邊發出「嗚哇」的聲音，一邊調降望遠鏡的倍率。

在不知道對方位置的狀態下，就不會出現彈道預測線。忽然發動攻擊就能讓人一擊斃命的狙擊手，不論在現實世界還是GGO內都被人討厭。

瓦礫山後面並排著許多大大小小的大廈，可以說有許多適合狙擊的地點。蓮雖然再次仔細地看了一遍，但還是沒看見人與槍枝的模樣。

「看不見耶。」

「不會在那麼容易被發現的地方。露出槍械或者身體來射擊就沒資格當狙擊手了。」

M做出了像在教誨蓮一般的回答。緊接著……

「分割只有六個人的小隊是相當有勇氣的作戰。能毫不猶豫就做到這一點的小隊一定很強。」

又做出稱讚敵人的發言。

「那兩個人馬上就要被幹掉了。」

M的話讓還在尋找狙擊手的蓮把視線移回兩個人身上。

蒙面四人組目前靠近到距離兩個人50公尺的地方，而且還穿越瓦礫山的縫隙繼續靠近當中。

完全沒發現這件事的兩個人，似乎焦急地在說些什麼，蓮當然聽不見他們的對話。

「從這裡逃走吧！」

「但是一露臉就會被擊中啊！」

「應該是這樣吧？」，蓮這麼想像著。

四個人在蓮的注視下，接近到僅剩下20公尺，也就是她眼前的瓦礫山，而且完成了襲擊的準備。在細微的手勢與動作下，他們迅速散了開來。

領頭的一個人先丟出手榴彈。雖然掉落並且爆炸的地方距離兩人有點遠，所以無法造成太大的傷害，但這樣就已經夠了。

使用機關槍的兩個人急忙站起來，拚了命地逃走。剩下來的三名蒙面客準確地朝他們的背部射擊，立刻可以聽見一陣相當有節奏感的槍聲。

由於這不是會射偏的距離，所以兩人根本無法反擊，從頭部到背部都出現閃爍的紅色著彈特效當場倒了下去，落得跟自己伙伴同樣的下場。

「啊～啊……」

不知道蓮是為了兩名角色的戰死而嘆息，還是為他們得從ＳＪ裡退場感到惋惜，又或者是因為懊悔無法親手了結他們呢？

蓮看了一下時間，得知目前是十四點十四分。

掃描之後竟然只過了四分鐘，這著實讓蓮嚇了一跳。

距離下一次掃描還有六分鐘的時間。現在那四個人幾乎是完全暴露在自己眼前，而且對方還不知道自己的存在。這是絕佳的機會。

「Ｍ先生，幹掉他們吧！」

雖然蓮笑著說出這種危險的發言，但是得到的回答卻是「Ｎｏ」。

「不行。或許可以打倒一個人，但其他人會躲起來。這樣的話我們只能再次逃進森林裡了。我們現在就先保持安靜吧。那些傢伙應該也認為我們已經撤退到森林深處了才對。」

蓮在心裡發出「唔」的低吟。難得都來到這裡了，實在不願意再回到對自己不利的森林裡。因此……

「而且我也還想再觀察一下那些傢伙的動靜。」

蓮就決定先按照Ｍ的指示。可以確定的是，至少還有五分多鐘的時間，可以安全地在這裡觀察他們。

把視線移回單筒望遠鏡上面後，發現四個人已經消失了。到處都看不到他們的身影。看來應該是迅速撤退了吧。

之後又過了三十秒……

「有了。」

M的聲音這麼說。

「蓮。妳看那棟外壁呈弧形的大樓。中層附近。」

按照指示找到大樓並把鏡頭拉近後……

「啊！有了！」

就在那裡看見一直在搜尋的人影。就在設計成風帆狀的大樓中層，大概十樓左右的地方吧。玻璃全都消失的窗邊可以看到有人在那裡。身上背著一把細長步槍。

測量距離後出現了503公尺，所以距離使用機關槍的那群傢伙大概300公尺左右吧。高精密度的狙擊槍與一流的狙擊手，在這種距離下應該可以輕鬆地擊中敵人要害。

蓮剛浮現「他想做什麼？」的想法，對方就像要表示「要這麼做啊」般，朝著地面丟出長長的繩子。

他接著又迅速把繩子放到身前並跨了上去，然後用雙腳一邊踢著大樓的外壁一邊流暢地往下降落。雖然有將近30公尺的高度，但是他瞬間就被地面上的瓦礫山遮住而看不見了。接著第二個人也降了下去。而且同樣也瞬間就不見人影。剩下來的只有微微搖晃的繩子。最後可能是被收進道具欄裡了吧，連繩子也消失得無影無蹤。

「那是什麼？好厲害喔！」

蓮以天真無邪的口氣稱讚對方。

「那叫Rapeling。利用繩索的垂直降落。」

「哦～用在垂直移動上很方便耶。比下樓梯快多了。如果有那種技能，我可能也會想要。」

「那些傢伙有點不一樣。」

「嗯？」

「ＧＧＯ裡的垂直降落技能，沒辦法那麼快速地下降。因為我曾經做過，所以很清楚。」

Ｍ的回答讓蓮產生了疑問。

「那麼那些人怎麼能那麼快呢？」

「那是玩家本身的能力。」

「玩家的能力？這是什麼意思？」

無法立刻了解Ｍ的話，於是蓮便把臉轉向他這麼反問。依然擺出臥射姿勢，看著Ｍ１４・

ＥＢＲ瞄準鏡的Ｍ回答：

「也就是說，玩ＧＧＯ的人在現實世界也能辦得到那種事。」

「啊，原來如此！之前Pito小姐也曾經跟我說過！」

包含ＧＧＯ在內的所有ＶＲ遊戲，「辦得到」的事情又可分為兩種。

一種是──角色可以辦到的事。

亦即只要是利用經驗值交換到技能的角色，就都能自動辦得到的事情。

以ＧＧＯ為例的話，比如說製作高性能的炸彈、製作槍械的零件或者小刀、提升狙擊的命中率、以驚人的視力看見遠方的詳細情況──其他還有各式各樣的事情。

由於技能也有等級，所以等級越高的話成功率也就越高，而且能更加迅速、精確地完成。

而另一種是──即使沒有技能，玩家本身也能在現實世界裡辦到的事情。

玩家原本在現實世界就能辦到的事，就算不取得技能也無所謂。因為身體將會藉由AmuSphere的神經傳導而活動。

比如說書法。ＧＧＯ裡雖然沒有這項技能，但獲得「寫出漂亮字體」技能的玩家，只要和平常一樣書寫，就能寫出一手好字。

另一方面，在現實世界裡以書法為嗜好的玩家，就算不取得技能也能寫出一手好字。當然，只能重現那個人在現實世界裡習得的程度。

雖然是理所當然的事，不過利用技能才辦得到的事情，終究只有在遊戲裡才辦得到。

就算入手書法技能，基本上還是不可能在現實世界裡寫出漂亮的字來。

「也就是說，能夠用繩索迅速下降也是那些人真的會Rape……那叫什麼啊？」

「Rapeling。」

「對對。也就是說那些人在現實世界也隨便都辦得到嘍？太厲害了。難道是登山家嗎？」

蓮真心感到佩服並優閒地這麼說道，但是……

「如果是那樣就太好了。」

M的口氣卻聽起來相當沉重。

把視線移回望遠鏡上的蓮，看著為了和那兩個人會合而一邊保持警戒一邊逐漸遠去的另外四個人……

「M先生，從你的口氣聽起來，好像知道那些人在現實世界裡的身分？」

「只是我的猜測。」

「那他們是？」

由於完全猜測不出M的猜測，所以蓮就老實地發問。

左耳聽見的回答是……

「看見他們仔細且有規律的動作，以及迅速的垂直下降後我就覺得，那些傢伙應該是戰鬥的專家。」

「戰鬥專家？什麼？」

由於不懂這句話的意思，而且已經看不見那四個人，所以蓮就把眼睛從望遠鏡上移開直接看著M，而M也正看著她。他嚴肅的面容看起來變得有點膽怯。

他接著又開口說：

「就是字面上的意思，亦即『以戰鬥來賺取金錢的人』。那六個人——不是警察就是海上保安廳的特殊部隊或者自衛隊員。」

SECT.7

第七章　對戰鬥專家戰

十四點十七分。

距離第二次的衛星掃描不到三分鐘了。而自己最多也只能在這個森林邊緣待到那個時候。

「咦〜？怎麼這樣！太狡猾了吧？——專家禁止參加遊戲的比賽啦！」

聽見M預測那六名技術高超的人是戰鬥的專家後，蓮就覺得很生氣。

而M像是有什麼想法般，幾秒鐘後便回答：

「規則上應該沒有禁止才對。雖然不知道是官方命令還是自主性參加，但是把GGO當成訓練的一部分，為了測試能力而參加SJ也不是什麼奇怪的事。這種事情自從完全潛行技術開發出來時就已經被預料到了。」

聽見M極為冷靜的發言後，蓮便有了「嗯，說得也是啦」的想法，接著更把思緒拉回到SJ上。至少在遊戲裡面時，就要考慮遊戲的事情。

「怎麼辦？現在距離我們最近的隊伍就是那些人吧？不打倒他們的話，就沒辦法把據點設在都市區裡吧？面對那樣的對手，我們能贏嗎？」

M立刻就這麼回答：

「沒辦法。」

「太容易放棄了吧！」

「那是就算我們有六個人都不知道能不能贏的對手。兩個人要按照一般的方式來獲勝絕對不可能。就算剛才幹掉他們一個人……應該也一樣。」

「那該怎麼辦？對了！直接把這裡當成據點？你看，如果有想要橫越高速公路的隊伍，應該也可以從這邊發動攻擊！」

「這一點我也考慮過了，但還是對我們不利。對方有狙擊手。頭要是露出來馬上就會被擊中。這段期間說不定也會有從西側穿越森林的敵方小隊。」

雖然蓮的提案不斷被否決，但對方的回答都相當有道理，所以她並不覺得生氣。

當他們持續在森林裡保持警戒，時間也來到十四點十九分。距離下一次衛星掃描已經剩下不到一分鐘了。

「怎麼辦？接下來要怎麼辦？」

遊戲開始已經二十分鐘卻還束手無策，蓮不禁感到有些慌張……

「妳的運氣好嗎？至今為止的人生裡，一直受到幸運之神的眷顧嗎？」

這時Ｍ忽然提出這樣的問題。

「什麼？這個嘛……」

就身高來看幸運值可以算趨近於零，但想到除此之外自己不但生活在富裕的家庭，也有相當善良的家人，可以說是在沒有任何不便的環境中成長之後……

「怎麼說呢，嗯。我很幸運。是個Lucky girl唷！」

雖然多少有點逞強，但她還是開口這麼說了。

「那好吧。我們就把一切賭在妳超強的運氣上。我們就在這裡觀看接下來的掃描，運氣好的話，我們立刻就朝高速公路衝過去。妳先準備好吧。」

「我……我知道了，有詢問理由的時間嗎？」

剩下四十秒了。

「嗯。雖然是我的預測，但聽見剛才劇烈的戰鬥聲之後，都市區裡應該聚集了不少其他的小隊。這樣的話，有其他隊伍在那些職業戰鬥專家附近，掃描之後就直接發生戰鬥的可能性相當高。我們到時候就趁機一口氣衝過高速公路。然後放棄潛伏在都市區，先往中央的住宅區前進。到下一次掃描後才前往荒野。」

「原來如此……我知道了。」

剩下二十秒。

「掃描出來的點將告訴我們有多少隊伍全滅。要記住存活隊伍的所在位置。當然，在遠處的隊伍可以忽略沒有關係。十分鐘內有可能接觸，而且位於3公里內的敵人才會成為威脅。」

M一邊說一邊撐起身體，然後拿出衛星掃描接收器。蓮也跟著他這麼做。畫面接著亮了起來。

十四點二十分。

ＳＪ第二次的衛星掃描開始了。

蓮還是首次看見掃描。她瞪著畫面讓精神集中。只要大概就可以了，還是想知道對手的位置。再也不想進行那種不知道敵人在哪裡的恐怖行軍了。

這次的人工衛星可能是從西北過來吧，接收器畫面上的地圖從左上側開始漸漸出現光點。而且因為速度相當快，所以掃描整個結束應該不會花太久的時間。

「嗯，全滅的隊伍有……」

從ＳＪ退場的隊伍是以灰色不顯眼的光點作為表示。蓮一邊數著這些灰點，一邊把光點的位置記在腦袋裡。

西北的草原上有一支全滅的隊伍。它下面的沼澤地還有另一支。森林裡面一開始互相射擊的隊伍似乎逃過全滅的命運，並沒有出現在上面。沙漠與荒野裡可能是因為視野相當開闊吧，看來已經經過相當激烈的戰鬥，總共有四個灰點。

目前到東南側邊緣為止已經全部經過掃描了。

在森林與高速公路邊緣發光的點，不用觸碰來確定名稱也能知道是自己這支小隊。森林裡雖然有另外兩個光點，幸好全在3公里外的地方。

都市區北端的灰色點當然是那群使用機關槍的傢伙。也就是說，短短二十分鐘內就有七支隊伍在大混戰裡落敗，殘留下來的還有十六支隊伍。

當然，完全不知道是所有隊伍都毫髮無傷，還是僅僅剩下一個人而已。

至於剛才展現驚人實力的那群戰鬥專家——

果然是在都市區裡面。目前距離自己隊伍1公里半之外的地點。

由於裡面有許多大廈，所以他們現在應該是在高處吧。垂直降落的兩個人全力衝刺後，一定已經占據了另一棟大廈。技術高超的狙擊手在視野良好的地方觀察四周，然後和地面上四名伙伴互相配合來戰鬥——真可以說是銅牆鐵壁般的作戰。

緊接著……

「啊！」

蓮忍不住大叫了起來。

可以看見緊鄰那些戰鬥專家南方的方格裡有一個光點，另外這個方格的西鄰還有兩個光點。

「M先生！你看！」

「我們的運氣真不錯。然後——他們太倒楣了。」

蓮抬起頭後，發現M難得露出了微笑。

「那麼！」

「嗯。把戰鬥專家交給那三支倒楣的隊伍，我們要開始衝嘍。那件外套可以丟掉了。」

不等待掃描結束，兩個人就把接收器收了起來。

蓮把披在身上的外套從頭上脫下來，然後丟到身後。全身粉紅的裝扮再次出現了。M也擺出半蹲的姿勢，把M１４・ＥＢＲ的兩腳架摺起來，結束從森林裡衝出去的準備。

必須從能以樹木做掩護的森林，再次衝進危險的場所。

「聽我的指示往前衝。還不要動——」

蓮吞了一大口口水，握住Ｐ９０的手開始用力。

下一個瞬間，可以聽見從都市區傳出了槍聲。

輕快的射擊聲與沉重的射擊聲混雜在一起。看來有相當激烈的戰鬥開始了。幾乎可以確定戰鬥專家已經和那三支隊伍接觸。

「好，衝吧！衝啊！衝啊！」

蓮在M的指示下往前跑去。穿越森林後來到草地的斜坡上。接著朝高速公路落荒而逃。

「但不能跑太前面吧？」

蓮一邊跑一邊詢問M……

「到時候我會要妳停下來。」

結果得到這樣的回答。

咦？這樣不就跟剛才在森林裡一樣，由跑在前面的我幫忙開路？先被射中的人應該是我吧？

蓮一邊這麼想，嬌小的身軀一邊輕快地跳過高速公路的柵欄。

真是的，又把隊長當成誘餌，根本是黑心企業，不對，應該說是黑心小隊嘛！

蓮雖然注意到這一點，但事到如今也沒辦法回頭了。

「很好。在那裡等我追上來。」

「M先生！附近看不到敵人。」

蓮和M一直在高速公路上跑著。

在前方開路的蓮，以跟短跑選手差不多，甚至在其之上的速度急奔。

鍛鍊敏捷性之後，就能以宛如腳踏車一樣的速度奔跑。蓮就這樣陶醉在自己越來越快的「最高速度」裡。

右側是森林，左側是都市區。一邊警戒著看得見的範圍內是否有敵人，一邊等待著M從廢棄車輛的陰影後面過來。

從森林出來之後才發現到，這個戰場完全沒有風吹。這對狙擊手來說相當有利。

M的速度雖然比蓮慢了許多，但他還是全力跑過水泥地跟了上來。一滑進可以隱藏巨大身軀的地點……

「好，上吧！」

就用M14・EBR擺出隨時可以支援射擊的姿勢做出命令。

雖然從森林上方或者都市區應該能夠清楚看見他們奔跑的模樣，但是並沒有射向他們兩個人的子彈。

相對的，一直可以聽見激烈的戰鬥聲。

*　*　*

時間稍微往回拉到十四點二十分。在第二次衛星掃描開始前——

都市區發生了正如M所預測的狀況。

聽見剛才主要是由全日本機關槍愛好者所傳出來的巨大戰鬥聲……

「雖然不知道是什麼樣的傢伙，但是發射了這麼多子彈，殘活下來的隊伍應該不可能毫髮無傷吧。」

附近三支同時有這種想法的隊伍，就像是被戰鬥聲吸引過來一樣，全都聚集到都市區裡面。當然，他們完全不知道其中一支小隊完全沒有受到傷害，而且還是技術高超的集團。

接著到了第二次衛星掃描剛開始時——

「咦？」「不會吧！」

在同樣的方格內，而且距離不到短短200公尺的兩支小隊都打從心底嚇了一大跳。由於靠近的路線不同所以還無法目視，但敵人真的就在自己附近而已。

這個瞬間，兩支小隊有了完全不同的行動。

一支小隊的身上穿了連身戰鬥服，左臂上還縫了虎頭蜂圖案的臂章。

主要武器是以「H&K　MP5」與「瓦爾特MPL」等衝鋒槍為主體，小隊成員則全是重視敏捷性的靈活角色。

這一群人……

「算了，我們上吧！所有人全力衝過去吧——！」

「太棒啦！」「突擊——！」「了解了！」「幹掉他們！」「媽～媽～！」

就像這裡就是埋骨之處般，六個人全都很高興地開始突擊。他們在寬敞的道路上衝刺，朝著應該在轉角處的敵人前進。

另一支小隊的服裝則各不相同。但所有人脖子上都圍著綠色圍巾作為小隊的標誌。
很可惜的，他們無法立刻做出決定。
「太近了啦！我……我們快逃！」
「等等，斜下方還有另一支隊伍！還有大樓上面也有！我們無處可逃了！還是衝過去迎擊比較——」
「笨蛋！要是被夾擊怎麼辦？應該躲在建築物裡面——」
「我才不想在室內戰鬥哩！」
「你們幾個別吵架！遵從隊長的指示吧！」
當他們吵到這裡的瞬間，從道路對面衝過來的小隊就讓他們受到子彈的洗禮。
衝鋒槍的連射力雖然相當優秀，但使用的主要是手槍的子彈，所以給予敵人的傷害並不是太大。
遭受突然的襲擊而喪生的，就只有一名同時被兩個人射中的倒楣鬼。
雖然被擊中但沒有陣亡的其他五個人，知道無處可逃後就下定決心，朝對方展開猛烈的反擊。「ＡＫＭ」與「Ｍ１６Ａ３」等衝鋒槍在全自動模式下發出吼聲。
寬敞的大路上，雙方就在１００公尺的距離內對峙與瘋狂地射擊，並且互相投擲電漿手榴彈，開始了一場極為激烈的戰鬥。

由於可以清楚看見對方的位置，所以先露出背部的那一邊就輸了。與其躲起來，倒不如拚命發射子彈，彈匣空了就更換然後繼續射擊——

不久後就演變成隊員一個一個死去的壯烈消耗戰。

飄浮在空中的攝影機標誌也無情地俯看著這一切。

這時露出漁翁得利笑容的，是距離1公里外的另一群男人。

六個人全都穿著紅褐色迷彩服，裝備著斯特姆．儒格公司製的「AC－556F」突擊步槍。

這是把M14改成小口徑5.56毫米的「Mini-14」半自動步槍裝上金屬製折疊槍托，並且擁有全自動射擊模式的槍械。它雖然小巧而且性能不差，但是在GGO內沒有人氣，屬於便宜的槍械。

聽見附近開始傳來的聲音，小隊的隊長便……

「很好！那些傢伙打起來了！我們繞過去從後面攻擊吧！」

做出這樣的發言。這時他的伙伴問道：

「大樓上面的那些傢伙怎麼辦？」

「他們還離很遠。這不是狙擊能射中的距離。只要跑動的話就不會被擊中。」

「原來如此。」

「好吧，大家準備上嘍！」

就這樣，這支小隊準備坐收漁翁之力往前跑去。

為了在寬敞的道路上全力奔馳，他們選擇跑在道路的中央，而不是有許多瓦礫的建築物旁邊……

「南側確認到一支隊伍。共六名。武器是AC－556F。今後將以『Delta』為代號。」

所以他們也不可能注意到被人從大樓以雙筒望遠鏡盡收眼底，而且還被冠上代號等事情。

Delta的隊長「在這種距離之下，而且是在跑動狀況中，狙擊根本無法擊中」的判斷絕對沒有錯。

1公里的距離下，一般的狙擊槍無法擊中目標。就算是在有效射程內的反器材步槍，也需要相當高超的技術才能在這種距離下擊中敵人。所以「威脅度不高」的判斷確實相當正確。

但他們不幸的地方是，還有沒有顯示在衛星掃描上的四名優秀突擊隊員待在地上。

用巴拉克拉瓦頭套遮住面容的男性以冷靜的口吻，利用通訊道具對四個人下達了命令：

「Delta由南三通道西進中。在電影院旁邊避過他們，然後由後方跟蹤。在Bravo與Charlie戰鬥結束前先待機。」

「哎，真是氣死人了！」

一個男人手拿ＡＫ－４７的改良版——外表與其十分相似的ＡＫＭ並大聲這麼咒罵著。

服裝是現實世界當中紛亂地區所能看見的民兵打扮——牛仔褲加上皮外套，以及裝有彈匣的胸掛裝束。脖子上則圍了綠色圍巾。

在放置於大路上的廢棄車輛旁邊，男人將槍橫擺緊緊趴在地面上。雖然只能從爆胎的車輛底下看見前方，但狹窄的視界裡沒有看見正在動的物體。

「喂！附近有人在嗎？」

他雖然拚命這麼大叫，但是沒有人回答。

看來到剛才為止都與自己一起行動的伙伴，不是全部陣亡就是已經逃走了。

自己也失去不少ＨＰ。應該是在近距離下，挨了突擊過來的敵人小隊以衝鋒槍發射出的５發子彈所造成。自己當然也加以反擊，以數發子彈轟近敵人頭部後確實幹掉一個人，也讓另一個人的腳部受傷了。

結果提問後過了五秒鐘左右……

「喔！我還活著！」

從某個地方傳來這樣的聲音。

男人的臉上重新出現安心的笑容。緊接著……

「喔喔！你在哪裡？人沒事吧？」

「嗯，還過得去！不過HP已經變紅了！」

第二次的回答已經靠得相當近，所以能聽得很清楚。應該是離開躲藏的建築物，朝自己這邊靠近了吧。

「很好！我們會合後一起逃走吧。」

男人一邊舉起AKM一邊這麼說，但回答卻是……

「啊～這就沒辦法了！」

「為什麼？」

在這麼問之前，男人應該更冷靜一點才對。

這樣的話，他應該就能發現自己視界的左上角，整個移動視線後就能看見的位置上該有的情報，也就是伙伴的HP條。他就會注意到那個地方是一片漆黑，名字的地方還打了一個×。

「因為，你看就知道了！我呢——」

從車子的遮蔽處露出臉後，發現對話的對象就在前方6公尺處。身穿黑色連身服的男人，確實以MP5的A3版本擺出射擊姿勢，並且把槍口對準他。從那裡延伸過來的紅線射入眼中，將視界染成一片紅色。

「是你的敵人啊！」

只用了1發子彈。

由MP5所發射出來的9毫米魯格彈在男人的右眼上造成了誇張的著彈特效。失去力量的身體倒在地上。AKM也掉到水泥地面，發出沉重的金屬聲。

「呼……」

以MP5射擊的男人，當場也癱坐到地上。身體上被擊中的地方閃爍著亮光，HP也變成鮮紅色，可以說快要一滴都不剩了。

他回過頭，就看見大路上到處躺著伙伴與敵人浮現「Dead」標籤的屍體。冷靜地看了一下浮在視界左邊角落的情報後，發現除了自己之外的所有人都陣亡了。

「唉～……接下來我一個人該怎麼辦呢？還是投降比較好吧。」

忍不住就從嘴裡吐露出這樣的呢喃。

但他馬上又……

「等等，還是奮戰到死亡為止吧……」

一邊這麼說一邊從胸口的口袋拿出筒狀急救治療套件，噗咻一聲打進脖子裡。HP條開始閃爍，接著慢慢回復。

男人看了一下手錶，時間是十四點二十七分。接下來的三分鐘內就一邊讓HP回復一邊躲藏起來，然後……

「盡人事聽天命了！」

為了再次開始奔跑而笑著站起來的男人——

身體被不斷飛過來的5.56毫米子彈貫穿，逐漸恢復的HP瞬間就歸零了。

大路上又多了一具無法說話的屍體。

從大路的陰暗處以AC－556F自動射擊模式盡情發射子彈的男人……

「太好了！坐收漁翁之利！」

很高興般高舉右手的拳頭。

那是在戰鬥結束前都躲在大樓遮蔽處的隊伍。

從一分多鐘前，他們就觀看著混戰的經過。雖然決定出現逃走者的話就發動襲擊，但是在那之前所有人就幾乎都陣亡了。

看來那個MP5男是最後一個人了，所以隊長緩緩從建築物角落探出身子並開始射擊。

「太棒了！就是有這種情形，大混戰才會這麼有趣。只要繞到後面就能輕鬆獲勝！」

在建築物後方待機的小隊成員當中，小心翼翼地警戒著後方的一個人很高興般地這麼說著……

「嗯，我們要是太大意也會變成那樣。」

隊長為了警惕自己而這麼說的下一個瞬間，就從建築物的五樓窗戶裡落下四顆強力的電漿手榴彈。

在身體完全被藍白色爆炸光包圍，ＨＰ也隨之歸零當中——

他們以身體學到了在市街戰時不只要注意周圍，也得對上方保持警戒這件事。

丟下電漿手榴彈的蒙面男立刻和遠方的男人聯絡。

「Bravo、Charlie、Delta。確認全滅。沒有遭受損害。」

而大廈當中的蒙面男……

「了解。同樣在這裡接受下一次的掃描。對四周圍保持警戒等待指示。」

則是這麼回答。

他的身邊有一名將雷明登武器公司製的手動槍機式狙擊槍「Ｍ２４」架在相機用三腳架上，然後坐著擺出射擊姿勢的男性。他就是以準確的狙擊幹掉那群機關槍使用者的男人。

他沒有抬起頭就就直接詢問隊長：

「剛才以猛烈速度在高速公路上衝刺的粉紅色傢伙，以及跟在後面的大傢伙——該怎麼處理呢？」

＊　＊　＊

十四點二十九分，第三次衛星掃描之前……
「嗚啊！跑了好長一段路！」
「看來是成功了。」
蓮與M在沒有看見敵人的情況下跑完高速公路，來到位於地圖中央的住宅區裡面。
「沒被射擊耶！」
「嗯。」
至今為止的移動當中，不論是從都市區還是從森林裡，都一直可以聽見激烈的戰鬥聲，但是沒有任何一發子彈是對著他們兩個人發射。
當然，也殘留著已經被人捕捉到身影，但因為在跑動而判斷無法擊中的可能性。
經過粗略的計算，他們大概跑了3公里左右，所以平均時速大約是18公里。
由於馬拉松選手的平均時速大約是20公里，所以算是相當快的速度。順帶一提，就算提昇了敏捷性的的蓮還行有餘力，但對M來說這已經是「角色性能」的極限速度了。

跑了這麼長一段路還臉不紅氣不喘，甚至沒有流汗或口渴，這就是VR遊戲的好處。

兩人到達的是四周全被廢棄公寓與低矮住宅包圍，除了道路之外視野就相當差的地域。建築物怎麼看都不像是在日本，直接讓人聯想到外國的高級住宅區。

當然因為是個鬼城，所以充塞了強烈的寂寥感。路上除了能看見爆胎並鏽蝕的車輛，也能看到因粗大樹木成長而整個被翻轉過來的車子。庭院裡的大型割草機已經長滿了紅色鐵鏽。建築物外表都相當破爛，也有許多自行倒塌而變成了瓦礫。柏油路面滿是裂痕，大量生命力強韌的草從細縫中長出來。雖然浸水地區應該頗為寬廣，幸好這邊附近還沒有浸水。

兩個人接近某間草地死絕，樹木也全部枯萎的獨棟房屋，首先為了慎重起見而檢查玄關是不是被人設下了陷阱。

如果是以這裡為起點的小隊，很有可能在此地設下了大量的電漿手榴彈。在入口處設置鋼絲的詭雷，形式雖然簡單但很容易讓人上當。

「不要緊。慢慢進去吧，也要注意室內是否有陷阱。」

「了解了。」

兩人緩緩入內，再次檢查陷阱。確認安全後，就藏身於房屋內。

房子的客廳雖然雜亂，但還不至於難以進入，散亂的模樣可以說是恰到好處。

ＧＧＯ裡的戰場，因為基本的顧慮而沒有任何在最終戰爭裡喪生的人類遺體，也就是人骨等等的物體。如果真實呈現的話，都市區就會是到處充滿人骨的人間地獄了。

但是除此之外的表現就真的相當纖細且真實。

蓮與Ｍ入侵的這間房子裡，也配置了許多可以窺見最終戰爭前人類生活的物品。

長了小草的暖爐上，放了裝有全家人微笑照片的銀製相框。流理臺則有破碎與完好的盤子。沙發旁邊還可以看見散落的舊雜誌與報紙。

要是閱讀這些報紙與雜誌，就能看見詳盡地寫著地球發生這場大戰的愚蠢經過。不過很可惜的是全都是英文。

以前曾經從Pitohui那裡聽過這樣的事情。

她在一座小教堂的廢墟裡解決狗一般的怪物後，就得以進入深處的房間。結果該處的衣架上，掛著漂亮的婚紗與燕尾服，而且它們在天窗照射下來的光線下還顯得閃閃發亮。

「那真的讓人眼眶濕潤。可以感覺到兩個人之間『即使人類滅絕的戰爭迫在眉梢也要舉行婚禮』的愛意。那隻小狗也像是拚命要守護那個地方一樣。」

Pitohui難得會露出溫柔的笑容……

「好棒的經歷。」

蓮老實地說出感想後……

「所以我就用散彈槍把那兩件衣服轟成破布了。」

「破壞氣氛！」

「哎呀，接下來被某個人發現時，應該就會無緣無故地復原了！」

先不管Pitohui如此完美的個性，考慮到這麼細部的布置並且加以再現的GGO平面設計師確實是相當優秀。

距離第三次掃描的十四點三十分只剩下幾秒鐘的時間。蓮的手錶早已經結束震動。

兩個人拿出衛星掃描接收器，然後在眼前叫出地圖。上次的掃描裡可以知道共有七支隊伍淘汰，有十六支隊伍存活下來，那麼這十分鐘裡又會有多少改變呢？

第三次掃描是由南南東往北北西移動。以時針來說就是從五點的位置往十一點的角度移動。衛星的軌道似乎相當高，掃描的速度比之前的兩次都還緩慢。由於可以冷靜下來觀看，所以蓮也數了生存下來的小隊數量。

戰場南部的沙漠、荒野地帶漸漸開始出現光點。

結果代表全滅小隊的灰色光點不斷增加。雖然相當寬廣，但是光這個區域就有八個灰點。

十分鐘前只有四個，所以算起來數量是加倍了。

尤其是位於中央的遺跡四周就出現三個鄰接在一起的新灰點。這就連蓮也能看得懂。應該是為了占據遺跡這個有利的地點而趕過去，結果形成了混戰。

這個區域目前僅有兩支小隊存活。他們各自在距離5公里以上的東西兩方，距離已經死亡的小隊也有一段距離。

由於不知道殘存的人數，所以也完全看不出這兩支隊伍的強度。不知是以恐怖的實力屠殺了其他小隊後輕鬆地移動當中，還是只剩下最後一個人，正拚命地逃走當中。

不論是哪一種，他們現在都離自己很遠，在下一個十分鐘前應該可以無視其存在才對。

掃描來到北部，開始顯示出都市區。

結果出現的是幾乎在同一個位置的三個灰色光點。以及附近一個跟上次掃描時待在相同位置的生存隊伍光點。這似乎跟M預測的完全相同……

「太厲害了……」

蓮對著M，以及那些戰鬥專家吐露簡短的感想。

掃描接近地圖中央，也就是住宅區時蓮的身體便開始緊繃。自己目前在這裡的東北部，也就是區域的右上方。出現其他光點的話，那些人就是接下來戰鬥的對象了。說不定只是自己沒注意到，對方根本潛伏在隔壁，不對，潛伏在這棟房子裡。

最後的結果是——

「沒有其他隊伍……太好了！」

住宅區確定只有一個發光的點，也沒有死亡的隊伍。

掃描繼續往北移動，沼澤地裡沒有新的陣亡隊伍。生存的隊伍則有一支，看來是以墜落的太空船作為據點。

西北的草原上有兩支死亡的小隊。也就是說比上一次增加了一支小隊。生存的僅有一支小隊，如果是他們把兩支小隊幹掉，那他們的實力應該相當高吧。

而最後的森林裡面則沒有死亡的小隊，跟上次一樣有兩支存活的隊伍。仔細一看就能發現，從上一次的掃描開始，這兩支小隊就幾乎沒有移動過。

目前新遭到全滅的有八支小隊，累積起來共有十五支小隊。存活的剩下八支小隊。僅僅三十分鐘就出現這樣的結果，或許正如Pitohui所說的，ＳＪ在一個小時內就會結束了。

掃描雖然尚未消失，但Ｍ已經把嚴肅的臉龐抬起來。要開始作戰會議了。

「我們的運氣很好。」

Ｍ先是這麼說，而蓮則像是很高興般用力點著頭。緊接著……

「Ｍ先生認為接下來是哪支小隊會成為我們的威脅？」

Ｍ依然以沉穩的口氣回答：

「森林裡的兩支隊伍雖然近但是可以無視。他們似乎在賭氣牽制著對方。或許是最初的戰鬥裡有伙伴喪生，所以想要跟對方一決勝負吧。」

「很常見嘛。就是互相伏擊，結果等到花兒都謝了的情形對吧。」

「草原上的那支隊伍因為還有段距離，所以也可以無視。就期待這些傢伙可以幫忙從後面襲擊森林裡的隊伍吧。至於沼澤區太空船裡的隊伍，應該是以伏擊狙擊解決了一支小隊吧。他們占據了有利的地點，沒什麼特別情況的話應該不會移動。」

「嗯嗯。」

「沙漠和荒野上的兩支隊伍，老實說我無法預測他們的行動。不知道是技術高超或者單純只是殘兵。尤其是靠近遺跡的這支小隊更是讓人摸不著頭腦。明明可以占據遺跡作為據點，為什麼不這麼做呢？」

「嗯，我也這麼認為。」

「就算是這樣，在下次的掃描之前應該可以無視他們。現在的問題是——」

「果然……是那群專家？他們在都市區裡。」

「嗯——不打倒那些傢伙絕對不可能獲得優勝。在小隊數量減少許多的現在，他們應該會從都市區裡主動出擊吧。他們的目的應該不是優勝而是累積戰鬥經驗，一直待在原地伏擊的可能性很低。」

「但他們很強吧？我們贏不了不是嗎？」

蓮的發言……

「是啊。」

讓M先點了點頭。然後又咧嘴笑著說：

「但看了這次的掃描之後，我發現些許勝機了。順利的話，或許可以贏過那些傢伙。」

「喔喔！」

「想獲勝就需要蓮的力量。看來必須由妳拚命射擊，在戰局裡大大地活躍才行。」

「喔喔！那有什麼問題！我什麼都願意做！告訴我作戰計畫吧！」

「好。首先——」

SECT.8 第八章　陷阱

蓮左腕上的手錶開始震動了。

雖然因為一片黑暗而看不見，但是可以知道時間。十四點三十九分三十秒。提醒距離第四次的衛星掃描還有三十秒的鬧鐘。

這樣的作戰真的能順利嗎……

由於M叮嚀過不要隨便說話，所以蓮甚至呢喃聲都不能發出來。只能在腦袋裡這麼想。

這又是個過分的作戰！我明明是隊長啊！

這無疑是她在這十分鐘裡浮現最多次的想法。

不過，從ＳＪ開始一直到現在，M總是訂立無視蓮安全的作戰計畫，所以現在也不會生氣了。

因為是遊戲，就算死了也無所謂。不過自己都還沒有好好大鬧一場呢。愛槍Ｐ９０到現在連1發子彈都沒有發射。至少也要大鬧一番後才戰死啊。

第四次衛星掃描雖然馬上就要開始了，但是蓮根本沒有辦法觀看。

她只能在黑暗裡抱著Ｐ９０靜靜地待在原地不動。

如果自己患有幽閉恐懼症，現在早就因為心理狀態的惡化而觸動安全裝置，AmuSphere也就會強制切斷連線了吧。蓮這時覺得自己喜歡在衣櫥裡睡午覺的個性真是幫了大忙。

「掃描要開始了。做好一有指示就能夠馬上出來的準備。」

蓮的耳朵聽見了M的聲音。

「…………」

蓮無聲地回答，並且再次用指尖確認了一下P90保險的位置。

＊　＊　＊

這是十分鐘前的事情——

在都市區看著衛星掃描的蒙面男……

「看來需要移動了。」

丟出這樣一句話來。

目前僅有八支小隊存活下來，而且附近已經沒有其他小隊。最靠近的光點位於住宅區東北部。

「全員注意。住宅區的敵人代號為『Echo』，沙漠地帶的敵人則是『Foxtrot』。」

隊長的聲音透過通訊道具，傳達到旁邊的狙擊手以及地面上四名隊員耳裡。

他們依照發現的順序將敵人小隊以ＡＢＣＤＥ……來命名，並且為了不聽錯而用無線電通話拼寫字母來稱呼。

也就是說機關槍愛好者是Alfa的Ａ。

以衝鋒槍突擊，身上帶有虎頭蜂臂章的小隊是Bravo的Ｂ。

與Bravo互相攻擊的綠色圍巾小隊是Charlie的Ｃ。

穿著相同紅褐色迷彩服的小隊是Delta的Ｄ。

有一名粉紅色小不點的小隊是Echo的Ｅ。

在南方沙漠的小隊則是Foxtrot的Ｆ。

「Echo在二十分鐘前位於森林南端，受到Alfa的槍擊。在高速公路上確認到的是一名身穿沙漠粉紅迷彩，以及一名綠迷彩成員。小隊已經剩下兩名成員。都沒有確認到武裝。」

沒有想到一開始就是兩名成員的隊長，以常識判斷後如此宣布：

「接下來的十分鐘，將移動到住宅區前方並開始搜索。遭遇敵人便加以殲滅。無法發現便利用14：50的掃描來尋找。」

在說明的時候，身邊的狙擊手已經把Ｍ２４從三腳架上拿下來，然後操縱視窗將三腳架收進道具欄裡。結束這些工作之後又叫出繩索，完成從大樓降下的準備。

「在南三與西五的十字路口會合。保持警戒待機狀態。」

蒙面集團的六個人在地面上會合後，就開始了將角色能力發揮到界限的全力進擊。領頭的兩個人小心翼翼地擺出FAL，為了與Echo的遭遇做準備。

如果Echo也往這邊過來的話，很有可能在途中撞個正著。為了立刻能射擊而擺出射擊姿勢，並且在槍械不搖晃的情況下跑動是相當困難的一件事，這也是玩家本身所擁有的技能。

他們後面跟著隊長與狙擊手。而殿後的兩名成員則不停回頭，警戒著Foxtrot的追擊。

接下來──

在沒有與敵人接觸的情況下，花了八分鐘左右來到住宅區的東邊後，他們就加強了警戒態勢，從住宅旁邊往前進。

雖然全是低矮住宅的這個地方不太可能從高處進行狙擊，但他們依然沒有任何鬆懈。即使可以使用通訊道具，他們也幾乎沒有說話，只是用手號來進行溝通，橫越道路時也先用鏡子確認後，一個人才在另外兩名成員的援護下全力衝刺。

他們就這樣從住宅區東側慢慢西進，當他們擴大搜索區域時，時間已經來到十四點三十九分了。

「距離掃描還有四十秒。停止。保持四周警戒。」

六個人占據了寬廣道路的一角。隊長躲到巨大垃圾車的遮蔽處。在這裡的話，就算掃描被對方得知方位，堅固的垃圾車也會幫忙阻擋來自西側的槍擊。

剩下來的三個方向，也就是北、東、南方將分別由剩下來的五名部下保持警戒。如果掃描後發現敵人就在附近，也已經做好往該處突擊的準備。

時間來到十四點四十分……

「開始掃描。」

只有隊長盯著衛星掃描接收器看。

「很接近！」

蒙面的隊長忍不住這麼叫道。

比上次更加緩慢的掃描結果出現在他看著的畫面上。

在從東邊開始的掃描中，可以知道Foxtrot依然待在沙漠、荒野區。而且他們直接往東方前進，所以不會構成自己的威脅。

確認這一點後隊長就擴大地圖，顯示出住宅區的左上部後，就出現無疑是自己這支小隊的光點。至於接下來的目標Echo身在何處嘛——

「正北方！80公尺處的位置！」

兩個光點幾乎快碰在一起了啊。把地圖擴張到最大後，得知對方就在正北方僅僅80公尺的位置。那是在眼前這條大路的前方，大約在一個很大的十字路口附近。

由監視著北側的男人……

「看不見人影！」

傳回這樣驚訝的聲音。視野良好的道路前方80公尺處，已經是可以清楚看見對方臉上表情的距離。但是卻完全看不見人影，也難怪他會如此驚訝了。

開始幫忙援護的另一名男性也馬上表示：

「這邊也無法目視！只有寬廣的十字路口而已！」

「無法發現。十字路口並無車輛！」

這時候隊長……

「前進。」

簡短地這麼命令著。既然無法確認，那就只能靠近到能確認的距離了。如果這裡不是GGO的話，那就可能是掃描出錯了。

隨著「了解」的聲音，四名隊員舉起FAL開始往前進。他們以兩人一組的方式，分別占據了大路的左右兩側。

「掃描無法判定高度。很有可能躲在人孔蓋底下。要特別注意。」

隊長自己也以FAL擺出射擊姿勢，然後一邊警戒著反方向，一邊做出這樣的指示。

隊長雖然再次看了一遍依然亮著的接收器畫面，但位置果然沒有錯。由於地圖已經無法再擴大，所以只知道對方就在十字路口。

過去看過的電影裡，曾經有移動掃描器已經捕捉到來到附近的敵人卻還是不見人影，結果敵人是躲藏在天花板上的情節。但目前是在寬敞的十字路口，不可能躲藏在上方。這樣就只有地底下這個可能性了。

隊長為了慎重起見而縮小地圖的比例尺，讓畫面出現廣泛圍的區域。這是為了確認其他小隊的所在位置。

存活下來的有自己、Echo、Foxtrot，以及沼澤地的兩支隊伍，合計共五支小隊而已。

沼澤地之所以有兩支隊伍，應該是原本待在草原的小隊主動發動攻擊了吧。除此之外，在沙漠西南方的一支小隊與在森林中對峙的兩支小隊，都在這十分鐘裡全滅不然就是投降了。

他知道目前先全力對付Echo即可後就鬆了口氣，但明明已經在附近了，還是沒聽見部下們射擊的聲音。

相對的……

「到達。十字路口上……沒有人孔蓋。看不見人影。」

其中一名部下傳來像是被鬼遮了眼般的聲音。而另外三個人也……

「這邊也無法發現。目前警戒西北方當中。沒有敵人身影。」

「警戒北方中。同樣沒有看見敵影。雖然覺得不太可能……但會不會是掃描出錯了？」

發出了這樣的聲音。

「系統錯誤的可能性相當低。」

隊長如此回答後……

「把那個十字路口能夠看見的東西全告訴我。再怎麼小的東西都不能遺漏。」

又繼續做出這樣的指示。結果傳來部下們帶著困惑的回答。

「柏油路面裂開的十字路口……短短的草……倒在路上的生鏽腳踏車……」

「一個輪胎連同鋼圈一起橫躺在地面。」

「兩棵倒下來後枯萎的小樹。一個旅行用的行李箱。一個空罐，不對，是三個。」

「人行道上有一台超市的推車。是外國製的大型推車。上面當然沒有任何東西……地面上沒有洞穴！」

「這邊也一樣。看了許多遍還是沒有看到洞穴。」

隊長在心中叫著「到底是怎麼回事！」，然後把後方的警戒工作交給狙擊手，一邊改變方向一邊從懷裡掏出雙筒望遠鏡。他以圓滾滾的視界盯著部下目前的所在地，也就是Echo應該在那裡的十字路口。

同時腦袋裡……

「旅行用的——」

重新浮現部下剛才的聲音。

「行李箱。」

隊長這麼大叫：

「全員！射擊行李箱！」

彷彿這句話就是命令一樣——

那個行李箱開始射擊了。

四人中的其中一人看見了。

躺在距離自己4公尺左右地面上的行李箱，忽然長出人類的腳。接著蓋子打開的同時就出現了射擊的火光。

這就是他在ＳＪ裡所見到的最後景色了。

就算他再怎麼厲害，也看不見朝他顏面飛過來的5.7毫米子彈。

＊　＊　＊

十分鐘前左右的事情。

「好吧。首先要找到能把蓮裝進去的物體。」

在躲藏的房子裡，M對著蓮這麼說。

「什麼？」

完全不懂這是什麼意思的蓮直接這麼反問。

接著M便緩緩說出自己的作戰計畫。

首先是不論什麼東西都好，準備一樣讓人覺得「裡面不可能有人才對」的小小容器。

然後把可以說是GGO內最小虛擬角色的蓮塞進裡面。

接著再把那個容器放在視野良好的住宅區十字路口中央，在下一次掃描時把敵人吸引過來。

敵人……絕對是那群戰鬥專家會過來，而蓮就先在那裡靜靜地等待……

「再來就是衝出來射擊了。從Pito那裡聽說過，蓮相當擅長埋伏的近距離射擊。」

「確……確實曾經做過幾次啦……那如果被識破的話呢？比如對方表示『那個紙箱很可疑喔』，然後就開始射擊怎麼辦？」

「那就只能認命了。我會合掌幫妳唸經。」

「什麼！」

蓮只能仰天長嘆。

又來了！又是我當誘餌嗎！

蓮把臉移回M的方向。

「我豁出去啦！」

一在房子裡尋找，立刻就找到適合的道具了。寢室裡有大小不同的塑膠行李箱。行李箱裡面和周圍都散落著衣服，營造出「為了逃離戰爭而拚命整理著行李」的感覺。那麼，留下這些東西的人們到哪裡去了呢？誰知道啊。

M把小行李箱裡的東西全拿出來，然後對蓮伸出粗壯的臂膀。

「把小刀給我。」

「什麼？」

「我不是借給妳了？」

「啊！……對喔。」

蓮從腰部後面拔出戰鬥小刀。

因為認為不會使用所以完全忘了它的存在，沒想到會在這個時候派上用場。蓮一邊覺得好像故事的伏線，一邊把刀柄轉向M把小刀遞給他。

M用小刀流暢地把行李箱內部的兩片隔板切下來。看來那把小刀相當鋒利。

「好。應該躲得進去。」

「咦～！不可能啦！」

再怎麼樣，自己也沒有那麼小。還是用那個大行李箱吧。

蓮一邊這麼想，一邊為了證明自己的話而抱著P90嘗試進到裡面去。

「妳看吧。」

「…………」

結果蓋子很容易就蓋上並被鎖起來了。

「我……真的很小耶。」

蓮忍不住高興地這麼說道。

M讓蓮出來後，這次又拿著小刀流暢地把行李箱的一面割下來。

「這樣妳的腳就能伸出來，也可以迅速把它『脫掉』了。緊要關頭也可以稍微移動。」

「雖然看不到前面……」

至於鎖頭的部分。

「妳離遠一點。」

M從右腿抽出HK45，把槍口靠了過去——磅磅。2發子彈就把鎖破壞掉了。

這支小隊在SJ裡的首度射擊是為了破壞鎖頭。

這樣待在裡面的蓮只要稍微撐起身體，行李箱上方的蓋子應該就會打開了。

「M先生，那現在要做什麼？要馬上過去嗎？地點要選在什麼地方？」

蓮的問題讓M搖了搖頭。

「時間快到時再過去就可以了。在那之前，先給我一點時間看地圖。」

最後蓮她……

「這裡比較好。四周圍的視野都很棒。」

是在十四點三十六分時在M指示的地點下進入行李箱當中。地點則是在寬敞道路的十字路口。

接著過了不知道該說是長還是短的四分鐘。

「掃描要開始了。做好一有指示就能夠馬上出來的準備。」

蓮的耳朵聽見了M的聲音。

「…………」

蓮無聲地回答，並再次用指尖確認P90保險的位置。

「掃描開始。」

M的聲音傳到蓮耳朵裡。

蓮不清楚M目前在哪裡。希望他是待在適合狙擊的地點援護著自己。

「看到了。那些傢伙很近。在南方80公尺左右的南方。」

「…………」

蓮差點就要發出聲音。雖然想要他們早點過來，但竟然只距離80公尺，這在GGO世界裡根本已經是待在同一個地方了。

「應該會靠近。等待我的指示。」

「…………」

「看見了。正如我的預測，四個人漸漸聚集過來了。是那些傢伙。」

「…………」

「從南側的角落過來了。在10公尺前方。以扇形包圍著妳。」

「…………」

然後就過了數十秒還是一兩分鐘比之前都還要恐怖的時間——

「蓮。掀開蓋子後眼前5公尺左右有一個人。先送那個傢伙歸西。隨時可以攻擊了。」

嗚哇——！

蓮一邊在內心發出巨大的吼叫聲，一邊從行李箱底部伸出雙腳站了起來並掀開蓋子。

隔了好一陣子才又看見外面的世界。

託ＧＧＯ紅色天空的福，眼睛不會因為炫目而無法適應，正如Ｍ的指示，眼前就有一名拿著ＦＡＬ的蒙面男性——

幾乎是在著彈預測圓與那個男人的臉重疊的同時，蓮就扣下了Ｐ９０的扳機。

射擊的時間大概只有一秒鐘，但是這段期間就發射了15發子彈，而且幾乎都轟進男人的頭套裡。

完全站起來後，行李箱就掉落到腳底下，蓮也得以自由行動。

同一時間，Ｍ的聲音也傳到她耳裡。

「接下來是右邊四十五度，７公尺前方。」

行李箱從底下伸出腳來並且開火，同伴則遭到槍擊……

「啊啊啊啊？」

接著又從裡頭冒出嬌小的粉紅色人影——

就連技術高超的三個人，也因為這過於非現實的光景而遲了一拍才反應過來。

但他們也聽見隊長所說的話了，所以謎題已經完全解開。也理解現在應該採取什麼行動。

他們想著「這個傢伙是敵人，雖然一名伙伴陣亡了，只要我們三個人幹掉她就可以了」。

「嘿！」

三個人一邊發出同樣的聲音，一邊把FAL的槍口對準蓮並扣下扳機。而發射出去的7.62毫米子彈全都通過沒有任何人在的空間。

「什麼！」

其中一名蒙面隊員邊開槍邊這麼大叫。

認為不可能射偏而開槍的對手竟然離開自己的射線，而且還朝著自己而來。真是猛烈的瞬間加速度。

那隻從粉紅色的右手延伸出來的是粉紅色的槍。

簡直就像是要用槍直接刺殺對方一樣。蓮往左下方避開對方的彈道預測線，也就是發射出來的子彈，然後用盡全力朝著對方衝刺……

「喝！」

隨著吼叫聲瘋狂地發射P90。

連續的輕脆槍聲下，這次又有幾發子彈擊中男人的脖子與臉孔。

由於是要害，所以造成立即死亡的傷害。HP從全滿狀態一口氣減少。最後應該會全部消失吧。蓮停止對後仰而不再射擊的男人衝刺，在他的身體前方緊急剎車。

「如果可以的話，把敵人的屍體當作盾牌。BoB和SJ與平常不同，屍體會留在現場。然後變成『無法破壞物體』。」

剛才M這麼告訴過她了。

蓮瞬時在癱軟的男人面前倒下去。接著擺出臥射姿勢。

剩下來的兩個人在距離10公尺外的道路另一側，雖然也把FAL對準蓮……

「可惡！」

其中一個人猶豫著到底該不該開槍。如果同伴尚未死亡，自己的射擊可能會奪走他的生命。雖然內心知道這是遊戲所以不用在意這種事情，但終究還是做不到。

「可惡！」

另一個人同樣這麼咒罵著，選擇了開槍。他知道同伴已經不行了。

但是子彈雖然射中了同伴的屍體與地面，卻一發都沒有擊中趴在後面的粉紅色嬌小身軀。

同伴的屍身變成無法破壞物體，就跟厚實的牆壁沒有兩樣。而且從後面露出來的就只有P90的槍口與一隻眼睛。

「太小了吧！」

蓮發射的子彈，命中了邊射擊邊這麼大叫的男人右側腹。著彈特效以逆袈裟斬的走勢竄過他的身體，讓他的身體後仰接著整個翻倒。跌倒之後，全自動連射給了他的頭部致命一擊。

「臭傢伙！」

最後一名生存者發動激烈的連射，為了提升命中率而朝蓮衝了過去。

下一個瞬間，就看到小小的粉紅色塊狀物以猛烈的回轉數從同伴的屍體旁邊滾出來。那種模樣甚至讓人想起陀螺。

當旋轉倏然停止時，才知道原來是一個人，但下一瞬間彈道預測線已經緊緊貼在他臉上。

「哈哈！」

頭套底下的男人雖然露出微笑，但是蓮應該看不見吧。

隊長用雙筒望遠鏡把這一切經過全看在眼底。

行李箱伸出粉紅色的腳，然後從裡面衝出一個小孩子拚命發射子彈，四名部下就這樣被打倒了。

他也確認過視界左上角的狀態畫面。四個人全部陣亡。

時間應該花不到十秒鐘吧。耳朵可以聽見ＦＡＬ與Ｐ９０雜亂的槍聲。

隊長放下雙筒望遠鏡後，就對在自己身邊架著狙擊槍並窺看瞄準鏡的男人……

「嗯，不用射擊了。遊戲時間——到此為止了。」

「是時候了嗎？」

男人老實地回應，並且放下M24。同時以自然且迅速的動作關上手動槍機旁的保險。

一道粉紅色人影以猛烈速度跑過兩人視界前方，躲到旁邊的房子裡再也看不見了。

「那不是人類所擁有的速度。無法作為參考。」

隊長一邊說出帶著傻眼與佩服的發言，一邊叫出視窗來開始操作。

「確定要投降嗎？」

面對這個問題，他按下了「Yes」鍵作為回答。

「M先生M先生！有人追過來嗎？」

蓮全力在大路上奔跑，一邊交換剩下3發子彈的彈匣一邊這麼問道。

「沒有。從這邊可以看得見，剩下來的兩個人似乎放棄繼續戰鬥，選擇了投降。」

「咦～！」

蓮驚訝地停下腳步，回頭看向自己造成的殺戮現場。

100公尺左右的前方，可以看見躺在地上的人影，以及四個紅色顯眼的「Dead」標誌。

「那……那我們——贏……贏過那……那……那……那支隊伍了？」

「應該說『沒有輸』比較正確，嗯，總之妳幹得很好。」

聽見M的話後……

「嗚……嗚嗚嗚……」

蓮花了幾秒鐘的時間露出滿臉笑容……

「太棒了啊啊啊啊啊啊啊啊啊啊啊啊啊啊啊啊啊啊啊啊！」

將右手的P90以及左手高舉向紅色天空，在成為廢墟的住宅區正中央放聲大叫。

大會還沒有結束。

蓮目前應該做的，首先是要和M會合。

「M先生人在哪裡？」

一道聲音回答了蓮的問題。

「邊往西邊移動邊看著區域的情況。」

「在掃描前希望和你會合，我應該怎麼做？」

蓮邊問邊想著「這樣要會合是不是有點困難？」。

M應該知道蓮的位置吧。因為只是從把她當成行李箱放置的地點往北移動100公尺左右而已。

但是M現在人在哪裡呢？

在景色看起來都類似的住宅區裡，而且還是第一次到訪的地點，他真的能夠完全清楚自己的所在位置嗎？

如果這裡是都市區的話，就能夠「在外表看起來像這樣的大樓前會合」了。

但是當蓮正在猶豫是不是該老實提出這個問題的時候……

「我會引導妳，不用擔心。首先小跑步從現在的所在位置往西邊前進。只要看到太陽在左上角就可以了。」

對方已經做出這樣的回答。

看來自己根本不用擔心。M也很細心，待在很容易就可以找到的地方。說不定只要從這條路上筆直地往前跑就可以了。

「了解了～」

蓮以輕鬆的口氣說完，就遵照對方一開始的指示行動。

結果她不用多久就發現自己很簡單就能到達的想法根本就是大錯特錯。M的指示相當地錯綜複雜。

「在那裡停下來。左側應該可以看到一輛燒焦的卡車才對。在那邊轉彎然後緩緩前進。第一條小巷弄右轉。」

像是這樣……

「來到浸水區域了吧。到左邊四十五度的小路去。那裡的水都很淺，可以直接通過。再次來到大路之前都筆直前進就可以了。」

還有這樣的指示……

「那邊的巷子往左。以普通的步伐確實地算二十秒。那裡有一棟公寓，然後有一扇下半部破洞的門。從那裡進去。裡面雖然很亂，但還是可以通過。在走廊上前進，從左側第五個房間到中庭來。」

到了這個地步，蓮已經懷疑起「其實他是從上面看著自己？還是偷偷跟在自己身後？」了。

蓮不斷轉彎、前進再轉彎，已經完全不知道自己身處何方。

「M先生……這樣真的沒問題嗎？你知道我在哪裡嗎？要不要先等接下來的衛星掃描？」

手錶上顯示的時間是十四點四十七分。再過三分鐘就是下一次的掃描了。

掃描後就能知道隊長蓮的位置。當然，如果M也不清楚自身的所在位置，那麼就算掃描也沒有用了。

「不用擔心。進到眼前的大房子裡面。我就在這裡。」

「哦？」

蓮眼前有一棟佇立在水邊的豪宅。道路也在此中斷，接下去就完全沉在水裡了。就算要她繼續前進也沒辦法了。

豪宅就像是小島一樣浮在映照出紅色天空的平穩水面上，呈現出恐怖的寧靜感與美感。望向遠方就能在紅色朦朧的天空中，看見某樣巨大的構造物。由於已經接近沼澤地了，所以應該是插在地面上的太空船輪廓吧。

下一個瞬間，那艘太空船輪廓的旁邊就出現了某種巨大的亮光。從亮光馬上就消失了來看，應該是電漿手榴彈爆炸了吧。

想著有人在那邊戰鬥吧的蓮迅速從玄關進入房子裡，立刻就看見熟悉的巨大身軀在豪華的客廳中央。

看見對方的瞬間，剛才的爆炸就傳來沉悶的「咚——」一聲，簡直就像是找到M的特效聲一樣。

「太厲害了！為什麼？怎麼會這樣？你是怎麼辦到的？」

蓮瞪大眼睛這麼問道，M聽見後就這麼反問：

「什麼怎麼辦到的？」

「就是怎麼引導我到這裡來的啊！為什麼你可以指示我通過那種像迷宮一樣的路徑？不會是用我不知道的『祕密道具』從上面看著我吧？」

之前曾經聽Pitohui說過。據說不斷增加新地圖、怪物以及槍械與裝備的GGO，最近補充了，或者就快補充「無人偵察機」這個道具。

那種遙控的小型飛機或者直升機，會輕飄飄地在自己的上空飛行，然後傳遞影像情報到手中。由於有這種道具的話在戰鬥中就能占絕對的優勢，所以會整個破壞遊戲的平衡度，因此也有人認為這根本是毫無根據的謠言。

如果有那種道具的話，就能知道M為何能引導自己了。

難道說，那個大背包裡面其實就是裝了這種道具？如果是這樣，就能了解為什麼敢做出僅有兩個人就參加ＳＪ這種極為魯莽的舉動了。

結果M的回答……

「妳是說無人偵察機之類的嗎？沒有那種東西喔。雖然Pito那傢伙很想要就是了。」

很乾脆就否定了蓮的想法。

「那是怎麼辦到的？難道……你用了什麼外掛？」

所謂的外掛，就是泛指所有在遊戲裡「作弊」的情形。這次的情形就是對系統動手腳，變得能夠顯示自己所在地的地圖之類的手法。

當然這樣的行為要是被營運公司發現，不要說從ＳＪ退場了，甚至有可能被停帳號，這時就連這麼問的蓮都覺得有點害怕。

「是我個人的玩家技能啦。嗯，如果其他人要認為是作弊也沒辦法。」

Ｍ再次否定蓮的想法。由於不清楚他的意思，所以蓮又開口詢問：

「你的意思是？」

「我從孩提時期就有很優秀的地理感覺。不論是在現實世界還是ＶＲ遊戲裡，都『從來沒有迷路過』。比如說，不論在地下街走多遠，我都知道東西南北等方向，以及前進了多少距離。只要是去過的地點，我都幾乎能記得很清楚。就算是沒有去過的地方，只要看到地圖，就能在腦袋裡描繪出風景。」

「這也太厲害了吧！」

蓮老實地感嘆對方的能力。

和社會上一般的女性相同，蓮完全不擅長觀看地圖。開始玩ＧＧＯ之後因為有需要，已經藉由觀看戰場地圖受過不少鍛鍊了。

她隨即又想起來。以前曾在某本書上看到過。人類有類似「絕對音感」般的「絕對地理感」。那種人就算矇上眼睛塞上耳塞後坐到車子上，也能夠知道自己到了什麼地方。

「這樣啊！我知道了！」

蓮發出興奮的聲音。

「M先生的M，就是『Map』或者『Mapper』的M對吧！」

「…………咦？啊——嗯……是啦……」

M粗獷的臉上雖然浮現困擾的表情，但是蓮還是毫不在意地繼續說道：

「完全能夠同意！感覺這樣好帥喔！」

「是……是嗎？」

「是啊。我只是改了一下本名而已喲。」

「這種事情還是不要說比較好。會被知道現實世界的身分。」

「哎呀……當我沒說！和我的本名完全無關喲。」

「好了，時間差不多快到了。」

M這麼說時，蓮的手錶就開始震動了起來。看來M的時間感也相當優秀。

十四點五十分。第五次的掃描開始了。

因為不知道上次掃描的結果，所以蓮相當仔細地盯著地圖看。

這次掃描的速度相當快。從東邊開始的掃描，一下子就橫越整個戰場，上面的光點也不斷增加。

但是幾乎全都是灰色，也就是全滅或者投降隊伍的位置。

「真是驚人……M先生，竟然只剩下三支小隊而已！」

表示仍在戰鬥中隊伍的光點只剩下三個。

位於中央住宅區西側的當然就是自己這支小隊了。蓮這時才終於知道自己目前在什麼地方。

沙漠、荒野區裡也有一個光點，它是在靠近地圖底部的地方。距離蓮他們應該有5公里以上的距離吧。

雖然暫時可以無視他們，但不知道為什麼會移動到那種地方。難道是一直遠離其他隊伍的大混戰嗎？

最後一個，無疑就是接下來對戰對手的所在地果然很近。對方就在沼澤裡面。

他們附近，也就是太空船墜落的位置上可以看到一個灰色光點，所以應該是漂亮地擊倒了埋伏在該地的小隊吧。當然也有可能是反過來的情況就是了。

他們與蓮這支小隊的直線距離大概有4公里。

不過那個地方有沼澤，而且要來到蓮他們的所在位置還有幅員達2公里以上的浸水地區形成湖泊擋在中間。不論是上面還是下面都需要繞路，所以在下一個十分鐘前應該無法到達吧。

掃描立刻就結束，蓮看著M的臉表示：

「接下來的對手應該是在沼澤區的小隊。下一次的掃描，也就是十五點時，你覺得能夠再用一次同樣的作戰嗎？」

由於有剛才成功的經驗，讓蓮變得非常積極。她整個人興奮了起來，口氣也變得很熱絡。

一開始只是被機關槍拚命掃射的我，不對，應該說我們，光是能夠像這樣成為最後存活下來的三支隊伍就很了不起了。而現在可以追求更高的成績，怎麼可能要自己不感到激昂呢？目前已經確定是「銅牌」了，可以的話當然希望獲得銀牌甚至是金牌。

「就算要實行同樣作戰，在這裡應該辦不到吧？得再往北或者南邊移動。然後讓沼澤區的敵人往這邊前進。最後在十五點的掃描時把他們引過來！」

「一個小時嗎……」

「嗯？M先生？」

「…………」

蓮覺得他的樣子有點奇怪。即使提問也沒有回答，這實在不像M會做的事。

難道玩了將近一個小時，已經覺得膩了嗎？

雖然蓮甚至有這種感覺，但是沒辦法直接就這麼詢問對方。這時她也看膩M陷入沉思的側臉，於是開始環視豪華的室內。

經過數十秒寂靜的時間後，終於……

「我們先離開這裡，沿著水邊往西南方前進吧。十五點的掃描來不及設下陷阱了。以再下一次為目標，尋找合適的地點吧。」

「了解！」

蓮以笑臉帶著敬禮般的動作這麼回答。然後……

「哼～哼～哼嗯，哼哼哼嗯～哼哼哼嗯哼嗯，哼～哼～哼～」

一邊哼著歌一邊往前走。那是穆索爾斯基作曲的「展覽會之畫」裡名為「漫步」的曲子。它在古典樂裡算是相當知名的曲子，同時也是神崎艾莎加上日文歌詞後演唱的歌曲。

M巨大的身軀緩緩跟在蓮後面。

離開豪宅後，兩人一邊看著右側的浸水地帶一邊往西南方前進。

房子越來越少，最後終於變成一大片湖泊。因為沒有風所以也沒有波浪，湖面看起來就像鏡子一樣。

由於天空就跟平常一樣紅，湖泊也漂亮地染成紅色，雖然有點恐怖但也相當美麗。遠方隱約可以看見插在地面上的太空船。

蓮站在前頭，一邊往前跑一邊不時回過頭去。由於跑起來非常舒服，一陣子後蓮就害怕自己一個不小心就丟下Ｍ。

到了離開房子經過兩分鐘，也就是十四分五十四分時——

「有敵人！右邊！」

蓮聽見了Ｍ尖銳的聲音。

SECT.9

第九章　M的戰鬥

「有敵人！右邊！」

聽見這樣的聲音，蓮一開始浮現的……

搞錯了吧？

是這樣的想法。

沼澤地確實還有一支生存下來的敵方小隊。這在四分鐘前已經確認過了。

但是他們和自己的直線距離有４公里那麼遠，而且還隔著沼澤與湖泊。

如果是利於行走的平地，而敵人又有極端提升敏捷性的角色，那麼確實有可能以時速60公里這種非人的速度一直線衝過來。

正準備表示是你看錯了的蓮，停下奔跑的腳步看向右邊……

「咦？」

就知道是自己錯了。

湖上面出現到剛才為止都沒看見的某種物體。

那是一些黑點。有三個，不對，四個黑點漂浮在紅色湖面上，而且還越變越大。

「快趴下！」

按照M的話趴下與幾道鮮豔的紅色彈道預測線通過頭上幾乎是在同一時間發生的事情。

不會錯了。那些黑點就是敵人，他們從那個地方用槍瞄準了自己。

遊戲開始不久之後，大量子彈從頭上飛過的聲音就讓蓮聽到有點厭煩了，結果現在又聽見幾道這樣的聲音。遲了一會兒也能聽見敵人發出的槍聲。

「M先生？這到底是怎麼回事？」

趴下來把臉靠在柏油路面上的蓮這麼問道。不知道目前是什麼姿勢的M也回答了他。

「敵人獲得便利的交通工具了。就這麼簡單。」

「交通工具？」

「沒錯，已經很靠近了，應該看得見了吧。」

「…………」

蓮緩緩抬起頭，再次看向湖面。四個黑點靠近到大約300公尺左右的距離，雖然還是有點小……

「嗯……我知道了。」

從那個形狀就看出來了。是小型的馬達快艇。敵人就是乘坐在那上面。這樣的話，以時速60公里衝過這段距離，而且還是從水上過來就不是什麼奇怪的事了。

「是馬達快艇！太狡滑了！」

「其實一點都不狡猾。本來就可以自由使用戰場內的交通工具。先找到的人先贏。」

「嗚嗚……」

「而且正確來說，那並不是馬達快艇。」

「咦？那是什麼？」

「是氣墊船。」

「咦？」

「往左邊滾動逃走吧！」

蓮在思考之前就先從趴在地上的狀態下開始滾動。她以猛烈的靈活度一瞬間滾了二十圈，移動了十幾公尺的距離，雖然頭昏腦脹，但也因此而獲救。

剛才自己待的地方飛來許多閃亮的彈道預測線，下一刻地面就遭到一陣槍林彈雨的襲擊。

自己被機關槍攻擊了。由於剛才已經被射擊了許多發子彈，所以蓮馬上就發覺了。

子彈雖然是分散地飛過來，但剛才要是沒有滾動身體逃走的話，可能就會被射中1～2發子彈。如果命中的部位是要害，可能一擊就陣亡了。

「可惡！」

粉紅色戰鬥服被雜草與土壤弄髒的蓮抬起臉來，就看到一台氣墊船在僅僅100公尺左右的近距離下從左往右高速橫越眼前。

已經可以清楚看見細部了。船的全長約3公尺左右。乍看之下有點像水上摩托車。

但是和水上摩托車不同，綠色船體下方有膨脹的黑色橡膠，另外後側有飛機般的大螺旋槳。

利用往下方噴射氣流的力量讓船體稍微浮起來，然後以螺旋槳來推動，這就是氣墊船這種交通工具。可以聽見尖銳的引擎聲與螺旋槳發出的「嗡嗡」聲混雜在一起。

分別有兩名男人乘坐在前後方。坐在前面的男人握著一字型的方向盤，後座的男人則是把機關槍放在船緣擺出橫向射擊姿勢。

蓮雖然想反擊而把P90對著他們，但是在手指扣下扳機前，也就是讓著彈預測圓出現在視界之前就放棄了。

她不認為從這裡射擊能夠擊中以蛇行路線逐漸遠去的氣墊船。這樣只是浪費子彈。

由於其他三台仍在遠方，看來應該是先只有一台一口氣衝過來，然後自己橫越眼前發動攻擊。

「M先生沒事吧？」

「嗯，沒被打中。」

聽見這樣的回答，蓮暫時就先放心了。M應該在距離自己50公尺左右的後方，但在趴著的狀況下沒辦法看見他。

剛才發動攻擊的那台氣墊船暫時回到同伴身邊。這次四台都為了不被擊中，一起從大約300公尺的地方不停微微移動著。

「怎……怎麼辦？被他們發現了，不先從他們眼前逃走的話，就沒辦法在下一次掃描使用陷阱了！」

「嗯。」

「往後逃到住宅區裡面吧！」

「不行，對方會追過來。」

「為什麼？那裡是陸地耶？」

「氣墊船在平坦的地方是水陸兩用。就算是路上也可以追過來。尤其這附近的湖畔就是道路，最適合他們登陸了。」

「怎麼這樣，太狡猾了！」

蓮雖然真的生氣了，但那就是這樣的交通工具，所以也無可奈何。

「背對著他們逃走的話，會一口氣加速衝上來喔。然後距離被拉近的話就完蛋了。他們應該也注意到我們只有兩個人了吧。那些傢伙也是很有一套的隊伍。」

M在這種時候也很冷靜的聲音讓人感到很可靠，但情況依然相當危急。

「那該怎麼辦……我來當誘餌到處逃竄，M先生就趁這個時候躲起來？只有我一個人的話，速度會很快喔。當然不像機械那麼快就是了……」

「這是不錯的提議。」

「對——對吧？」

感覺自己的提案好像是第一次獲得稱讚，即使在這種狀態下，蓮還是覺得有點開心。

「但我不會逃走，而是會從這裡射擊。」

「什麼？M先生——不可以這樣自暴自棄喔。」

蓮的口氣就像是在告誡想輕生的人一樣。

「誰自暴自棄了。妳看得見我嗎？現在敵人還很遠，稍微抬起頭來看一下。」

「嗯？」

蓮先輕輕抬起頭來。

由於周圍看不見彈道預測線，所以暫時不會出現下一個瞬間就被擊中的情形。想到對方如果有狙擊手就相當恐怖，但是要在不停移動的氣墊船上往這邊射擊應該是極為困難。自己這邊沒有射擊，對方也沒有什麼動靜。

認為既然如此的蓮就撐起上半身。往M所在的方向看過去後——

就看見了……巨大身軀趴在變成湖畔的柏油路面上。而他的身前則有架著兩腳架的M14·EBR。

咦？好像有點不一樣？

蓮尋找不同的地方後，隨即發現了。像是捲舖蓋逃亡還是搬家一樣的巨大背包已經不在他背上了。M把它拿下來後放在自己身前，正準備打開它。現在打開了。

「我要用這傢伙了。」

M一邊說，一邊將雙手伸進背包裡。

「是……是很厲害的武器？」

蓮的聲音因為期待而顯得亢奮。

裡面的「祕密道具」終於要出現了嗎？會是擁有強大破壞力的反坦克火箭筒，還是能把電漿手榴彈發射到200公尺前方的榴彈發射器？

它們全是GGO內高價、稀有且高性能的武器。或許可以一舉扭轉目前的劣勢也說不定。

結果M的回答是……

「不，這是防具。」

「啥？防具？」

「看著吧。」

M現在拉出來的是把大鐵板重疊起來般的物體。

高大約有50公分左右。寬大約30公分左右吧。全是塗成綠色，厚約1公分的鐵板。這樣的鐵板疊了八片左右。看起來就像空手道選手在破瓦時所疊起來的瓦片。

這時M……

「哼！」

隨著喊叫聲用雙手把它往左右兩邊攤開。連M都需要發出用力的聲音，到底得用多大的力量才能把它攤開啊？

而攤開來的鐵板，形成了高50公分，弧形長度約240公分左右的斜立扇狀鐵壁。

「這是什麼？M先生這是什麼？」

「膽小的我專用的，超級保險的防具喔。」

M一邊這麼回答，一邊把M14．EBR插進中央的凹槽裡。

結果就完成從前方遮住M的身體，只有槍身從中央凸出，看起來簡直就像是戰車砲台的槍座。

「蓮，有一台又過來了。」

「咦！」

蓮把視線移回湖面上。四台當中的其中一台，這次從右側，也就是M的眼前一邊蛇行一邊衝過來。

「目標是我嗎？那剛好，妳看著吧。」

蓮按照指示，趴下身體把臉轉向右邊看著這一切。

一台氣墊船從自己右側的視界衝進來，最後把船的方向變成與湖畔平行。那是氣墊船特有的，利用後部橫向滑行，以車子來比喻就是甩尾般的右轉彎。

它的左舷朝向湖畔的瞬間——後座的男人架出來的德國製「H&K　HK21」7.62毫米機關槍就開火了。這時他們正橫越M的眼前，也就是近達100公尺左右的地方。

蓮雖然看不見瞄準M的彈道預測線，但這次看見了飛過來的子彈。那是曳光彈。這個機關槍男似乎增加了曳光彈的亮度，殘像造成的幾條發光橫線宛如被吸進M趴著的地點——

「咦？」

但子彈卻飛到天空去了。

它被彈開了。

蓮清楚地看見了。豎立在M眼前的扇形盾牌，把飛過來的子彈往上彈開。其他也有好幾發命中了盾牌，但全都消失在空中。另外也有子彈擊中M周圍，刨開柏油路面並讓雜草四散。

跟100公尺前方的機關槍槍聲比起來，蓮反而聽得比較清楚子彈射中盾牌發出的金屬聲。

「蓮，用P90盡情射擊逃走的傢伙。不用擊中也沒關係，50發全部射光。」

「了……了解了！」

能夠聽見M的聲音，就表示他平安無事……

「看我的！」

蓮將P90往左邊打橫，確實抵在肩膀上，將槍口對準為了逃回湖上而往右轉的氣墊船。一碰到扳機，隨即等了一拍讓著彈預測圓出現。雖然沒有計算過，但大概是0.5秒左右吧。視界裡出現一個大圓，確認氣墊船大約在圓裡面後，就一口氣扣下扳機。

P90的全自動射擊發出「啪啊啊啊啊啊啊啊啊啊啊啊」這種宛如連續敲打小太鼓般的聲音。

小小的金色彈殼目前正從右側排出。

P90雖然會往正下方猛烈排出彈殼，但是超級嬌小的蓮一旦採取臥射，下方就幾乎沒有空間，有可能會讓大量空彈殼的排出產生滯礙。像這樣橫向射擊，是只有蓮才會，同時也是Pitohui傳授她的技術之一。

小小的彈頭雖然朝著距離150公尺外的氣墊船飛去，但是——還是分散到廣大的四周圍去了。

大概就只能在逃走的氣墊船周圍濺起細長的水柱，完全沒有出現遭判定當場死亡的人掉下水，或者擊中汽油槽引發氣墊船大爆炸這樣幸運的情形。

嗯，本來就只是牽制，這樣應該就可以了吧。把一個彈匣50發子彈完全射光的蓮，一邊從腿上的彈匣袋拉出新的彈匣來交換……

「M先生，那個盾牌好厲害！原來你揹著那種東西啊……被擊中那麼多發子彈，一點損傷都沒有嗎？」

「7.62毫米等級的子彈，就算在我眼前開槍也會被彈開。」

「天啊，太厲害了吧！」

蓮發出驚嘆的聲音。

以前Pitohui曾經詳細教授她貫穿力的知識……

「隨便找地方躲的話，反而會被子彈擊中喔。一定得小心才行。」

蓮當時就學會這個觀念了。

比如說草地，就算可以從敵人眼前擋住自己的身影，也沒辦法從敵人的子彈底下保護自己的身體。因為子彈很輕易就能貫穿雜草。

步槍子彈的貫穿力，遠超過對槍械不甚了解者的想像。GGO裡成為主流的5.56毫米以上的步槍子彈，就可以貫穿看起來十分堅固的物體。比如說水泥牆只要被擊中1～2發就會開始崩塌，所以是令人感到不安的藏身處。

木造住宅的牆壁也相當脆弱，不可能因為待在室內就不會被擊中。另外像汽車的車門也很容易就會被貫穿。

「車裡面安全的就只有汽缸本體的後方，以及鋼圈後方而已。躲在其他部位都不行喲。」

Pitohui是這麼教導她的。

「那東西整體來說到底是什麼材質構成的啊？」

蓮一邊將視線移回去警戒著前方一邊這麼問道。現在四艘氣墊船又會合了。

「現實世界沒有這種東西，好像是宇宙戰艦的裝甲板。據說是GGO最強的材質。在黑市的素材店裡，以異常恐怖的高價販賣著。」

那還是不要問八片總共花了多少錢吧。

蓮心裡這麼想。因為問了之後，鐵板看起來就會像貼了滿滿的一萬元日幣一樣了。

「讓他們見識到盾牌的威力了。這下子他們應該會所有人一起攻過來吧。利用機關槍牽制，其他人一口氣強行衝過來。」

「嗚咿？這樣我們不要緊嗎？」

「告訴妳作戰計畫——接著希望蓮先站起來，在這附近東奔西跑。要用最快的速度。彈道預測線來到附近就立刻趴下來或者滾動、旋轉，總之盡量逃竄。要像剛才那樣進行牽制射擊也沒關係。」

又要當誘餌嗎！

這時蓮已經不再生氣，甚至覺得有點感動了。

「這段期間，M先生就從這裡狙擊他們嗎？」

「嗯。」

「但是但是，在出現彈道預測線的情況下，會對我們不利耶。」

聽見回答的蓮……

這次不是為了自己，而是很擔心M般這麼問道。

現在像這樣互瞪的狀態下，已經知道了彼此的位置，所以射擊前一定會出現彈道預測線。它和著彈預測圓一樣，只要手指碰到扳機就馬上會出現。射擊的時候對方已經知道自己被瞄準了，所以……

「只要稍微轉換一下氣墊船的方向，就會被躲開了吧？」

「是啊。」

「那為什麼——」

「等一下再說吧，我會努力看看。要來嘍，快點逃竄吧。」

「嗚哇！」

蓮也確認到敵人的身影。四台的氣墊船一口氣開始動了起來，他們橫向排成一列，一邊蛇行一邊往這裡靠近。

從氣墊船上延伸出來的彈道預測線就像演唱會會場的雷射光一樣，再次瘋狂地躍動著。如果不是代表子彈會飛過來這裡的符號，那種模樣看起來也頗為美麗。

「啊啊，真是的！」

由於M要她左右逃竄，也就是吸引敵人的射擊……

「豁出去了！」

蓮迅速站了起來。敏捷性高的角色光是全力站起來，就像是蚱蜢往上跳起來一樣。

蓮在那裡等了一秒鐘後……

「來～！攻擊我吧～！」

她一邊看著自己周圍閃閃發亮的彈道預測線，一邊開始全力衝刺。

＊　＊　＊

獲得氣墊船的那支小隊——

聚集了在GGO花了許多時間的高等級玩家。隊長是參加了第三屆BoB決賽的實力者。

很可惜的是，很快就被比他更厲害的參賽者淘汰了。

他們六個人全是男性。武器是以HK21這款7.62毫米機關槍為主軸——

搭配上兩把5.56毫米突擊步槍「H&K　G36K」、一把「STERY　STM-556」、一把「FN HERSTAL　SCAR-L」以及一把「貝瑞塔　ARX160」。

全部是歐洲製的高性能槍械，可以說是相當強力的陣容。

而且所有突擊步槍類的彈匣都可以共用，至於手持G36K的兩個人則使用了轉接器。這樣五個人就能使用同樣的彈匣了。

雖然迷彩服與裝備腰帶等都因為個人喜好而有所不同，但是小隊所有人都有兩個共通點。

第一個共通點是所有人手臂上都縫了小隊的臂章。它是不起眼的黑色、深藍以及濃灰色所構成，上面還畫了橫咬著一柄刀子的骷髏頭。

另一個共通點是裝備背心的背後都著裝了彈匣袋。這種地方手當然搆不到，但這是為了背後的同伴所設置。

在室內戰鬥等與伙伴鄰接作戰的時候，從前者背後抽出彈匣有時會比從自己身上來得快，所以才會做此準備。

由於他們是強烈要求團體合作的隊伍，所以在SJ前半段都很輕鬆就獲得勝利。在戰場最西端，也就是草原當中開始SJ的他們，打倒了好幾支在周圍的敵隊。

他們分成兩組人馬，同時襲擊在森林中布陣，互相想打倒對方的兩支小隊並讓他們退場。

對他們來說也感到相當棘手的，是躲在沼澤區墜落太空船裡面的那支小隊。

太空船小隊讓負責監視的成員待在最高的位置，並且在四面八方配置了狙擊手，很簡單就幹掉了來到沼澤區少數幾條可通行道路的小隊。

要說卑鄙的話是相當卑鄙，但這也是正當的戰略。ＳＪ一開賽就處於如此有利的地點，這也算是他們的武運。

當這支小隊想放棄攻略，無視他們直接朝戰場中央進攻時，就在沼澤地前方的小屋裡偶然發現了氣墊船。雖然ＳＪ剛開始時就曾經調查過這個地方，但那個時候還沒有這種交通工具。

雖然很不可思議，不過這裡是在遊戲當中。他們推論應該是隊伍減少後，要互相接觸就需要移動手段，所以氣墊船才會出現在這個地方吧。而這也讓他們決定對太空船小隊發動攻擊。

由於平常就練習了在ＧＧＯ內搭乘交通工具，所以他們稍微練習一下就熟悉操縱方式，然後活用速度一口氣橫越沼澤。

要射中高速衝過來的氣墊船相當困難，而且也可以藉由彈道預測線來避開射擊。入侵太空船之後，就是在狹窄的船內進行近身戰了。

為了壓制四面八方而分散了戰力成為太空船小隊的敗因。他們在狹窄船內的戰鬥中不斷被打倒，最後只剩下位於最高處的隊長還存活下來。

「諸位！看來你們打倒我所有的同伴了！確實很有一套！我已經沒有勝機了！但是！我絕

對不會投降！也不會輕易被你們殺害！就讓你們看看吧！這就是戰敗者應該有的下場！」

隊長慷慨激昂地演講完後，就抱住所有的電漿手榴彈，然後輕輕按下了其中一個啟動按鍵……

「嗚喔喔喔喔喔喔喔喔喔喔喔喔喔喔喔喔！」

接著從該處跳了下去。

空中產生盛大的藍白色爆炸，其他手榴彈的誘爆也擴散開來，其中混雜了閃閃發亮的紅色多邊形碎片，讓整場爆炸看起來非常美麗……

「玉屋～……」（註：江戶時代以製造煙火聞名的店家之一，後成為讚美煙火美麗的感嘆詞）

其中一名成員忍不住這麼呢喃道。

雖然屍體會殘留下來是BoB與SJ的特徵，但粉碎地如此徹底的話會出現什麼樣的情形呢，當他們這麼想並且看著情況時，就看到散落的紅色多邊形碎片無聲地聚集到產生爆炸的空中。

在形成帶有「Dead」標籤的屍體後，就像這時才有地心引力一樣忽然往下掉。最後「砰滋」一聲掉進沼澤，沉下去消失不見。

「真是詭異……」

另一名成員忍不住如此呢喃道。

接下來他們便確認十四點五十分馬上就要開始的衛星掃描。發現終於只剩下三支小隊，於是為了襲擊最靠近的小隊，也就是位於住宅區的蓮與M而扭動氣墊船的油門。

他們一口氣縮短距離並發現敵人。得知對方只剩下兩個人的他們（雖然是誤會），先以機關槍攻擊了兩次，藉由反應來估計對方的戰力。也就是所謂的攻擊後偵察。

然後就目擊了M的盾牌。

「一個人用形成扇形的盾牌彈開了7.62毫米子彈。雖然不清楚是什麼武器，但從細長槍身來看應該是狙擊槍。另一名粉紅色的小不點動作相當迅速。武器是P90。」

機關槍男一邊回到包含隊長在內的四名伙伴身邊一邊這麼報告。

「那種距離也能彈開嗎……太厲害了吧。」

「那無疑是特別訂做的物品吧。」

「好想要喔。一定很貴吧。」

通訊道具將伙伴們的呢喃傳遞到他的耳朵當中。

拿著STM－556的隊長坐在其中一台氣墊船的後座進行指揮。

剩下來的三個人右手握著氣墊船的方向盤不停地操縱著，這時只用左手來保持各自的突擊步槍。由於知道這樣的態勢下很難進行精密射擊，所以想命中的話就得靠得比剛才更近才行。

隊長瞄了一下自己的手錶。十四點五十六分。他思考了一下後立刻做出決定。

「在下次掃描前就解決他們！全員準備突擊。注意從盾牌發出的彈道預測線，一看見就立刻迴避。一口氣登陸搶得他們身後的位置。先拉開前後10公尺，寬20公尺的距離。傑克你們到最右邊的位置，準備支援射擊。」

連續傳回五道「了解了」的聲音。這是因為所有人都清楚這是最佳的作戰計畫。

繼續在湖面上拖拖拉拉下去也不是辦法。氣墊船上有燃料表，目前已經減少到一開始的一半了。這樣迅速的移動速度，能讓己方占絕對的優勢。希望能快速了結他們，在決定優勝的最終決戰前先節省一些燃料。

這樣的話，這時候就只能靠強行突破了。活用機動力來進行突擊，一口氣登陸。接下來就只要依靠人數優勢，盡情發射子彈來幹掉他們就可以了。

雖然從盾牌後面的狙擊相當恐怖，但只要像剛才攻略墜落太空船時那樣，在湖面上蛇行然後一一避開彈道預測線應該就能應付得了。

被稱作傑克的ＨＫ２１使用者所搭乘的氣墊船先是通過小隊成員後方，來到了最右邊的位置。當他們幾乎排成一橫列的瞬間……

「突擊！」

隊長一邊下達命令，一邊砰一聲拍了一下前座男性的肩膀。

氣墊船的二行程汽油引擎發出尖銳的排氣聲，並且混雜了推進用螺旋槳轉動的風聲。就像要甩開明明是未來，為什麼引擎還如此古老的疑問般，四台氣墊船在湖面上發出轟然巨響開始往前進。

四台氣墊船一邊拉開前後左右的距離，一邊慢慢開始以蛇行往前方突進。螺旋槳造成的暴風，在湖面上激起四條水柱。

同一時間，一個嬌小的身軀在湖畔站起來，開始往左邊奔跑。

「發現小不點了！」

坐在右邊數來第二台氣墊船上的ARX160使用者這麼大叫，並且試著只用左臂來瞄準蓮。

不停收縮的著彈預測圓雖然出現在視界當中，卻因為氣墊船的晃動與單臂持槍的搖晃而極端不穩定。這樣實在沒辦法對準迅速跑動的蓮。由於這樣射擊也無疑是浪費子彈，所以他並沒有開槍。

「更靠近一點。更靠近一點才解決她。」

可以聽見隊長冷靜的聲音。這時距離湖畔還有250公尺。

在扇狀盾牌保護下，M的巨大身軀架起了M14・EBR。他目前是採取臥射的姿勢。闊邊帽底下的右眼看著瞄準鏡。

圓形視界裡，有由上下左右聯結起來的黑色十字線。各處還能看到等間隔的黑色小點。

漂浮在紅色湖面的氣墊船現在進入中央了。然後他稍微把十字往旁邊移了一些。

「剩下200公尺。傑克！開始牽制射擊！」

隊長的聲音號令下，待在右側的氣墊船開始射擊了。

「了解！搖滾一下吧！」

傑克的HK21發出讓人聯想到精密機械的整齊射擊聲，子彈也開始在湖畔四散。

「嗚哇啊啊啊！」

蓮在彈道預測線當中奔跑著。

在自己奔跑的環境周圍，可以看見雷射光一般的紅線無聲地延伸過來，然後隨著子彈的飛翔速度消失。子彈咻咻的低吼聲包圍著自己。

全力奔跑的自己，不可能那麼簡單就被射中！況且我這麼嬌小！真被射中也只是偶然！機率非常低！我是Lucky girl啊！

即使心裡這麼想，蓮依然很害怕。如果被射中頭部、臉部還是脊髓的話……

這裡是遊戲內部，就算死亡在現實世界裡也不會真的喪命，即使如此還是覺得很害怕，那麼真的攸關生死的實際戰爭究竟有多恐怖啊？

「現今能夠玩著戰爭遊戲的和平日本萬歲！」，這麼想著的蓮……

「嗚哇啊啊啊啊啊啊啊啊啊啊啊啊！」

一邊留下悲鳴的多普勒效應一邊持續跑著。

然後一瞬間有了這樣的想法。現在用雙手抱住P90，用它來擋住頭部和脖子。這樣的話，就能成為50公分×20公分的長方形盾牌。如果有致命的1發子彈飛過來，射中P90的話也可以防止當場死亡。

但是——她還是沒有這麼做。

與其讓愛槍小P承受如此悲慘的命運，自己寧願痛快地死去。

蓮按照指示，跑了一定距離後就或躺或臥，然後為了不停留在同一個地方還不停地滾動。

她在途中稍微瞄了湖泊一眼……

「嗚嗚嗚……」

看見在空中奔馳的彈道預測線，以及看起來比剛才還要大的四台氣墊船，蓮一瞬間有了這樣的想法。

啊，我們的連戰連勝就要到此為止了嗎？

一邊聽著蓮的低吟——

M的右手食指開始靠近扳機，一觸碰的同時就扣了下去。

形狀特異的步槍首次在ＳＪ裡發出怒吼。

幾乎靠近地面的槍口噴出火焰與瓦斯，7.62毫米彈就帶著它們，以比聲音快上的兩倍速度開始移動。

子彈像在湖面上爬行般移動著，推開的空氣揚起了層層的微小波浪。

然後被吸進一名角色的臉龐裡。

「喀噗！」

駕駛氣墊船的男人因為腦袋後方發出的奇怪聲音，以及同時停止的ＨＫ２１射擊聲而……

「咦？」

把脖子整個往左後方轉。

這時他看見的是……

「嘎啊……」

臉中央出現閃亮著彈特效的伙伴傑克。其右側的ＨＰ條迅速減少，先是變成黃色再變成紅色，最後完全歸零。

他了解傑克發生了什麼事情。應該是被擊中要害而一擊斃命了。

「為……什麼？」

但不清楚為什麼會發生這種事。

知道位置的敵人在射擊之前，一定看得見彈道預測線才對。這時候經由系統的判斷，不論是被擊中的傑克，還是在他附近的自己應該都能看見被對方瞄準了。

但是剛才卻完全沒有看見。看見的話就會為了改變方向而用力轉動方向盤，並繃緊自己的神經。

而當他把頭轉回前面的下一個瞬間——

「嘎！」

左胸就受到被棒子戳中般的衝擊，他隨即理解自己被擊中了。而且還是沒有看見彈道預測線。

HP迅速減少的同時，也因為身體跟著傾倒的去勢，在無意識中將方向盤打往左邊。

全力奔馳中方向盤忽然改變方向的氣墊船，一面往右側打滑一面因為離心力而失去平衡，船體側面與水面接觸的瞬間就一口氣翻倒了。

變成屍體的傑克與依然存活的男性全都從船上被拋下來，就像打水漂一樣在湖面彈跳了一下後才沉進水裡。

可惡！

男人雖然這麼大叫，但是在水裡只傳出空氣外露的聲音而已。

身體開始不斷往下沉。G36K的肩背帶整個陷進肩膀裡，裝置在身體上的彈匣與防彈板也帶著恐怖的重量。

湖水相當清澈，這裡不愧是遊戲當中，即使裸眼在水中也能看得很清楚。距離湖底還相當遠，沉沒的諸多房子漂亮地排在一起，感覺就像從天空往下看一樣。

帶著「Dead」標籤的伙伴屍體果然從自己旁邊沉了下去，男人此時想著，包含這一幕在內都是難得一見的風景。

可能是肺部的空氣全部用盡，開始進入「溺水模式」了吧，HP在水裡的衰減速度忽然變得相當快。

由於是在遊戲當中，所以並不覺得呼吸困難，但有一股不對勁的感覺包圍全身。看來自己一定會溺死了。就算現在操縱視窗把所有裝備都解除，在浮到湖面上之前HP就會歸零了吧。

各位！使用盾牌的傢伙，完全看不見他的彈道預測線喔！

雖然想至少要警告其他伙伴而試著開口大叫，但是卻發不出聲音。其實就算發出聲音，方便的通訊道具也無法在水中把訊息傳達給同伴吧。

男人一邊往下沉一邊思考著。

為什麼，怎麼會這樣，到底是什麼原因，明明是知道所在位置的敵人所發射的子彈，卻完全看不到彈道預測線呢——

我知道了！

小隊內對槍械最狂熱的他，發現了其實相當簡單，但實行起來並不容易的技法。

在沒有傳達方法的狀態下持續往下沉，到了深20公尺左右的湖底——

縫著骷髏頭臂章的男人，ＨＰ也在這時候歸零了。

「先幹掉兩個人……」

Ｍ一邊低聲呢喃，一邊將瞄準鏡的視線移到接下來的獵物上。

「幹掉兩個人了？」

像個瘋子般到處亂竄的蓮，聽見Ｍ這麼說就立刻趴了下來。

往湖面一看，就發現最左邊的氣墊船已經整個翻過來，現在正噗通一聲往下沉。

原本應該有兩個人坐在上面才對。

「……好厲害！」

伙伴的氣墊船翻覆、兩個人被拋到湖裡，以及應該都沒救了的事實……

「什麼！」「咦咦？」「啥啊？」

當然剩下來的小隊成員全都看見了。

「傑克他們被幹掉了！」

聽見在自己前面操縱氣墊船的伙伴這麼說……

「可惡！」

隊長就反射性地咒罵了一聲，然後浮現這樣的想法。

他們太大意了。

由於傑克盡情地發射子彈，所以兩個人都沒有看見彈道預測線的照射。

於是他對同伴做出這樣的指示：

「別掉以輕心！避開預測線！」

如此大叫的，是一名坐在雙人座氣墊船後座，眼神相當銳利的男人。

M將瞄準鏡的中心對準那名男人的胸口，然後再次往下移了一點。並且配合氣墊船的橫向移動再錯開了一些距離。

還是沒能看見著彈預測圓。

開火。

雖然是後座力強的子彈，但M14・EBR的重量與M的巨大身軀支撐了下來。金色的空彈殼迅速往右飛，在柏油路面上彈跳之後化為光粒消失。

消失的同時，第二發子彈就被發射出去。

這時候蓮……

「真不敢相信……」

一面呆站在湖畔，一面看著這樣的光景。

已經沒有任何彈道預測線朝自己飛過來了。所以不需要到處逃竄。

蓮一邊逃，一邊確實看見了。M連續發射2發子彈後，這次換成最右邊的氣墊船忽然停止動作。

絕對是M解決掉那艘氣墊船上的兩個人。沒有催動油門的人之後，氣墊船就只是隨著慣性漂流。

可以看見剩下來的兩台急忙轉換方向，現在已經開始掉頭了。由於瞬間就被殺掉四個人，他們似乎落荒而逃了。

蓮從戰鬥服口袋裡拿出M借給自己的單筒望遠鏡。當打橫的一台氣墊船進入視界的那一瞬間——

響起M發射M14・EBR的聲音，駕駛的男人右肩出現閃亮的紅色著彈特效。

接著又是1發。這次則是命中他的側頭部。整個人癱軟的男人頭上出現「Dead」的標籤。看來是死亡了。

蓮首次看到M展現狙擊的技術。距離雖然近，但對手正在高速移動當中。他竟然能夠如此迅速地擊中對方的要害。

在意最後一台氣墊船在何處的蓮調降倍率尋找後——

「啊！」

對方竟然在掉頭的途中轉換方向，朝著這邊衝過來了。伙伴被擊中後只剩下自己一個人，看來他也不打算逃走了。

單筒望遠鏡放大的視界裡清楚地看見了。搭乘在上面的男人完全趴下身子。能看見的就只有他握著操縱桿的右手而已。

「M先生！衝過來了！」

蓮一放下單筒望遠鏡，就攏出掛在肩上的P90。

氣墊船朝著自己與大約在30公尺右邊的M中間處衝過來。由於油門已經轉到底，所以出現至今為止沒有見過的速度。

不斷變大的氣墊船，這時已經距離不到100公尺。看來再過五秒左右就要登陸了。

蓮猶豫著到底該不該射擊。射擊的話，雖然射不中人，但這應該是有幾發能夠擊中氣墊船的距離。不過她不認為這樣就能阻止對方的突進。

這個時候……

「快趴下。」

就聽到M冷靜的聲音。

視線往右邊移去，就看到M從盾牌後面站起來，以用力的姿勢丟出某樣東西。

劃出大大拋物線的物體是電漿手榴彈。而且還是被稱為「超大電漿」的，比普通強了三倍的大型強力手榴彈。

那是嬌小的蓮絕對無法投擲的道具，只能說真不愧是M。看起來就像美式足球的選手一樣。

難道說，要用那個丟中氣墊船？

蓮雖然這麼想——

「啊……」

但果然沒有那麼順利，電漿手榴彈掉進20公尺左右的湖裡，發出「咚砰」一聲沉悶的聲響。

不行嗎！

這麼想的下一個瞬間——

氣墊船衝過手榴彈掉落的地點，被藍白色光芒的膨脹抬了起來。

蓮一邊聽著沉悶的爆炸聲，一邊見識到了那一幕。

在水裡炸裂的電漿手榴彈讓湖水冒出足有10公尺的半球狀，而氣墊船則是衝了進去。

突擊的來勢加上下方爆炸造成的壓力——兩股不同方向的力道所產生的，是漂亮的超大彈跳。

「哇啊啊啊啊啊！」

氣墊船連同發出有趣叫聲的男人一起在空中飛行。

從蓮視界的左邊來到右邊……

「啊啊啊啊啊啊啊啊啊啊啊！」

穿著茶色沙漠用迷彩服的男人，發出的悲鳴就這樣從眼前經過。

飛行的高度應該有10公尺，距離應該有30公尺吧。目前飛行的距離還在增加當中。

原本以為會這樣順利飛行一段距離，越過建築基準點後磅一聲著地，接著華麗地掉頭開始男人的逆襲——

結果沒有發生這種電影般的劇情。

在空中往後翹的氣墊船最後整個翻覆，上面的男人像被吐出來一樣落到地面上。

在距離蓮20公尺左右的道路上……

「哇啊啊——咕咿！」

男人從背部掉落下來。

慢了一拍後，氣墊船掉落在更遠的地方，傳出船體破裂損毀的巨大聲響。因為爆炸而飛濺的湖水，變成水花從四周圍落下。

「幹掉他吧！蓮！」

「是！」

蓮一跑起來就往男人衝了過去。以超越人類的速度縮短距離，一邊用雙腳煞車一邊來到仰躺在地的男人面前……

「啥？」

隨即和一臉茫然的男人四目相交。

「失禮了！」

隨著武士般的發言，蓮朝著下方以全自動模式連續發射了P90的子彈。

為了不遭受反擊，只有拚命發射子彈了。如果對方按下電漿手榴彈的啟動鍵，自己就會和他同歸於盡。

雖然只有兩秒鐘左右的射擊，但這段期間男人身上就出現了三十處著彈特效。手腳不停跳動，從臉到身體都是閃亮紅色特效的模樣，是一幅非常殘酷的光景。

暫時停止射擊的瞬間，就嗶咚一聲出現了「Ｄｅａｄ」標示。

「啊！」

蓮的身體震動了一下，然後伸直了右手的食指。

不能再繼續射擊了。不只是浪費子彈，對屍體的射擊是完全的「Ｏｖｅｒ ｋｉｌｌ」——也就是「過度殘殺」，這算是最沒有禮貌的行為。

「唉……呼……」

蓮長長地呼出一口氣，最後背起Ｐ９０……

「真的很抱歉。」

並且合起手掌。

SECT.10 第十章　蓮與M

「M先生！幹掉他嘍！」

合掌膜拜完男人後，蓮就對M露出了爽朗的笑容與聲音。自己下手殺了對方並為其禱告，然後下一刻就露出這樣的笑容。真不愧是在遊戲當中。

「嗯，做得很好。」

M一邊這麼回答，一邊疊起保護自己的盾牌。他用跟攤開時相反的動作，也就是張開雙手，像要將其壓扁般把盾牌收起來。最後鐵板再次變成堆疊狀態，M就把它收進背包裡。

蓮尋找著掉落的單筒望遠鏡，然後把它撿起來收回懷裡。

她接著又小跑步靠過來，回到背起背包，拿起M14・EBR並站起身子的M眼前。

「不過M先生真的很厲害！竟然那麼輕鬆就射中那些人！」

蓮說到這裡就想起另一件事……

「但是……他們為什麼無法避開M先生的彈道預測線呢？」

她直接把心裡的疑問說出口。

然後……

「因為他們看不見。」

就聽見M沒有自誇也沒有驕傲的聲音。

「咦？看不見？為什麼？」

「因為我沒讓它出現啊。」

「咦？咦？怎麼辦到的？因為只要手指放到扳機上就會出現了吧？」

「所以我手指沒有放上去啊。」

「啥？那著彈預測圓也沒出現嘍？」

「當然也沒出現。」

「咦？那──你是怎麼瞄準的？」

面對蓮一連串的問題……

「直接。」

M只簡短地這麼回答。

蓮回想起Pitohui曾經說過的話。

「聽好嘍，小蓮。GGO因為是遊戲，所以有很多事情都變得很簡單。尤其是在射擊方面更是明顯。」

那是在地下鐵車站的廢墟裡發生的事情。

破壞了三打左右AI發生故障而開始襲擊人類的打掃用機器人後，在詭異顏色的LED照明下的廢鐵山前，兩個人一邊喝著保溫瓶裡的熱茶一邊對話著。

「射擊變得簡單？這是什麼意思？」

「嗯。比如說現在給現實世界裡的小蓮一把P90好了。嗯，這時候先不用管日本的槍砲彈藥管制條例。然後裝上彈匣、拉機柄讓子彈上膛並且擺出射擊姿勢，這些動作妳應該都能輕易完成吧？」

「嗯。大概吧。」

「但是，能夠像在GGO裡那樣，射穿在100公尺前方的人類大小標靶嗎？」

「咦？這個嘛……Pitohui小姐覺得呢？」

「雖然有些許可能性，但大概不太可能。原因只有一個，就是沒有輔助。」

「妳的……意思是？」

「GGO裡頭呢，只要槍口大致上對準某個目標，讓它進入著彈預測圓裡面，遊戲系統就會幫忙做出『算是射中了』的判定喔。」

「那……那麼……妳的意思是我們『其實沒有瞄準』嘍？」

「沒錯。GGO的玩家都認為是自己的射擊技術讓子彈不斷命中目標，其實是受到遊戲系統很大的幫助。遊戲時間很長的角色等級提升後，如果又購買了命中精準度高的高性能槍械，那麼這個輔助就會變得更強力。也就是說，更隨便瞄準也能夠出現命中判定。就像是『劍技』那樣。GGO玩家會因為『能夠更輕鬆』而不斷變強。」

「原來如此……就像我這雙腳的速度那樣嗎？」

「我之前曾經嘗試過，冷靜地用高精準度的狙擊槍擺出射擊姿勢，然後瞄準鏡當中的著彈預測圓確實對準了目標中心——接著以絕對會偏離目標的粗暴手法扣動扳機。那麼，妳覺得發射出去的子彈會怎麼樣呢？」

「結果……命中了？」

「沒錯，正如著彈預測圓瞄準的，正中紅心。所以我才知道，GGO裡槍械的扳機呢，『簡單來說就像操縱搖桿上面的按鍵一樣』。」

「原來如此……所以才說『受到很大的幫助』嗎？那麼Pito小姐，如果GGO忠實呈現真正的射擊，會出現什麼樣的情形？」

「這個嘛……那個時候就會變成得接受十幾個小時真正士兵所學習的射擊演習，才終於算是入門的聖母峰級難度的狗屁遊戲，不然就是所有玩家即使在100公尺的距離當中，手上的突擊步槍還都射不中對方的超爆笑狗屁遊戲。」

「嗚哇……」

「遊戲就是遊戲，所以說太過於真實也沒有用。ＧＧＯ這樣就可以了。」

「原來如此……那Pito小姐，我有一個問題。」

「嗯，妳能有這麼積極的態度是一件好事。老師會在推薦函上美言幾句。」

「謝謝老師！那麼——如果在現實世界裡射擊也很厲害的人玩這款遊戲會怎麼樣呢？」

「很好的問題。我給妳一百分。」

「感謝！那麼——答案是？」

「我也有跟妳一樣的疑問，所以曾經嘗試過。我找來了槍械迷，而且實彈射擊相當厲害的朋友來玩ＧＧＯ。」

「然……然後呢？」

「一開始雖然有些困惑，但抓住感覺後，立刻就變得百發百中了。那傢伙表示『不愧是美國製的遊戲，重現度相當高』。」

「啊～！就是之前曾經說過，不是角色的能力，而是玩家本身能力所能辦到的事情對吧！」

「沒錯，正是如此。不過呢，那傢伙又補充說『著彈預測圓這種輔助系統，算是兩面刃』喲。」

「這是什麼意思？」

「那是射擊前就先告訴我們子彈要飛到哪裡的答案對吧？所以他說『不用仔細瞄準也能夠射擊，因此這款遊戲無法當成實際射擊的練習。說不定反而會降低射擊的技術。不過應該可以練習到射擊時機的掌握啦』。這種高高在上的發言真的很令人火大。」

「這樣啊……不過，沒有輔助的話我就沒辦法玩了。那麼——對那個人來說有什麼好處嗎？」

「嗯。他說『託輔助的福，遠距離狙擊變得簡單許多』。用槍進行遠距離狙擊其實是非常困難的一件事。不只是對準瞄準鏡的中心就可以了，這妳知道嗎？」

「這個我在上狙擊的特別指導時，從ＮＰＣ魔鬼教官身上學到了。教官說子彈會因為重力而劃出拋物線，所以目標越遠，就要按照距離來計算落下量，並且瞄準上方來發射子彈。」

「不只是這樣喔。瞄準上方或者下方的目標時，除了那個角度本身就會出現的落下量之外，氣溫或高度越高空氣就會越稀薄，子彈也會飛得更遠，如果有風的話當然就會被其推動，也會有讓子彈旋轉方向產生誤差的偏流，如果是1公里以上的超長距離狙擊，就得把地球自轉產生的『科里奧利力』也考慮進去才行。」

「老師，我已經一個頭兩個大了。」

「哎，總之呢，長距離狙擊需要許多的計算與經驗。現實世界的狙擊手，真的是在練習裡發射幾百發子彈，藉此來熟知子彈是如何從自己的槍械裡飛出去的喔。但是——」

「這樣啊！著彈預測圓就像全自動幫忙完成這些計算的電腦一樣嗎！因為系統會告訴我們現在要射中這裡了。這樣真的變得很輕鬆。」

「就是這樣。」

「直接。」

聽見M簡短的回答，蓮一口氣想起自己和Pitohui的對話……

「原來如此！Pitohui小姐的朋友，現實世界裡也擅長射擊的人就是M先生嗎！」

「啥？……嗯，是啊。」

之後蓮的腦袋裡就不斷浮現正確答案。

「你說『直接瞄準』，也就是沒有使用著彈預測圓的輔助，在沒有使用的情況下也射擊了對吧？也就是說，M先生透過瞄準鏡，只用自己的能力來計算瞄準的部位然後扣下扳機！」

「沒錯。」

「M先生就是這樣才在射擊前的最後一刻手指都沒有放在扳機上！所以才沒有出現彈道預測線，又或許在射擊的同時曾經一瞬間出現，但對手因為時間太短暫了也沒有注意到！」

「沒錯。」

M就像這一切根本沒什麼一樣持續輕輕點著頭。

「M先生，實在太厲害了！這樣……我們會占很大的優勢吧！」

蓮無法隱藏自己的興奮。

GGO的著彈預測圓與彈道預測線同時會給攻擊方與守備方帶來好處。

但是，如果像M這樣不需要著彈預測圓就能夠射擊的話，就能只為攻擊方帶來好處了。而且還不是對系統動了手腳的作弊，是藉由玩家技能所占的優勢。

只要有那面盾牌與M的射擊能力，再怎麼遭到射擊也無所謂，而且我方可以一直發動攻擊。再來只要嬌小靈巧的自己作為誘餌到處奔跑——

「我們可以贏！剩下一支隊伍！我們能打倒他們！獲得金牌！」

「如果可以就好了。馬上就要掃描了。」

「咦？」

這個瞬間，蓮的手錶開始震動了。時間是十四點五十九分三十秒。

終於要經過一個小時了。

「才過了一個小時而已……」

蓮深深覺得這是至今為止的人生裡最長的一個小時了。

雖說是在虛擬世界發生的事情，但至今為止的人生裡，從來沒有過四處逃竄、躲藏，甚至被超過數百發子彈射擊的經驗。

蓮把衛星掃描接收器從左邊胸前的口袋拿出來。

趴下來時，雖然好幾次都把這台機器撞到柏油路面上，但是如果損毀的話就無法繼續ＳＪ了，所以它被設定為無法破壞的物體。按下按鍵後，地圖就出現在眼前。

剩下二十秒掃描就要開始了。

剛才沒有聽見優勝號角，就表示在南部沙漠、荒野區域到處閒晃的隊伍絕對還存活著。

因為是十分鐘前還在地圖南端的集團，所以他們一定會往這邊前進。當然，也有可能因為某種奇怪的理由而到處逃竄。比如說，讓剩下來的小隊懶得再繼續追下去而自動投降的作戰。

蓮一邊這麼想一邊看向Ｍ後，發現他從戰鬥服的左上臂口袋裡拿出某樣東西。

蓮原本以為是什麼新武器，結果是一張折疊起來的普通便條紙。

在詢問是什麼前，掃描就已經開始了。

還來不及打開便條紙閱讀內容，Ｍ就先盯著接收器看。雖然不知道便條紙內容是什麼，但掃描當然還是比較重要。

這次是從西北方開始的，極為緩慢的掃描。

首先映照出草原和沼澤地上全滅、投降小隊的灰色光點。

「快點快點！」

面對吊人胃口般的掃描，蓮忍不住透露出心聲。

最後出現代表自己這支小隊的光點，以及位置幾乎是重疊的灰色光點——

「接下來就是重點了……」

蓮注視著地圖。接下去的掃描，唯一剩下來的敵人小隊，其所在地應該會出現唯一一個白色光點才對。

會在哪裡呢？幾公里前方？考慮到十分鐘前的位置與人類的移動速度，對方應該還在沙漠裡才對，不過會在哪邊附近呢？

如果是在沙漠、荒野地帶，那就由我們主動攻過去吧，蓮在心裡下定這樣的決心。自己的粉紅迷彩在那裡能發揮效用，應該可以再次發動埋伏攻擊吧。還是要光明正大地以最快速度衝出去，扮演M「無彈道預測線狙擊」的誘餌角色呢？

在高揚的戰意包圍下……

「到底在哪裡？離我們多遠呢？」

如此呢喃的蓮看見了。

除了自己這支小隊外，在地圖上的白色光點。

「咦？」

它就在自己所在的1公里四方格旁邊而已。以距離來說，大概是600公尺左右。

「咦？」

在蓮理解到這代表什麼意思前，子彈就飛過來了。

蓮沒有聽見子彈飛翔的聲音。

因為子彈命中目標了。

「哎？」

右側腹出現被人用力抓了一把般的鈍重疼痛，接著世界就直接旋轉起來了。

剛才還在看的地圖飛到視界角落，接著看見紅色天空、裂開的柏油路面、湖泊，最後是不知名的草出現在眼前。

被打中了！

接著整個人被轟飛！

了解怎麼回事的同時，也看見視界角落的HP條急遽減少。減少的速度相當快，馬上進入黃色區域，而且還沒有停止——

啊？這樣……說不定會……立刻死亡……

蓮這麼想的瞬間HP條就變成紅色，在僅剩下一點點的情況下停止減少。

真的是在鬼門關前撿回一條命的蓮——

「啊？咦？」

因為突然的衝擊而無法冷靜下來思考。跟被擊中的疼痛比起來，整個人被轟飛後世界不停轉動造成更大的傷害。就像暈車一樣，腦袋變得昏昏沉沉。

下一個瞬間，蓮就飛到了空中。

「啊咦？」

身體忽然間被抬起來後，出現在眼前3公分處的雜草就消失不見，變成看見紅色天空。

「別亂動！要逃走了！」

聽見M的聲音，同時感覺到移動的加速度後，蓮就了解是怎麼回事了。自己被M扛了起來。然後M開始跑動了。

遠近都可以聽見「咻咻」的子彈飛翔聲。此外還有遠方傳來「噠、噠」的開火聲。他們依然處身於槍林彈雨之下。

然後隨著穿透某種物體的「嗶嘰」聲……

「咕！」

M發出短短的呻吟。

M也被擊中了。對方是狙擊手。這裡其實是頗為開闊的空間，沒有什麼能夠藏身的地點。更重要的是，我要是再被任何子彈擦過就死定了。

不行了嗎？

真的不行了嗎？

要輸了嗎？都拚到這裡了。

當示弱的想法在蓮腦袋裡炸裂的瞬間……

「抱歉。」

就聽見M簡短的道歉。還來不及思考他的意思，蓮便被丟了出去。經過短暫的落下時間，就從屁股重重地摔到地面上。

幾乎所有的VR遊戲，從高處摔下都會造成傷害。雖然因為剛才一屁股跌坐到地上而有點擔心HP歸零，不過沒有發生這樣的情況。

而蓮的視界裡……

「啥？」

M身上的綠色鮮豔迷彩圖案變大了。她目前只能看到這些圖案。

自己現在到底是什麼樣的狀態下呢——

咻。咻。咻。

只知道仍在對方射程範圍內，而且在M的身後。

咻、咻、嗶咿咿咿咿咿咿咿咿咿嗯。

下一個瞬間，可以聽見飛翔聲與尖銳的引擎聲，又感受到讓身體往後仰的加速以及往頭部後方流動的風。

把頭往右邊轉，讓視界從迷彩圖案上移開後，看見的是映照出紅色天空的紅色湖面。這時湖面正不停往左右兩邊流動。

「啊啊！」

蓮這才終於知道是怎麼一回事。

自己目前正坐在氣墊船上。剛才被丟到後座上，而M則是在前面的座位操縱著氣墊船。一開始占據整個視界的迷彩圖案是他的背包。

「要逃走了！」

氣墊船不斷加速，引擎聲與破風聲也隨之變得更為猛烈。

「嗚……嗚嗚……」

「趁現在先來一發吧。」

「知……知道了……」

這裡的一發指的不是子彈，而是急救治療套件。

蓮從腰包中拿出筒狀的套件，由於是在晃動的氣墊船上，所以也顧不得部位直接就貼在自己臉頰上並按下另一側的按鈕。身體一瞬間包裹在紅色的回復特效當中。

蓮幾乎快要歸零的ＨＰ，這樣就能夠恢復三成左右，但是得花一百八十秒才能完成回復。

咻咻咻咻咻咻咻咻咻咻咻。

可以聽見比剛才多出許多的子彈，發出不輸給引擎的飛翔聲。大量紅色彈道預測線就像探照燈一樣在紅色湖面上左來右往，被照到的地方都會揚起１公尺左右的水柱。

「是機關槍。嗯，這種距離已經不太會被射中了。」

Ｍ說的話，究竟是想讓自己還是讓他感到放心呢？

蓮在搞不清楚的情況下，待在氣墊船上搖晃了數十秒鐘。

最後……

「不要緊了。已經距離１公里以上。」

氣墊船隨著Ｍ的聲音稍微減慢速度。這時已經聽不見子彈的飛翔聲。

蓮以茫然的表情看著往後流動的湖面。

「…………」

「蓮，妳睡著了嗎？」

「沒有，我沒事……謝謝您救了我。」

「睡傻了嗎？又變這麼客氣了。」

「咦？啊……嗯……不過，真的很抱──對不起。剛才一個發呆就……」

「不需要道歉。我自己也疏於警戒周圍的狀態。嗯，其實就算保持警戒，也沒辦法輕易看見600公尺的前方啦。尤其對手還躲起來了。」

「哦……」

氣墊船持續行駛著。

從太陽的位置來看，唯一可以知道的是目前朝西南方前進。

「M先生，你有什麼打算？」

「下一次的掃描前，先遠離那些傢伙。當然也要讓HP完全恢復。」

蓮移動眼睛來凝視著左上角。自己的HP仍在回復當中，目前大概還只有10%左右。顏色依然是紅色。

至於M則是減少了一些，目前還剩下八成左右的HP。不知道是身體強壯，還是被擊中的部位不是什麼要害，又或者兩者皆是呢？

「我也幫M先生回復吧。」

「拜託了。我插在左臂的筆袋裡面。」

蓮代替操縱油門而無法使用右手的M，把急救治療套件打在他的脖子上。對方則簡短地向蓮道謝。

「沒想到就在那麼近的地方……」

蓮一面低聲呢喃，一面回想起剛才狙擊的衝擊……

「嗚嗚……」

她輕輕發起抖來了。然後一方面對VR遊戲連惡寒都能重現感到佩服……

「明明十分鐘前還在那麼遠的地方……」

一方面老實說出內心的感想。

「我也太大意了。和這艘氣墊船一樣。那些傢伙也獲得某種交通工具了。」

「啊！原來如此……」

「這是我的猜想，到了比賽後半段，為了增加小隊的移動速度，應該到處都可以獲得交通工具吧。應該是在沙漠和荒地都能行駛的四輪驅動車或是卡車。然後還有一名駕駛技術高超的玩家。」

「嗚嗚……太大意了……」

「別這麼沮喪。妳果然是個Lucky girl。」

「為……為什麼？」

「在那樣的狙擊下還沒陣亡不是嗎？再往上10公分左右，就會被判定擊中心臟或肺部，一定馬上就死亡了。」

「也……也是啦……」

「敵人狙擊手應該也是在接近極限的距離吧。應該是好不容易才能擊中靜止目標的距離。」

「但M先生也被射中了耶?」

「那是瞎貓碰到死耗子,因為我的體積很大啊。雖然看見彈道預測線,但因為是大腿就沒理它了。載了兩具屍體的氣墊船剛好來到岸邊也算我們運氣好。」

原來如此,蓮了解到應該是M用狙擊擊倒的最右側氣墊船。

「那個狙擊手的槍是7.62毫米等級,從發射間隔相當短來看應該是自動式,裝備了最少有10發子彈的彈匣。那比手動槍機式狙擊槍還要棘手,千萬不能大意。」

「我知道了……在遊戲結束前我絕對不會大意了!也絕對不會掉以輕心!」

「嗯。聽妳這麼說我就放心了。」

M先生才很讓人放心呢。

原本想這麼說的蓮最後還是打消了念頭。再多的謝詞,都不足以表達對M的感謝之意。於是蓮決定還是等SJ結束之後,再跟對方道謝。

相對的,她詢問了作戰計畫。

「我們現在往哪個地方前進?」

「西南方。要從現在出現在左手邊的荒野登陸。」

「咦？」

蓮把脖子往左轉，就看見了眼前的景色。可以知道紅色湖面的３００公尺前方就是一大片岩石與沙子的荒野。

「為什麼？往東北方前進，先直接橫越湖泊與沼澤不是比較好嗎？對方是開車耶？這樣就追不上來了吧？」

「是沒錯啦，但沒辦法了。燃料所剩不多。不保證能渡過湖泊與沼澤地。」

「啊……」

再方便的交通工具，沒有燃料也無用武之力，這時候蓮只能仰天長嘆了。

＊　＊　＊

大約四分鐘前——

也就是十四點五十九分時的事情。

住宅區裡有一棟比其他地方豪華許多的房子。在三樓的寬敞陽台上……

「找到了！冬馬，快過來！」

趴在地上使用著雙筒望遠鏡的女性以渾厚的聲音這麼大叫。

那是一名身高一八〇公分以上，肌肉發達且胸膛厚實，看起來就像女子摔角選手的女性。如果沒有分成左右兩邊的茶色辮子，可能就會讓人很難判定性別了吧。年紀看起來大概已經超過三十五六歲了。

服裝是遍布幾種綠點的迷彩服，身體上則裝備了附有彈匣袋的裝備背心。

「在哪裡，老大？」

從後方傳來這樣的聲音，接著就有另一名女性迅速爬到陽台來。

這名女性的身高雖然略矮，但是也超過一七五公分。從面容來看年齡應該稍微小一點，不過也是成年的女性了。瘦高的身體上有著同樣的迷彩服與裝備。綠色針織帽底下是一頭黑色短髮。

被叫作冬馬的她，手上握著一把俄羅斯製的狙擊槍「德拉古諾夫」。它的特徵是擁有非常細長、瘦削與優美的線條，算是舊東歐具代表性的狙擊槍。使用的子彈是7.62×54毫米R彈。屬於每次扣動扳機便會擊發的半自動式狙擊槍。

瞄準鏡不是一般德拉古諾夫使用的四倍數，而是著裝了看起來更大型且堅固，大概是三到九倍的瞄準鏡。彈匣前端還附加了專用的兩腳架。

被稱作老大的女性一邊透過陽台的欄杆以左手指著西北方，一邊開口表示：

「看得見湖畔是道路的地方嗎？墜落太空船的剪影，往左移同樣的空間處。」

冬馬迅速張開德拉古諾夫的兩腳架，在陽台上地板上擺出臥射姿勢。以右眼窺看瞄準鏡的冬馬，兩秒鐘後……

「確認到兩個人。一名身穿暗沉粉紅色服裝的小不點，以及一名迷彩服的巨漢。」

老大讀取雙筒望遠鏡的距離表後……

「就是他們了。距離小不點有623公尺。算是有點遠——沒問題嗎？」

「交給我吧！這是機會！」

「很好！從小的目標開始。」

「了解。」

冬馬轉動瞄準鏡右側的轉盤，把倍率調升到最大。擴大後的圓形視界裡，身穿粉紅這種搞笑般顏色的敵人也瞬間變大了。

這時可以聽見老大的聲音。

「所有人聽著。冬馬將狙擊那個小不點。羅莎與蘇菲準備好機關槍。目標是西北方的湖畔。我一下令就盡量射擊。安娜則搜尋敵人的其他成員，可以的話就射擊。塔妮亞負責注意衛星掃描接收器。」

透過通訊道具，可以聽見連續四道女性的聲音表示「了解了」。這就證明了這支隊伍還有六個人，也就是所有成員都還存活著，而且所有成員都是女性角色。

然後時間來到十五點整。

老大的雙筒望遠鏡視界當中，粉紅色小不點靠近迷彩服壯漢，從衛星掃描接收器那裡叫出了地圖。

在眼前叫出了大地圖，就是他們沒有警戒敵人靠近的證明。

老大的嘴巴往兩邊大大張開，露出了她的虎牙。

「那兩個傢伙會嚇死吧——冬馬？」

冬馬將浮現在瞄準鏡右下方的著彈預測圓確實對準在粉紅色小不點身上。預測圓雖然會隨著她的心跳收縮，但是搖晃的程度相當緩慢，最小的時候也幾乎涵蓋了粉紅色小不點全身。

「準備好了。」

「上吧。」

聽見命令後，在心臟因為興奮而加速之前，並在預測圓縮到最小的時機下，冬馬就扣下了扳機。

德拉古諾夫發出怒吼，其細長的身體像是被鞭子打中一樣猛烈地彈跳起來。空彈殼則是從右側排出。

發射出去的子彈撕裂空氣障壁往前飛行——

將粉紅色嬌小的身軀轟飛了3公尺。

「命中！很有一套嘛，冬馬！遊戲結束後請妳一個布丁作為獎勵！」

所有人都聽見老大很高興般的聲音，冬馬本人則是……

「可以的話，再請我一個！」

隨著這樣的聲音再次開火。

那是瞄準壯漢的子彈。著彈預測圓雖然玩美地捕捉到他的身體，但是子彈還是沒有射中。因為男人以迅速的動作往小不點跑過去了。

「嗚！」

冬馬將著彈預測圓對準有所行動的壯漢並且射擊。但是她的脈搏因為興奮而加快，造成預測圓的收縮速度與大小都跟著增加，子彈也就一直無法擊中目標。

壯漢用右手輕鬆抓起小不點來扛在右肩上，然後朝著湖泊跑去。那裡有一艘漂流過來的氣墊船。

「別想得逞！」

冬馬持續射擊著。好不容易有1發擊中壯漢的左腿，造成了紅色著彈特效。

但是壯漢還是沒有停止動作。毫不留情地把氣墊船上的兩具屍體踢飛後，就把小不點丟到後座，自己則坐到駕駛座上。

冬馬的第10發子彈在氣墊船旁邊激起了水柱。不停來回的槍機停在退下的位置，表示已經沒有剩餘的子彈。同一個瞬間……

「老大。那些傢伙的位置在湖畔。兩個人當中有一個是隊長。」

聲音來自於看著接收器的塔妮亞。老大立刻做出這樣的命令：

「機關槍開火。」

接下來的瞬間，從豪宅三樓的兩個窗戶裡傳出巨大聲響。

那裡是小孩的寢室與儲藏室。

兩個房間的窗戶邊都有一名用兩腳架架住「ＰＫＭ」機槍的女性，她們把不斷吐出火焰的凶惡槍口對準了湖泊。

這機關槍也是俄羅斯製，使用了與德拉古諾夫相同的子彈。這款機關槍是由製作了突擊步槍ＡＫ系列的米哈伊爾．卡拉什尼科夫所設計的傑作，ＰＫ是「卡拉什尼科夫機關槍」，Ｍ則是「近代化」的字首。

ＰＫＭ不停重複每次數發子彈的射擊。繫成彈鏈的子彈從附在槍下方的箱子右邊進入，然後往左邊移動，子彈往前發射後，空彈殼與彈鏈則從左邊排出。

子彈朝著逃走的氣墊船飛過去。老大的雙筒望遠鏡視界中，可以看見氣墊船周圍濺起幾道水柱，但是沒有子彈命中。

「停止射擊！很可惜——看來是被他們逃走了。」

兩挺機關槍停止咆哮，世界忽然間回歸平靜。

「老大，掃描的位置在湖面上移動。」

是塔妮亞的聲音。老大一邊看著雙筒望遠鏡……

「安娜，有看見其他敵人嗎？」

「沒有，老大。沒有發現。」

「我也一樣。這樣的話——那支小隊很可能只剩下兩個人。」

老大持續追蹤揚起白浪逐漸遠去的氣墊船，直到它再也看不見為止。最後到達視程的界限，黑點也就消失無蹤了。

「那兩個傢伙逃往西南方了。雖然也有可能是陷阱，但我想應該是燃料的問題比較大。」

老大把雙筒望遠鏡收到腰包裡，以冷靜的口氣這麼表示：

「接下來我們將往西北部的荒野前進。全員到卡車上集合。」

之前被稱為「Foxtrot」的小隊——

就這樣依序坐上一輛停在豪宅後方的大型卡車上。

當然是為了前去解決最後的獵物。

＊　＊　＊

十五點六分。

蓮和Ｍ，結束乍看之下相當優雅的遊湖行程後，兩個人就在西南區充滿岩石與沙子的荒野上岸了。

從湖畔開始就已經是一片褐色的大地，接著就是凹凸不平的地面。氣墊船在這樣的地面當然無法順利前進。就算要強行登陸，也幾乎沒有任何燃料了。

蓮在湖上就已經自行施打了第二劑急救治療套件。回復ＨＰ的時間似乎快要結束了。即使如此，目前的ＨＰ也只有完全狀態的六成而已。應該還要施打一劑才能完全回復吧。

把氣墊船丟在岸邊，蓮和Ｍ就一邊保持警戒一邊環視周圍。

荒野幾乎是平坦的地形。到處都可以看見大小不一的歪曲岩石。除了1公尺的四方形岩石之外，也有高5公尺的巨大岩塊。託它們的福，蓮與Ｍ有了許多藏身的地方。

雖然沒有丘陵地帶，但是反過來說，只要爬上岩石，就可以看到一定距離的遠方。

當然也得看攀登的岩石高度以及其他岩石的高度，但是保持３００公尺左右的視野應該沒有問題才對。地面是變得相當堅硬的沙礫，雖然比不上柏油路面，但是就立足點來說已經相當不錯了。

「以戰場來說，這裡還算不錯。不但可以防禦，也可以從岩石上進行狙擊。雖然對敵人小隊也同樣有利，但我們有蓮的敏捷性。」

M如此說道。

「而且車子應該無法通過。」

蓮也這麼說表示同意。雖然以單筒望遠鏡稍微尋找了一下可以看見的範圍，不過目前暫時沒有發現敵人的蹤跡。

由於第二劑急救治療套件的回復已經結束，蓮就把最後一劑打在脖子上。雖說蓮身上已經沒有任何急救治療套件了，不過敵方也不是會給她繼續施打急救套件時間的彎腳對手。

「往西邊走。稍微離氣墊船遠一點，背對水面等待下一次的掃描。」

蓮同意M的意見，開始緩緩往前走。由於對手也有可能以剩下的氣墊船追上來，所以經常警戒著湖面的狀況，不過都沒有看見敵人的身影。

就這樣，時間來到十五點八分。

兩個人藏身在一塊大岩石後方，等待剩下來的兩分鐘。

HP雖然尚未完全，但幾乎都回復了。然後，接下來絕對不會大意了！

蓮繃緊神經，等待著時間經過。在這段時間裡……

「啊！話說回來……」

蓮想起一件事。十五點的掃描前，M曾經拿出一張便條紙想閱讀內容。因為自己被擊中，結果就不了了之了。

「對了，M先生——」

蓮轉過頭，對蹲在距離自己10公尺左右的M表示：

「你剛才好像要看一封信之類的不是嗎？不用看了？」

「啊！」

M露出真的嚇了一跳的表情，看來他完全忘了有這件事了。

「幸虧妳告訴我。對方要我十五點整的時候看內容。」

M從手臂上的口袋裡拿出便條紙，打開後就看了起來。

覺得這樣可以暫時放心的蓮，就把視線從M臉上移回去警戒周圍的環境。在M看信的這段期間，自己得保護他才行。

雖然在意是誰給他的信以及裡面究竟寫了些什麼，但就算是在虛擬世界，蓮也不會做出偷看他人信件這種沒禮貌的事情。蓮只是對VR遊戲內也可以寫信交給別人這件事覺得感動。

視界裡是一大片岩石與沙礫構成的荒野。擺在身前的P90隨時都可以射擊。

已經從道具欄裡拿出兩個新的彈匣，所以帶在身上及著裝在槍上的彈匣又恢復成七個。

為了慎重起見，還順便把放在道具欄裡的兩個電漿手榴彈實體化掛在自己的左腰後面。

接下來發生戰鬥時，一定要幹掉對方。就算自己喪命，也要拖一兩個，甚至是更多人陪自己下地獄。知道沒救了的話，就按下腰間電漿手榴彈的啟動鍵然後朝對方衝過去。

當蓮冷靜地燃燒著鬥志，並且提升五感等待著掃瞄時間到來時，就聽到身後的M收起信紙的聲音。

接著是他站起來的腳步聲。

蓮再次體認到腳底下是沙礫的話，腳步聲就能聽得很清楚這件事。這樣就算距離數公尺也能聽見吧。在這個地方伏擊的時候，還是不要隨便移動腳步比較好。

聽得見M發出「沙沙」的腳步聲。他正朝著自己靠近。手錶上的時間是十五點九分。是要開作戰會議並讓自己看著地圖嗎？還是要拿信給自己看？

蓮一邊這麼想，一邊輕輕回過頭去——

「咦？」

結果M就站在距離蓮2公尺的前方，只用右手拿著HK45，而槍口則是完全對準她的臉。

「抱歉。」

M開槍了。

蓮清楚地看見了HK45碩大的槍口發出火光。

SECT.11　第十一章　死亡遊戲

蓮清楚地看見了ＨＫ４５碩大的槍口發出火光。

然後右耳清楚地聽見了45口徑的子彈從旁邊經過的聲音。

如果沒有在思考前就先有所行動的話——

沒有完全發揮鍛鍊出來的敏捷性扭轉身體的話——

子彈就會命中右眼，讓好不容易才完全恢復的ＨＰ歸零，一發子彈就讓自己歸西了吧。

Ｍ立刻揮動右手，瞄準蓮的頭部繼續追擊。

蓮眼睛裡的世界就像變成慢動作一樣。可以很清楚地看見朝自己臉龐迫近的彈道預測線。

蓮為了躲避它而繼續將身體往左邊扭。

Ｍ再次開火。子彈也再次擦過蓮的頭部，這次把她愛用的針織帽轟了下來。只要身體的動作稍慢一點，應該就被擊中了吧。

雖然完全不清楚對方這麼做的理由，但是知道目前的狀況。

自己正被Ｍ攻擊，快要被對方殺掉了。而且對方根本不讓自己有說話的機會。

準備發射第３發子彈的Ｍ，依然是那副嚴肅的表情，完全看不出他內心的感情。但是也根本沒有必要去看了。

這時蓮唯一只有一個想法。

就是怎麼能被你殺掉。

蓮的左腳穩穩踩著沙礫，讓它成為能產生反彈力的立足點。當第3發子彈的彈道預測線往自己靠近，瞄準她右眼的瞬間……

「喝！」

蓮就往反方向跳去。如果就這樣繼續讓身體往左邊逃，之後一定還是會被子彈擊中。

這樣的話，就只剩下一種手段了。

就是反其道而行！

面對著只要稍有差錯就會變成自己湊上去讓對方擊中的危險賭注——蓮的敏捷性還是獲勝了。

彈道預測線逐漸消失，子彈也從蓮迅速往右前方跳的身體左側5公分的地方經過。這時子彈距離以肩背帶掛在肩上的P90甚至不到1公分。

大大往側邊跳開的蓮以右腳著地。這個時候，她離M已經不到1公尺，而距離HK45就更近，只有短短的30公分左右。那是伸手可及的距離。

「呀！」

蓮像是要賞給對方巴掌般，用右手從下方朝著HK45揮起。M則是為了不讓槍械被彈落而把右手往外移——

蓮嬌小的手只是迅速往HK45的側面與M粗大的大姆指摸了一下，就直接往上揮到底。

順利守住HK45的M往下看著眼前嬌小的身軀，並再次把槍口對準蓮的額頭……

「啊哈哈……」

和笑著的蓮四目相交後，就毫不猶豫地扣下扳機。

但是卻扣不下去。

HK45的扳機拒絕移動。扳機不動的話，自然無法發射子彈。

M瞪大了雙眼，接著就看到了。看到了自己右手上的愛槍，負責關保險的小桿子已經往上調了。

蓮的小手目的不是把HK45從自己手上彈開——

只是為了關上保險。

就在注意到這一點的同時，M的右手也感到一陣疼痛。

P90的全自動射擊模式在巨大身軀與嬌小身體之間發出了怒吼。

射擊的時間雖然極為短暫，但「啪啦啦」的清脆聲響後就有3發子彈被發射出來。小小的彈頭在M的右手腕上造成閃亮的紅色著彈特效，穿透他的肉體之後就消失在空中。

「嗚！」

關上保險的HK45從M失去力量的右手上掉下來，在它一半插進沙子裡的同時……

「不要動。」

從蓮右手上往上抬的P90槍口已經陷入M的脖子裡。

「稍微動一下我就全力扣下扳機喔！M先生！」

蓮發出了可能是有生以來最大的吼聲。左腕上的手錶雖然開始震動，但現在已經沒空理會它了。

她打算M巨大的身軀只要有任何一部分動了一毫米，就要直接一口氣把扳機扣到底，將殘留在彈匣裡的47顆子彈，像淋浴一樣從脖子一路轟到M臉上。雖然M看起來耐久力相當高，但這樣應該也死定了。

「…………」

M就在喉頭的左側被槍口抵住的情況下，朝下方看著蓮。

他嚴肅的臉龐依然瞪大眼睛並且張開嘴巴，簡直就像時間暫停了一樣僵在那裡。

「直接這樣聽我說。首先呢——」

蓮露出滿面笑容。

「表示哪天說不定派得上用場就先告訴我保險裝置在哪裡，真的很謝謝你。果然派上用場了！」

「…………」

「然後我想要問你——為什麼？」

「…………」

「為什麼想殺掉我？有確實的理由的話，就說出來。」

「…………」

「虧我們兩個人一起作戰並且互相幫助，好不容易才像這樣拚到只剩下最後兩支隊伍了，為什麼你要這麼做？我不是說非得要獲得冠軍，但實在沒辦法接受在不清不楚的情況下被殺掉。如果沒辦法繼續比賽，先找我商量不就好了！不是嗎！」

「…………」

「不回答我的話也沒關係。反正接下來也是得靠我自己一個人戰鬥——」

蓮一邊說，一邊加強Ｐ９０抵住對方的力道。

「不要啊啊啊啊啊啊啊啊啊啊啊啊！我不想死！——請請請請您等等等一下吧！請等一下……拜託了！請不要開槍……不要啊！請您住手！」

蓮必須花一段時間，才能理解這樣的大叫與軟弱、客氣的發言是來自於M。

蓮邊收回P90邊一口氣往後跳。

簡直就像是瞬間移動一樣，以迅速的跳躍一口氣拉開與M的距離後，她就確實把P90靠在肩膀上擺出射擊姿勢，然後以瞄準鏡看著M的臉孔。

因為手指一直放在扳機上，所以著彈預測圓就隨著激烈的心跳不停地在M的臉上收縮、放大。

M本人應該可以看見相當刺眼的彈道預測線吧。他的視界應該已經染成一片紅色才對。

「嗚……嗚嗚……」

M一邊發出呻吟，一邊緩緩跪到地上。蓮小心翼翼地注視著他的行動，並且一直瞄準他的頭部。

粗壯的雙膝先是傳出陷入沙礫裡的聲音，接著巨大的身軀就無力地癱坐到地上。雖然蓮沒有下達命令，但這確實是跪坐的姿勢。依然站著的蓮，就和即使坐下也幾乎一樣大的M在隔了3公尺左右的距離下對峙著。

「請您……不要開槍……」

從M嘴裡發出這種軟弱的聲音。一邊這麼說一邊低下頭的M，臉上的表情被闊邊帽遮住而看不見。

蓮一邊把預測圓對準戴著闊邊帽的頭部，一邊表示：

「在你說出理由前，我絕對不會開槍。也就是說，你不告訴我的話，就開槍射擊。」

「我會死的……」

「嗯，是沒錯啦。」

「我會死掉啊……」

「小弟我會死掉啊……」

「小弟？」，蓮聽見M忽然改變的第一人稱，背部就湧起一陣寒意……

「不要這麼客氣！感覺很奇怪啊！」

至今為止一直認為是「親戚的叔叔」的對象，好像忽然就變成「比自己年輕，還在念小學的姪子」一樣，那種感覺實在太不對勁，讓人覺得很不舒服。

簡直好像裡面的人被換掉了一樣。蓮當然沒有嘗試過，不過只要能借到AmuSphere，就能使用該名角色了。

「難道說——玩家換人了？」

M還是保持客氣的口吻，軟弱地說道：

「沒有換人……這才是真正的我……而您要是現在射擊我的話……我就會死……會死掉

啊……」

「這傢伙在說什麼啊？」」，蓮的腦袋裡浮現了大量的問號。

「角色本來就會死吧？但只是在ＧＧＯ裡和ＳＪ裡面死掉吧？這次的大會沒有死亡罰款，武器和裝備也沒有死亡掉寶——」

「不是這樣！」

Ｍ一口氣抬起頭來，結果蓮……

「嗚咿！」

就見到不太想看的畫面。

面容粗獷的Ｍ，從雙眼中流下大量淚水。他的虛擬角色外表怎麼說也是個肌肉壯漢，這種模樣造成的衝擊實在不能說小。

「你說『不是這樣』，那……是哪樣啊？」

「我如果接下來在ＳＪ裡死亡……現實世界裡面的我也會死掉啊！」

「…………你腦子沒事吧？」

雖然覺得難以置信，但蓮這時候也想起真正的死亡遊戲「Sword Art Online刀劍神域」。

那應該是使用名為「NERvGear」的機器，角色在遊戲內死亡的話，機器就會發出燒燬玩家腦部的元件信號。就像是頭上戴了殺人的電子微波爐一樣，聽見新聞時蓮真的覺得很恐怖。

當然，現在使用的機器，也就是AmuSphere並沒有這樣的機能。

「這又不是Sword Art Online刀劍神域，不可能會真的死掉吧？M先生，你是不是搞錯什麼啦？」

「…………」

「而且你到剛才為止都很正常地戰鬥，也被擊中過了——」

話說到這裡，蓮就注意到了。這是因為她想到讓M忽然有如此大轉變的唯一一個理由。

「M先生……雖然很沒禮貌，但請告訴我剛才那封信裡寫了什麼好嗎？」

M整個人震動了一下，然後眼淚從臉上簌簌地滑落。甚至還大刺刺地垂著鼻涕。蓮這時覺得遊戲不用重現到如此詳盡的地步也沒關係吧。

「…………」

M什麼都沒說，相對的緩緩把右手朝袖子的口袋伸去，從裡面拿出便條紙。他接著又完全低下頭去，並且伸直右手，對蓮遞出了便條紙。

「這表示我可以看嘍？」

看見對方大大點了點頭後……

「那我就拿過來了，但你有任何奇怪的舉動我也會開槍喔。」

蓮一邊這麼說，一邊持續瞄準對方，並緩緩靠過去伸出左手，迅速把便條紙搶過來後，就再次往後跳來拉開距離。

「我要看嘍，可以吧？」

「可以……」

蓮只用左手打開了便條紙。由於拿相反了，所以準備調整位置，結果還因為差點掉落而慌了手腳。

蓮以右手拿著P90來瞄準目標，然後用左手把便條紙拿到眼前……

「我看嘍。」

開始看起寫在紙上的日文字。

上面的字跡就像習字講座裡的範例一樣漂亮，首先寫著這樣的內容。

「哈囉，M。還在奮戰中嗎？我事先叮嚀過你要在正好一個小時的時候看這封信，你應該沒有違背我的命令吧？違背的話就殺了你喔。現在馬上去死吧。」

上面忽然就寫著這些恐怖的內容。而蓮也知道為什麼M在十五點的時候會準備看這封信了。

文章又繼續這麼寫著。

「你是代替我參賽的，也要代替我好好享受比賽啊！這可是遊戲，而且也是鬧著玩的！一個小時內要是窩囊地死掉了，我一定會幹掉你。不過，如果只靠兩個人存活一個小時以上的話，就真的很厲害喲。我會摸摸你的頭獎勵你。」

所以說，如果在看見信之前就陣亡的話，果然就會真的死掉。

而最後一個部分的內容則是……

「之後要是死掉的話，我還是會殺了你。也不能自殺喲。無論如何都要給我存活下來。戰鬥沒有緊張感的話，就沒辦法好好享受了吧！那麼，盡情地享受吧！感受自己還活著的快樂吧！以上～」

蓮為了慎重起見也看了背面，但就只有這些內容了。

靈巧地只用左手把信摺好後，她就先把信夾在自己的腰帶上。然後左手重新扶著P90，再次準確地瞄準目標……

「寫這些內容的是誰……我想不用問也知道了。是Pito小姐對吧？」

「是……是啊……」

「嗯，怎麼說呢，很像那個人會寫的內容。」

蓮腦袋裡浮現臉上有刺青的Pitohui露出爽朗的笑容，並且老實地說出內心的感想。緊接著……

「但是呢，什麼『死』啦『幹掉你』的，那只是在遊戲裡面吧？」

蓮做出非常符合常識的判斷這麼告訴M。

在GGO裡面——

每個人都會隨口說出「射擊」啦「殺掉」啦「死亡」之類的話，而這些全指的是遊戲裡面的事情。不會特別而且故意去聯想到「現實世界人類的死亡」。

另外也沒有說出「你們這些傢伙，真的懂死亡的意義嗎？」這種話，然後把現實與遊戲搞混在一起而生氣的笨蛋。

M像熊一樣巨大的身軀抬起臉來。他的臉這時已經沾滿了淚水與鼻涕。

他就這樣笑了起來。

「哈哈哈哈！妳真的什麼都不懂耶。」

那過於詭異的笑容……

「哇——」

讓蓮一瞬間說不出話來。和M的臉重疊在一起的著彈預測圓，收縮速度忽然就加快了。

「說我什麼都不懂……不懂什麼？」

「不懂Pitohui的腦袋有多奇怪。」

「…………」

「那個女人說要殺的話，就真的會殺喔。在遊戲裡殺人？啊哈哈哈哈！她怎麼可能會這麼好心呢！我也懂真的殺是怎麼回事啦！然後那個女人也知道我一定馬上就會懂她的意思，才會寫這封信啦！說什麼要我好好享受一個小時，結果是這種下場！果然還是對死亡遊戲有所憧憬！那個女人到現在心靈還被那款遊戲囚禁！真的是瘋了！啊哈哈哈哈，真的很符合那個女人的個性！啊哈哈哈哈哈哈！」

「…………」

蓮感覺有點暈眩。

就算Pitohui和M兩個人在現實世界真的認識好了，那他們之間究竟是什麼關係？

過去覺得「不知道也沒關係」的蓮——

現在變成「不想知道」了。

過去曾經「想知道」Pitohui在現實世界裡的身分——

現在也變成「不想知道」了。

不過現在還得繼續和M的對話才行。

「M先生……總而言之，你的意思是這樣吧？正如信裡面所寫的，接下來你在ＳＪ裡戰死的話，現實世界的你就會被現實世界的Pito小姐殺死。」

「剛才不就這麼說了嗎！」

M以軟弱的口氣這麼大叫。

「…………」

現實世界的M是演員，而且很會演戲——

雖然還有這樣的可能性，但是蓮還是先把手指從P90的扳機上移開。

著彈預測圓消失了。

「謝……謝謝您……我真的很害怕……我不想死啊……」

彈道預測線從眼前消失的M如此說道。

「那你為什麼非得殺掉我不可？」

面對蓮的問題……

「我想……成為隊長……」

M茫然這麼回答。

蓮考慮了兩秒鐘左右……

「成為隊長後要做什麼？」

「這樣就可以投降了。信件上沒有提到任何關於投降的事情，所以可以拿來當成藉口。」

「那只是在耍小聰明吧……」

蓮頓時感到無奈。

「但是！我想在投降之後才好好跟妳說明……」

「呵！你太小看我的敏捷性了吧？」

蓮雖然以開玩笑般的笑容這麼說……

「是啊，早知道就默默丟出電漿手榴彈就好了。真的很後悔。」

但是M卻一臉認真地這麼回答。

「…………嗯，先別管這件事了——」

蓮一邊說一邊用左手拿起便條紙……

「抱歉只能用這種方式還給你。」

然後把它丟回M面前。接著又看了一下手錶。從十五點十分到現在已經過了三分半鐘。

「掃描早就結束了吧……」

為了慎重起見，蓮還是從左胸口袋裡拿出接收器按下按鍵。

「果然。」

只出現地圖而已。

對方在三分多鐘前就知道這個地點，現在正朝這邊前進。如果在視野良好的地點，說不定已經像剛才那樣被狙擊了。

現在不是在這裡鬧內鬨的時候。

蓮考慮了一下——

「算了。」

然後這麼呢喃。

她把接收器收回原來的地方。然後……

「M先生！我不怪你了！接下來我會一個人戰鬥！M先生就找個地方躲起來，千萬不要陣亡了！我要是被敵人的隊伍打倒了，隊長標誌就會轉到你身上，你只要馬上投降就可以了！至今為止真的很謝謝你！再見了！」

連珠炮般說完這些話後，蓮就轉身往前跑去。

她還是警戒了一下對方是否從背後開槍，一閃身進入附近的岩石背後就再次全力衝刺。

結果蓮沒有被人射擊。

她一瞬間煩惱了一下該往哪邊走後……

「好！我就盡情大鬧一番吧！」

隨即一邊這麼呢喃，一邊往東方前進。也就是敵人過來的方向。

蓮全速跑在岩石與岩石的隙縫之間，並碰了一下左耳的通訊道具。

然後把以為ＳＪ期間不會關上的開關關了起來。

獨自被留下來的M，耳朵聽見了一句話。

「好！我就盡情大鬧一番吧！」

那是蓮的聲音。

＊　＊　＊

時間稍微往回拉，這是十五點十一分發生的事情。

一台小型的軍用卡車停在柏油路面的住宅區與沙礫的荒野交接處。那台卡車的車廂頂端與駕駛座側面，都用一看就知道是後來才加上去的裝甲板覆蓋著。

卡車旁邊可以看到六名穿著同樣迷彩服的女性。

首先是超過一八〇公分的高大女性——老大。

她的腳邊放了一個很大的背包。雖然從背包上面凸出無法完全收納的槍身，但是不知道是什麼種類。

右腰上有一把黑色自動手槍收在塑膠製槍套裡。她一邊晃著辮子，一邊把視線移到排成一橫列的五個人身上……

「從這裡開始往西2公里，最後的獵物就在那裡！那麼，大家一起去解決他們吧！」

並且以渾厚的聲音這麼大叫。

「我們上吧！老大。」

首先這麼回應的，是狙擊了蓮，背上揹著德拉古諾夫的冬馬。這名瘦高的黑髮女性，身上只有在腰側掛了幾個德拉古諾夫用的彈匣袋，以及身體前方保護胸口的防彈板而已。這是狙擊手獨特的，適合伏擊的裝備。

「最後一戰了！打起精神來啊！」

接著是以寬大肩背帶把ＰＫＭ掛在身體前方的蘇菲。身材雖然是六個人當中最為矮小，但是面積最為寬廣，加上那嚴肅的面容，外表看起來簡直就像奇幻世界裡的矮人族一樣。長長的茶色頭髮則是隨便在頭後方綁成馬尾。

如果背著巨大戰斧一定會很適合她，但這個地方不可能出現那種東西。她的背上是裝了預備彈藥箱的大型背包，還可以看見ＰＫＭ的備用槍身前端凸出來。

「打倒那些傢伙之後就沒辦法再戰鬥了嗎！真可惜！」

聲音來自另一名使用ＰＫＭ機槍的使用者——羅莎。她的年紀看起來最大，有著高大結實的身軀。紅色短髮且滿臉雀斑的她，看起來就像堅強的大媽。背上有同樣的背包與替換的槍身。另外這個背包後面，左右兩邊都各自掛了三顆電漿手榴彈。

「嗯，這些事情等優勝之後再來想吧。各位姊姊。」

以妖艷的口氣如此回應的是安娜。外表大概二十出頭歲的她，是這支小隊裡看起來最年輕的成員。綠色針織帽底下是波浪狀金色半長髮。另外還戴著遮住眼睛的太陽眼鏡。

她也是一名狙擊手，背著裝有四倍瞄準鏡的德拉古諾夫，胸前則掛著雙筒望遠鏡。

「希望最後一擊是由我來完成。」

最後一個人是塔妮亞。她有著嬌小……不過應該也有一六〇公分的體格，以及一頭銀色短髮。銳利的眼神與容貌，讓她看起來像狐狸一樣。右腰上掛著和老大一樣的手槍槍套。身上帶著手槍的就只有老大和她而已。

塔妮亞抱在雙手上的是俄羅斯製的「ＰＰ－１９野牛衝鋒槍」。外表看起來雖然像ＡＫ系列的縮小版，但特徵是附著在槍身下方的圓筒形「螺旋彈匣」。

這是以螺旋狀將子彈送入的構造，藉此增加容彈量。塔妮亞手上這把使用9×19毫米魯格彈的野牛衝鋒槍，一個彈匣的裝彈容量多達53發。可以做到優於蓮手上Ｐ９０的連續射擊。

槍口前方也裝了圓筒型的物體。這則是可以大為壓抑吵雜槍聲的消音器。

正如各位所見，她們所使用的全是俄羅斯製的槍械，而俄羅斯製的槍械在ＧＧＯ裡有一個共同的特徵。

也就是——「性能不錯，價格也很便宜」。

單純考慮性能的話，當然比不上美國或者歐洲製的槍械，這時再加上「價格」這個要素就會變得相當有利。選擇俄羅斯製的槍械與子彈，就可以壓低購買時需要的點數。

至於低價的理由，GGO玩家有各式各樣的說法。

其中有「俄羅斯製的槍械本來就很便宜」這樣的意見……

也有「因為是美國製的遊戲，所以故意把它們當成便宜貨」這樣的意見。

裡面被認為最合理的……

「俄羅斯的槍械公司降低了授權費用」。

是這樣的理由。

雖然是在遊戲裡面，但是要讓使用實際名稱的商品登場，不論是汽車、飛機還是槍械，只要沒有製造商的許可就無法這麼做。

堅持完全重現槍械的外表、聲音與性能的GGO，當然取得了全部的授權。就算設定上是「未來世界發掘出來後重現的武器」也一樣。

把授權費用設定得相當便宜，讓遊戲公司可以輕鬆取得授權，所以GGO內的俄羅斯製槍械就相當便宜，也就能夠獲得人氣，這就是被認為最可能的理由了。

不過營運公司ZASKAR沒有任何官方評論，所以真相依然不明。

真要說的話，GGO內果然還是美國以及歐洲製的武器比較受到玩家喜愛。

「很好！大家都很有幹勁！」

聽見伙伴們可靠而且高興的聲音後，老大就搖晃著辮子露出了笑容。

「那我們走吧！去獵兔子了！」

結果安娜忽然就唱起歌來。

「那～座～山～裡～兔～子～很～好～吃～」

忍不住發笑的其他伙伴中，只有冬馬一臉認真地說：

「那首歌……應該不是『兔子很好吃』吧？」

像矮人的機槍手安娜則表示：

「不是啦！應該是『那座山裡追兔子』才對！不過呢，如果說為什麼要追兔子，當然是因為很好吃的緣故啊！不好吃的話幹嘛去追啊！」

「原來如此！果然還是要吃掉嗎！」

冬馬比其他人晚了一些才露出笑容。

老大則說：

「嗯，這次就算抓到兔子也別吃掉啊。我想應該不好吃喲。」

五個人一陣爆笑之後……

「但我們要全力狩獵！對方是存活到這個時候的兔子。絕對不能掉以輕心！」

老大一瞬間就讓所有人的臉變得嚴肅。

「要注意那傢伙的獠牙！我們上吧！」

五個人的聲音一起響徹在荒野當中。

「嗚嚕啦啊啊啊啊啊啊啊啊啊啊！」

＊　＊　＊

這時候粉紅色的兔子……

「怎麼辦怎麼辦怎麼辦？一個人該怎麼辦？我到底該怎麼辦？」

正一邊這麼呢喃一邊跑著。

看了一下手錶，時間已經過了十五點十六分。以時間來說，就算是人類的腳程，全力往這邊奔跑的話也差不多快要碰頭了。

蓮先停下腳步，藏身於巨大岩石的背面。

迅速蹲下來後，短短的褐髮就碰到臉頰……

「啊，對喔……」

蓮到這個時候才終於注意到針織帽被M轟飛了。

「人家很喜歡那頂帽子！」，如此想著的蓮雖然有點生氣，但還是覺得沒有被轟中頭真是太好了，這時她拿下圍在脖子上的頭巾，蓋在頭上後捲了起來。

她一邊動手，一邊想起剛才那一瞬間，除了感覺鬆了口氣外，也因為千鈞一髮的情況而感到害怕。

接著——也為自己感到驕傲。

想不到自己竟然能躲開在眼前發射的子彈。

這是一副敏捷性能相當優異的身軀。再來只要自己經常保持精神集中，仔細地看著彈道預測線以及槍口，就能再辦到那麼厲害的事情了。

在腦袋後面把頭巾綁緊後……

「很好！」

就感覺越來越有幹勁了。

「最後一戰了！好好打一場吧！」

蓮這麼鼓勵著自己。

接下來就只能靠自己還有手上的武器了。

武裝首先是愛槍小P，也就是P90。立刻可以使用的彈匣有七個。道具欄裡還有一個。

剩餘的子彈共有397發。

腰部的左側掛著兩顆電漿手榴彈。另外腰部後方還有一把硬被塞過來的戰鬥小刀。

至於急救治療套件——則是零。

幾乎不清楚對方是什麼樣的對伍。可以確定的是有狙擊手與機槍手，當然有複數成員。而且還是一直存活到現在的強者。

「最後一戰了！好好打一場吧！嗯，就看能努力到什麼地步吧。」

蓮改口這麼說道。

緊接著……

「怎麼做才能把我的優勢發揮到淋漓盡致呢……？」

她一邊呢喃一邊思考。

至今為止是用什麼方式戰鬥？是如何存活到現在？為什麼可以打倒五個人？對方是怎麼看我們的？還有，他們會怎麼進攻？

「…………」

結束思考後，蓮就看了一下手錶。

十五點十七分。

「距離衛星掃描還有三分鐘……」

蓮握緊P90……

「好吧……要衝嘍！」

她隨即踢著沙礫，一邊留下足跡，一邊像一陣疾風般跑了起來。

在空中轉播的攝影機就這樣追著她的英姿。

「我……我沒有錯！這……這樣就可以了！」

充滿岩石的荒野中，有一名如此大叫著的男人。

「大家都不知道那個女人有多恐怖！所以才能說出那麼隨便的話！我一點錯都沒有！怕死又有什麼不對！」

M雖然不停說著幫自己辯護的發言，但是根本沒有任何聽眾。

可能是判斷沒有轉播的價值了吧，他的周圍沒有任何轉播攝影機。

有的只是從他前方往遠方延伸的小小足跡而已。

SECT.12

第十二章　最後的戰鬥就交給我

六名女性在充滿岩石與沙礫的荒野中前進。

左上方可以看見過了十五點後的太陽，所以應該是往西邊。

周圍全被岩石遮住，視界最遠也只有40公尺左右。

嬌小的塔妮亞小心翼翼地舉起附有消音器的野牛衝鋒槍，以偵查兵的身分——也就是領先眾人在前方開路。

她的手指經常放在扳機上，讓著彈預測圓持續出現。如果敵人現身的話，立刻就把圓對準對方並開槍，就跟雷射瞄準鏡使用方式相同。

塔妮亞在銀色短髮幾乎沒有晃動的情況下，從岩石後方窺看著前方。

「前方安全。」

確認前進方向沒有敵人之後，便呼叫後方的同伴。

偵查兵的任務就是站在隊伍前方，發現敵人就向本隊報告。當然，這是最危險的任務，也最容易遭受伏擊。

剩下來的五個人當中，由使用機槍的蘇菲與狙擊手冬馬，以及同樣使用機槍的羅莎與安娜組成搭檔，以「two man cell」，也就是「兩人為一個細胞」的形態來行動。

兩個小組在偵查兵的後方30公尺左右的位置往左右兩邊散開，廣範圍守護著整支隊伍的前方與左右兩側。

小隊的中央後方……

「很好。往前進20公尺。」

經常爬上岩石以雙筒望遠鏡看著周圍的老大指揮著眾人。

沒有任何成員擅自行動，小隊以最小限度的對話一點一點往前進。

時間是十五點十九分二十秒。

「掃描開始前四十秒。」

老大的聲音也傳到塔妮亞耳裡。

上次是由警戒後方的自己負責觀看接收器，這次則完全相反。老大應該會在後方負責盯著衛星掃描接收器才對。

掃描中將停下腳步警戒四周。塔妮亞目前就在岩石旁邊停下腳步並半彎下身子。

就在這個瞬間，就從眼前的岩石跳出了一隻粉紅色的兔子。

對塔妮亞來說不幸的是，老大傳入她耳朵的報告聲剛好掩蓋了往自己靠近的細微腳步聲。

像子彈般往前衝的蓮，從一顆岩石的背後跳出來的瞬間……

「啊──」

就在20公尺左右前方的一顆岩石右側發現了敵人的身影。

對方身穿綠色迷彩服，手上拿著不知名的黑色槍械。髮型是一頭銀色短髮。

「啊啊！」

她雖然嚇了一大跳，但是──

對方也同樣露出非常驚訝的表情。

別停下來！

蓮沒有減緩奔跑的速度。停下來只會讓自己被擊中。快速移動才是自己最大的防禦力，至今為止的戰鬥不就一直證明了這一點嗎？

彈道預測線像是追著蓮一樣從她身後跟了上去──

「咻喀喀喀喀喀喀喀」，接著就是一陣這種經過壓抑的槍聲。後座力小的野牛衝鋒槍不停搖晃，小小的空彈殼不斷從右側邊排出。

發射出去的子彈雖然想追上全力奔馳的蓮……

「喝！」

但是在那之前蓮已經隱身在岩石後面。9毫米彈群立刻開始貫穿岩石。

在說出「發現敵人！」之前，塔妮亞就從藏身的岩石後飛奔出來。P90在全自動模式下發射出來的子彈，幾乎是跟彈道預測線一起襲擊了該處。岩石上隨即揚起一陣被刨落的沙柱。

「發──」

一邊從藏身的岩石衝出來一邊射擊的蓮，心裡想著……

竟然能躲過那些子彈！

然後以全自動模式朝逃往視界左側的人影全力發射子彈。她把P90的槍口往左邊揮去，這次的情況可以說跟剛才完全相反。這是為了追擊逃走敵人的射擊。

而當她一看見逃走的對手把槍口對準這邊時，自己也開始猛力衝刺。

簡直就像是把彈道預測線當成長刀一樣來互砍。

雙方讓槍口出現閃亮的紅線，就像對著橫向奔跑的對手拿劍橫掃出去一樣。

也像是小狗之間互相追咬對方尾巴而不停轉圈的追尾戰。

P90嘈雜的槍聲，與野牛衝鋒槍安靜的槍聲就在20公尺左右的四方形沙礫廣場裡互相交錯──

塔妮亞的背部與肩膀上出現兩次閃爍的著彈特效。而她所射擊的子彈則是全消失在蓮的背後。

兩人的槍一起將彈匣裡的子彈射光後就陷入了沉默。這個瞬間……

「咿！」

蓮還有……

「嗚！」

塔妮亞都逃到附近的岩石後面去。

兩個人立刻用機械般順暢的手勢各自從大彈匣袋裡拉出彈匣，開始了賭上性命的更換彈匣作業。

彈匣較大，而且槍械本身也較大的塔妮亞慢了一會兒。當她裝上彈匣，為了將子彈上膛而開始拉動上膛把手時——

「嗚！」

紅色彈道預測線已經像探照燈一樣從岩石後面逼近，塔妮亞立刻了解到自己連把槍口對準那邊的零點幾秒都沒有了。

塔妮亞把愛槍丟了出去。

從岩石後面飛出去的野牛衝鋒槍，在被彈道預測線照射到的下個瞬間，就代替自己被射成了蜂窩，黑色槍身上到處蹦出橘色火花。

她一邊看著愛槍被轟飛……

「敵人一名！武裝是P90！動作非常迅速！」
一邊利用產生的一丁點空隙向伙伴們報告。
同時手也朝右腰的槍套上伸去，在她結束報告，握住在那裡的握把的瞬間——
嬌小的粉紅色身影已經衝到她眼前，以紅線把她的身體砍成兩半。

戰鬥從開始到結束只有短短的十秒鐘。
十五點二十分的衛星掃描根本還沒開始。
短暫的時間內到處奔走，並且按照情況發射了將近100子彈……
「成功了……」
減少敵人隊伍一名成員的蓮，下一個瞬間就感到左肩有鈍重的疼痛感，眼前也看到自己身上出現閃爍的著彈特效。
快跑！
蓮以接近本能的感覺跑了起來。
雖然看不見彈道預測線，但是可以清楚聽見自己背後有沙子彈飛的聲音，以及異常嘈雜的機關槍槍聲。
全力奔往跑過來的方向並躲在一顆大岩石後面，這次又換成這顆岩石不停地被刨開。刨開岩石的猛烈聲音讓剛才那名對手的攻擊變得像是兒戲一樣。

「嗚哇！嗚哇！」

沒有空為了獲得戰果而喜悅，也沒有時間更換射光的彈匣，蓮只能開始一股腦地竄逃。

「竟然敢！」

「嗚啦啊啊！」

蘇菲和羅莎兩名機槍手像是發狂般不斷地射擊。

她們爬上小小的岩石，把槍托夾在右腋下，左手握住上部的手提握把，把槍放於腰間以全自動模式射擊。

光是看視界左上的ＨＰ條就能夠知道，與敵人接觸的伙伴，在短短十秒鐘內就被打倒，自己就算趕過來救援也來不及了。

另外她臨死前留下來的，關於敵人的數量與武裝等訊息……

從岩石上方也能看得很清楚。粉紅色的嬌小人影靈巧地從這顆岩石逃到另外一顆岩石後面。

狙擊手安娜已經爬上更高的岩石。站到上面後就架起德拉古諾夫，看向瞄準鏡……

「去死吧！」

然後朝著粉紅色背部射擊。

但是卻因為對方快速的動作而無法抓準時機……

「可惡！」

結果子彈都在些微差距下不斷落空。

「哇啊啊啊啊啊啊啊啊啊啊啊啊啊啊啊啊啊！」

蓮一邊放聲大叫，然後……

今天是第幾次了啊啊啊啊啊啊啊啊啊啊啊！

一邊在心裡這麼大喊，並從槍林彈雨當中逃走。

自己的周圍又像是演唱會場那樣充斥閃亮的紅線，子彈飛翔的聲音也從未中斷，因為著彈而揚起的沙土也降到自己臉上與嘴裡。

「呸！」

想活下來就一定得拉開跟敵人之間的距離。

雖然因為偶然與幸運重疊在一起而順利打倒最初遇到的敵人，但如果在如此猛烈的火力包圍下，接下來應該就不可能成功了。

「咿————！」

蓮一邊發出近似哭聲的悲鳴一邊不停逃走，雖然不清楚究竟跑了幾十秒鐘的時間，但是世界終於回歸平靜了。

岩石的遮蔽處可以看見塔妮亞閃爍著「Dead」標籤的屍體。

BoB與SJ裡，死亡瞬間，也就是HP歸零時的表情會直接殘留在屍體上，這時塔妮亞臉上是閉著眼睛露出笑容的表情。浮現的是完成一樣工作之後的成就感。

老大一邊拍著她嬌小的肩膀……

「我們會幫妳報仇。」

一邊晃著巨大身軀蹲下來輕聲對她這麼說道。

接著又從塔妮亞腰部把裝有手槍的槍套拿下來。然後把它交給後面的冬馬……

「由妳或者蘇菲帶著吧。有機會的話就用它賞給對方2、3發子彈。」

「了解。」

冬馬接過去後，老大就把背著的大背包放到沙礫上……

「最後由我來幹掉她。」

接著從裡面抽出黑色槍身。

以用盡全力的奔馳不斷逃走，已經不清楚究竟究竟離開敵人多少距離了……

「呼……」

蓮終於能稍微喘口氣。雖然不會因為奔跑而呼吸急促，但是精神上卻會出現猛烈的疲勞感。

蓮躲在巨大岩石背後稍作休息。

首先是確認在奔跑時沒有時間觀看的ＨＰ。因為她全力奔馳時速度就跟騎腳踏車差不多，所以要是不好好看著前面的話，很可能會猛力撞上岩石。

肩膀上的著彈似乎只是擦過，ＨＰ條還剩下七成左右。不過這也是就算沒被擊中要害，也會因為2、3發子彈而死亡的量。自己身邊已經沒有回復道具了。

她又看了一下應該已經結束掃描的衛星掃描接收器。結果正如她的預料掃描已經結束，所以就把接受器放回胸前的口袋。

接下來是交換Ｐ９０已經空了的彈匣。雖說事出突然，但自己毫不容情地發射太多子彈，一不小心就用光了兩個彈匣。

蓮立刻操作道具欄，把最後一個彈匣實體化收到彈匣袋裡。

即使再加上這一個……

「六個。只有300發子彈而已嗎……」

蓮在SJ裡只能再發射這麼多子彈了。

如果打倒一個人要再用100發子彈的話，這樣的數量當然完全不夠。從剛才那樣誇張的槍林彈雨來看，對手應該不可能只剩下三個人吧。

「五個人的話，一個人60發……」

如果在戰鬥當中用了超過這個數量的子彈，那接下來就只能投降了。雖然還有兩顆電漿手榴彈，而且也還有小刀……

「嗯，只能拿來自殺吧……」

但蓮只說出這種喪氣的發言。

就像要追捕這樣的蓮一樣，遠方又傳出機關槍的低吼聲。

「嗚哇！」

蓮背部一震後跳了起來，接著趴下嬌小的身體。

這次不是持續性的連射。

「噠噠噠噠嗯、噠噠噠噠嗯」，對方每隔一秒就會進行一次這樣5發左右的射擊。

「在對面200公尺左右的地方……」

蓮一邊趴在岩石背面，一邊回想起和M做的練習，然後測量與敵人之間大概的距離。

光是知道距離遠近，安心感就會完全不一樣。這個瞬間，蓮真的感覺做過那樣的練習真是太好了。

「唔？」

由於完全聽不見著彈聲，所以她小心翼翼地把身體與頭抬起來……

結果就看見彈道預測線在天空的高處。

大概是在頭頂幾公尺左右的位置吧。空中的紅線就隨著飛來的子彈與飛翔聲迅速消失。由於可以看見頭上的左右兩邊各有一束子彈飛過，所以應該是由兩挺機關槍重複著交互射擊吧。

蓮一下子就了解到對方沒有瞄準自己。那麼難道是瞄準M先生嗎？應該也不是吧。只是隨便朝著敵人可能存在的地點盡情地射擊而已。

蓮的腦袋裡重新浮現Pitohui說過的話。

「小蓮，不論是對人戰鬥陷入不利的狀況，還是有多麼害怕，都不能夠毫無意義地亂射子彈喲。這種只有射擊期間才能忘記不安的行為，就像是毒品一樣，除了會浪費子彈之外，還會讓敵人知道自己的位置，並且暴露出自己『感到害怕』，所以根本是下下策喲。」

在遠方持續不斷的槍聲，以及頭上微微可以聽見的子彈飛翔聲這樣的背景音樂下……

「說不定還有機會獲勝……」

蓮一邊這麼呢喃，一邊偷偷笑了起來。

我從剛才就很害怕，當然對手也會害怕！

一名伙伴被打倒，他們正感到不安！

所以才會像這樣，明明不知道我的位置也亂射一通！

當現實的她正認為或許還有獲勝機會的瞬間——

還有300發子彈！一個人十發的話可以殺三十個人！

想法就忽然變得極為正面。她迅速站起來，舉起P90……

「好……就從右邊開始。」

對自己來說算右側的機槍正不停發出閃亮的彈道預測線，而蓮則開始小跑步朝著它跑了過去。

這次的突擊比剛才輕鬆多了。對方的射擊聲與彈道預測線，簡直就像在指引自己的北極星或者是燈塔一樣。

但蓮還是小心翼翼地穿縮在岩石之間，迅速移動後又躲起來，慢慢窺探前方然後再次快速移動。

甚至沒有心情享受那刺激皮膚的緊張感。

就這樣獨自打倒剩下來的敵人，自己說不定就能成為SJ的英雄，不對，應該是女英雄了！

這樣的話，就讓給陣前逃亡的M，以及做出莫名其妙指令的Pitohui一點顏色瞧瞧！

在說不定會有的英雄專訪，不對，是女英雄專訪裡……

「沒有啦，最後的戰役我一個人也贏得很輕鬆喲。」

就要這樣子跟大家說。

當她妄想到這裡時，就被人從左邊靜靜地擊中了。

第1發子彈命中她的左臂。

整條手臂立刻麻痺並失去力量。

接下來的第2發則是命中她的左腰。

很幸運的是這發子彈擊中了P90的彈匣袋，但是放在裡面的一個彈匣再也無法使用了。

第3發在蓮因為左腰被擊中而失去平衡倒下的途中擦過她的脖子。

「呀！」

雖然因為左半身出現的鈍重疼痛感而發出悲鳴，但蓮還是加快了腳步。同時也想利用聲音來得知對方是從何處射擊自己——

但是卻聽不見！

這個事實讓她感到一陣愕然。

被擊中的時候，剛好是機槍射擊的空檔，也就是回歸寂靜的瞬間。

那個時候就連自己跑步的腳步聲都聽得相當清楚。

但是在那樣的情況下卻忽然連續吃了三記攻擊，而自己還完全聽不見槍聲。

蓮甚至覺得不是被射中，而是被附近的某個透明人用槍抵住自己，但是當然不可能會有那種事情。

看了一下左半身，就發現上臂正因為著彈特效而發出紅光，ＨＰ條也迅速減少變成黃色，到了剩下四成左右才停下來。

左腿上的彈匣袋出現了一個斜向的大洞。

「嗚……」

從那裡可以看見整個損毀的彈匣。可以射擊的子彈數量少了50發。

但是，如果著彈稍微有所偏差，腳的疼痛與傷害就不會只有這種程度。因為麻痺而跌到地上就會變成絕佳的標靶，現在應該已經陣亡了吧。

「我……我——」

蓮一邊逃，一邊以泫然欲泣的表情呢喃著。

「還……還很幸運……」

「這傢伙真是走狗屎運……」

老大看著消失在自己視界的粉紅色獵物這麼表示。

從大約100公尺外的岩石後方狙擊蓮的人就是她了。

雖然迅速瞄準衝出來的敵人並加以射擊——

但是第1發子彈卻擊中揮動的左臂而無法攻擊到心臟，第2發子彈應該擊中了腰部，但是沒看見著彈特效。應該是擊中了裝備，沒有造成對方的傷害吧。第3發則只是擦過她的脖子而已。

老大用通訊道具對其他四名伙伴說：

「沒能幹掉她。她往更南邊逃走了。按照計畫開始追擊戰。對方的HP殘量雖然不多，但絕對不能掉以輕心。還有，想不到那種粉紅色不怎麼顯眼。」

老大一邊聽著「了解」的回答，一邊操縱自己扳機後方的選擇旋鈕，讓槍械成為自動射擊模式。

那是一把像德拉古諾夫縮了水般，實在很難說是漂亮的槍械。

長度大約是90公分左右。裝置了瞄準鏡與二十發子彈長型彈匣的它，有著突擊步槍般的線條。形狀怪異的是它那被粗大圓筒包覆的槍身。

這把槍正是俄羅斯製的滅音狙擊步槍「VSS」——別稱是「Vintorez」。當初是考慮如果要交給特種部隊使用，並且在中距離（大約400公尺左右）進行無聲狙擊的話該使用何種槍械，於是便開發出這把槍。

它有兩個最大的特徵。

第一個是短短的槍身前端原本就裝設有巨大消音器，能夠用它來抑制火藥的爆炸聲。它實際的槍身非常短，看起來像槍身的長筒全部都是消音器。

另一個特徵是它使用9×39毫米子彈這種專用，而且「一開始就設計為不會超過音速的子彈」。

超過音速的一般子彈，其衝擊波將會產生爆裂聲。也就是說「磅——」這樣的槍聲幾乎會和火藥的爆炸聲以及這種衝擊波同時出現。

消音器就算可以抑制爆炸聲，也無法消除這種爆裂聲。因此就算是加裝了消音器的槍械，只要射擊就還是會有一定的爆裂聲。因此很容易就會注意到「正被人射擊」，但是將子彈速度降到低於亞音速的Vintorez甚至不會出現這種情形。大大的子彈會在相當安靜的情況下射出。

即使旁邊的伙伴倒下去了，也不知道對方是從何處射擊，甚至完全沒有注意到是不是被擊中了——這就是Vintorez的特徵。

故意用機關槍隨便地大量擊發子彈來吸引對方的注意，同時也讓人像蓮那樣……

「嘿嘿！那些傢伙害怕了！」

產生這樣的大意。

然後趁敵人大剌剌且粗心地靠近時加以攻擊——

如果是視界看得見的遠距離，就由兩把德拉古諾夫加以狙擊。

如果是在狹窄且有許多掩蔽物的地點，就由敏捷的塔妮亞以衝鋒槍突擊來打倒敵人。

或者是就像蓮遭受到的攻擊那樣，由悄悄靠近的老大以無聲狙擊打倒對方。又或者是塔妮亞與老大的合作攻擊。有時又會由兩人一組的小組同時由左右兩邊夾擊。

六個人就是這樣在ＳＪ的戰場一路獲勝到現在。她們徹底貫徹小組間的合作，並且遵從老大的命令。

占據有利的遺跡來進行戰鬥時，甚至還同時對付攻過來的三支小隊，逼得他們必須暫時聯手作戰。

結果沒有辦法互相配合的急就章隊伍，根本就不是她們的對手。

沒想到作為中心火力的兩挺機關槍全都被拿來當成誘餌——

每一支小隊在被全滅前都沒有注意到這個事實。

「那麼，準備收尾吧！西南西方向，蘇菲組移動。羅莎組支援。」

五個人為了把狩獵做個了結而開始移動。

接到支援命令的機槍手與狙擊手，隨即不斷朝著對方所在的方向開火。藉由在四周散布大量的彈道預測線與子彈來限制對方的行動。

這段期間，移動小組則開始進擊。他們會確保有利的位置，這個戰場上就是視野良好的岩石上方。

率先登上巨大岩石的冬馬，目視到100多公尺的對面，有一道粉紅色嬌小人影在岩石之間逃竄。

「發現了！太陽正下方，約一百公尺！」

冬馬一邊架起德拉古諾夫，一邊對伙伴做出指示。同時也開始射擊。

剛才稍微瞄到一眼的粉紅色小不點，整個人衝到一顆岩石後面。那是一顆寬約2公尺左右的小岩石，冬馬以瞄準鏡瞄準那顆岩石的左右兩側，開始在等間隔的時間下射擊。這是為了不讓對方從那裡離開的牽制射擊。

幾秒鐘之後，背著PKM的蘇菲也從後面爬了上來。確認冬馬的德拉古諾夫射擊後的著彈點……

「是那塊岩石嗎？」

「Дa！」

得到對方以俄羅斯語回答「是」的蘇菲……

「肩膀借給我！」

隨即把ＰＫＭ的槍口整個抬起來。冬馬停止用子彈所剩不多的德拉古諾夫射擊，用肩背帶把它掛在身體前方。

冬馬立刻以自由的雙手從左右兩邊抓住ＰＫＭ的兩腳架，然後把它的槍身底部放在自己的右肩上。接著整個人蹲下。

依託射擊——也就是沒有可以「倚靠」的物體，而且以兩腳架進行臥射角度太低時所使用，利用人類的射擊方式。

獲得穩定的姿勢後……

「去死吧——！」

女矮人隨即開始猛烈的射擊。

距離小不點藏身的岩石只有短短的１００多公尺。

著彈預測圓確實捕捉到岩石，最大的時候也只有膨脹到其體積的兩倍左右。

帶著重低音被發射出去的子彈，成為音速刀刃無情地降下。

「嗚哇啊啊啊啊啊啊啊啊啊啊啊啊啊！」

蓮大叫了起來。

不行了不行了終於快不行了真的不行了這下死了死定了要被射死了死了死了！

今天雖然已經被機關槍射擊過好幾次了，但是都沒有現在這麼恐怖。

自己背後的岩石，就重量來說至少也有數百公斤，但這塊狀物現在卻不停地搖晃著。它的背面傳來持續被刨開的討厭聲音。

另外四周也有無數彈道預測線與子彈飛來，在沙礫上激起許多水柱，不對，應該是沙柱。

此時可以聽見至今為止最為清楚的槍聲，感覺就像是在誇示距離相當近一樣。而且左右兩側上方都響徹著子彈撕裂空氣的聲音。

可以逃得了嗎……？

要到距離敵人較遠的下一顆岩石大約有20公尺。再前面則有比現在更多的岩石聚集在一起，應該更容易隱藏才對，但是——

過不去啊啊啊啊！

到那裡之前的空間也不停有子彈降落。

這樣別說要到達那裡了，根本是從這個地方衝出去的瞬間就會中彈了吧。然後只要被1發子彈擊中，只剩下四成的ＨＰ絕對就會歸零。

那一直躲在這裡的話又會怎麼樣呢？

答案很簡單。就是被一定已經朝這邊逼近的其他敵方成員壓迫，不是被從側面擊中，就是被投擲電漿手榴彈，結果依然是死亡。是的，遊戲就要結束了。

想像下一個瞬間就有電漿手榴彈滾到自己腳下，然後手榴彈無情地炸裂的模樣……

「嗚嗚……」

蓮開始微微發起抖來。

同一時間——

電漿手榴彈？

她也想起自己擁有這個道具。把手放到左腰上，就發現兩個球體依然掛在那裡。

掛著的位置距離彈匣袋被擊穿的洞穴不到５公分。

電漿手榴彈雖然便宜且威力強大，但光是這樣的話實在太方便了，所以還存在著只要被子彈打中就很容易誘爆的陷阱。

所以每個人都盡量把它掛在腰部後方。因為把立刻能投擲的方便性與安全性放在天秤上衡量後，就得出了那邊是最佳位置的答案。至於從側面被擊中時的誘爆就只能認命了。

剛才的槍擊要是擊中它，就算剩餘ＨＰ全滿也會被炸死吧，蓮對自己的武運感到難以置信。

但是正因為存活下來了，才會像現在這樣嘗到如此恐怖的體驗——

在槍林彈雨之下，蓮從腰部拿下手榴彈，然後緊緊盯著這個黑色球體。

轉動上面的握把就能設定經過多少時間才爆炸，但正常的預設值是按下按鍵後三秒半鐘就會爆發。

想嘗試看看而把它按下去的話，包含HP迅速減少的時間在內，大概五秒鐘後自己就會被從SJ裡轉移出去，心情也能夠輕鬆多了吧。

「…………」

蓮的眼神變得險峻。

她像要把電漿手榴彈瞪出一個洞來一樣……

「就靠你了。」

然後按下了按鍵。

1……

經過一秒鐘。這段期間，周圍依然不停有沙礫因為著彈而揚起，岩石也還是晃動著。

2……

經過兩秒鐘，蓮隨即反手把它丟了出去。

3……

經過三秒鐘，蓮半蹲著把背部靠在岩石上，做好衝刺的準備。

「喝！」

手榴彈在岩石後面爆炸的同時，蓮也開始往前跑。

轟飛半徑2公尺內物體的爆炸，雖然讓沉重的岩石產生劇烈搖晃，但是還不足以把它破壞掉。

但那個時候在空中的子彈，全部受到了衝擊。被往上或者往旁邊彈開的它們改變了前進的方向——

往前衝刺的蓮讓爆炸變成守護她背後的盾牌。

「什麼！」

蘇菲因為太過驚訝而停止了射擊。

成為機關槍發射台的冬馬也清楚地看見了。

岩石前方產生藍白色爆炸，而爆炸也扭曲了曳光彈前進的方向。粉紅色小不點也在同一時間逃了出去。

蘇菲雖然一邊把瞄準點稍微上移一邊再次大量射擊，但是子彈卻只是差點要擊中小不點的腳邊——

「可惡！速度真快！」

被她逃到距離20公尺的岩石後面去了。蘇菲立刻停止射擊……

「被她用爆炸當作盾牌逃走了！敵人往更西邊移動！接下來的岩石密度相當高！大家要注意！」

「了解！因為爆炸而很清楚敵人的位置了。她在距離我們東北方40公尺左右的地方。開始追擊。」

老大立刻有所回應。

「了解！重新裝填完子彈後也會趕過去！」

蘇菲從冬馬肩膀上把PKM放下來後，就把子彈應該剩下不多的彈藥箱從槍下方拆下來。

冬馬打開蘇菲的背包，拿出裝在裡面的另一個彈藥箱。

「那傢伙……很強。」

女矮人為了再次裝填子彈而一邊動著手一邊這麼說。

「真是的……最後還幫我們準備了一個這麼難搞的敵人。」

成功了成功了成功了成功了啊啊！

蓮不清楚電漿手榴彈的爆炸是不是可以當作盾牌。那是她豁出去的賭注。
但是在賭局裡獲勝的蓮先是逃進新的藏身處，現在也持續奔跑當中。
由於岩石相當多，全速奔馳的話很可能無法全部躲過，所以她已經壓抑了不少速度了。
她就這樣拚命地逃、拚命地逃——
怎麼辦呢？
蓮忽然間這麼想著。
逃走後要怎麼辦呢？
「…………」
逃走的腳步慢了下來。
蓮一邊在全是岩石的空間裡散步一邊想著。
對方還有三個人以上。實際上應該有更多人才對。
武裝有能降下槍林彈雨的7.62毫米等級機關槍兩挺，另外最少也有一把可以從600公尺處瞄準目標的自動式狙擊槍。還有一把無聲就擊中自己的謎之槍械。
至於自己則擁有就算冷靜下來也大概只有200公尺射程的P90，以及一顆電漿手榴彈再加上一把小刀。
咦？這樣說起來——

距離拉得越遠，其實對我越不利？

剛才打倒了一個人，我是怎麼贏的？為什麼能贏？

不對，至今為止也幹掉五個人了，我是在什麼狀況下獲得這樣的戰果？

「…………」

走路的腳停了下來。

很近。至今為止我打倒敵人的時候，都離對方相當近。

對喔——

「我不能逃走……」

蓮看著握在右手上的小P。

這把被塗成粉紅色的異形槍械……

「對啊小蓮！妳終於注意到了嗎！那麼！不要再從敵人身邊逃走了！由妳主動攻擊他們！應該要活用小蓮的強項，也就是敏捷性與靈活度的自我風格來戰鬥啊！我會一直跟著妳！我會與妳生死與共！」

感覺正這樣開朗地對自己搭話——

但蓮實在不想成為能和槍械交心的危險女人，所以……

「不可能啦。」

就決定把它當成只是自己想太多了。

「那麼，讓我們在這裡解決她吧！」

老大鼓舞伙伴後……

「跟我來！」

就率先站在前頭，開始朝粉紅色小不點應該藏身其中的地點突擊。

隊長不冒險犯難的話，就沒有部下會追隨自己。她很清楚這一點。

發生爆炸的岩石旁邊，可以看見敵人在沙礫上留下清楚的足跡。老大把Vintorez架在腰間，以小跑步且帶著最大等級的緊張與警戒開始突擊。

她的後面，大概隔了5公尺處跟著輕鬆抱著ＰＫＭ的大媽羅莎，以及使用德拉古諾夫的金髮太陽眼鏡女安娜。

三個人當中只有一個人快速移動著。其他兩個人則是擺出射擊姿勢警戒著周圍。然後又會互相交換負責的工作來繼續移動。

這是雖然有一個人可能會被擊中，但是剩下來的兩個人可以確實幹掉對方的布陣。當然打頭陣的人是老大。三個人之間已經不需要言語，直接就能重複極有默契的合作。

在哪裡？快出來吧！

老大原本就相當險峻的臉龐繃得更緊，看起來幾乎像野獸一樣。老實說辮子真的很不適合她。

而開始從一個岩石往下一個岩石移動的瞬間……

「什麼！」

老大就看見了。

短短10公尺前方。一顆幾乎有餐桌高的小岩石上，一名從頭巾到服裝全都是粉紅色的小不點坐在上面看著這邊。

手上拿著的P90，瞄準的對象不是自己。應該說她根本沒擺出射擊姿勢。

接著粉紅色的小不點就笑了起來。那是看見等待已久的朋友般高興的笑容。

老大瞄準她的瞬間……

「在找我嗎？」

對方很輕鬆地對老大搭話，結果讓她慢了一下子才扣下扳機，以時間來說的話大概是半秒左右吧。

「是啊！」

老大一邊這麼回答一邊迅速用Vintorez開火……

「啊哈哈！」

小不點也同時往後倒。

無聲的子彈就這樣通過原本是小不點的胸口，在她往後倒後就變成兩腿之間的空間。

「臭傢伙！」

一邊叫一邊衝過老大身邊的，是追上來的羅莎。架在腰間的ＰＫＭ機關槍也豪邁地開火。開始傳出了渾厚的重低音。

如果是這把可以連續射擊１００發子彈的槍械，就算邊追趕邊全力射擊，也只要將近十秒鐘就可以把所有子彈全發射出去。

「喔啦啊啊啊啊啊啊啊啊啊啊！」

隨著不輸給槍聲的吼叫，羅莎像用水管撒水般一邊把子彈掃出去，一邊發出巨大腳步聲往岩石的方向突擊。

擺出德拉古諾夫的安娜則跟在她後面……

「老大從左邊！」

然後邊這麼說邊往右邊散開。

羅莎是中央，安娜從右邊，老大則是由左側。

這是三個人邊繞過這塊岩石邊包圍對方，然後一口氣把她解決掉的戰術。

這時候用這種戰術絕對不是什麼錯誤，但是——

「快停住！」

老大這麼大叫。

「要上嘍！」

往後一翻下了岩石的蓮，以雙腳穩穩著地後，隨即再次往上跳。

蓮並沒有逃走。

她已經知道了。在這種距離下露出背部，就只會變成標靶。

她不會轉身逃走了。那該怎麼辦呢？

主動靠近對方！

蓮輕輕跳上剛才還坐著的岩石。接著又用擁有的最大力量來跳躍。這是用上所有敏捷性，使盡渾身解數的大跳躍。

在空中飛行的蓮，看見了位在自己下方的三名敵人。

中間是一邊發射機關槍一邊猛衝過來的中年女性。

她的左邊是拿著細長狙擊槍的金髮太陽眼鏡女。

而右側則是似乎叫著什麼的壯碩女性。她也就是剛才與自己四目相對的女人。

蓮開始選擇獵物。

那麼，要先射擊哪一個人呢？

老大以及安娜都看見了。

拚命射擊的機槍手，以及從上方發出的紅線已經包圍她的四周。下一個瞬間就揚起許多沙柱，底下的人身上出現許多閃亮的著彈特效。

「嗚！」

ＰＫＭ的射擊停了下來，它的主人也倒到地上。

粉紅色小不點從空中降到癱軟的羅莎身邊。

「臭傢伙！」「可惡！」

安娜和老大同時把槍口朝小不點移去——

差一點就要扣下扳機了。

如果直接開火的話，她們的子彈一定會射中伙伴吧。

粉紅色小不點漂亮地在兩人之間的正中央著地，下一個瞬間就靈巧地往前滾。

差不多該去死了吧！

安娜把細長的德拉古諾夫往左揮，瞄準從滾動站起身子的粉紅小不點不停地連射。

結果子彈都從為了逃亡而往前跑的目標頭上飛過去。

好快！好小！

明明是不到10公尺的距離，但是卻打不中對方。

絕對要在這裡幹掉她！

如此想的安娜持續著連射，結果沒注意到粉紅色小不點大大地揮動了左臂。

也沒注意到她的腳下滾來了一顆黑色球體。

「快逃啊！」

最後可以聽見老大這樣的聲音。

蓮感受著背後爆炸產生的衝擊，然後一邊全力奔跑一邊從右腿上的彈匣袋抽出新的P90彈匣來進行更換。

雖然沒有時間把拆下來的彈匣收回袋子裡，直接就把還剩下20發子彈的彈匣丟掉了，但現在根本沒有空理這種事情。

這樣僅僅剩下200發子彈能射擊了。

也沒有時間能確認戰果。

丟出去的電漿手榴彈滾到狙擊手腳邊了，所以應該能夠幹掉她，但機槍手應該沒有陣亡。

蓮也看見從空中發射的子彈有不少都沒有命中目標。

像是要證明她的預測正確一樣，一大群彈道預測線追上來並超越了她。

還沒時間躲到岩石後面子彈就直接降下，左腳踝傳來一陣鈍重的疼痛，蓮直接猛烈地滾落到地上。

全力奔馳中的跌倒只能夠用淒慘來形容。

「嗚哇啊啊啊啊啊啊啊啊啊啊啊啊。」

就像墜落的飛機一樣，蓮一邊捲起沙塵一邊打滾著往前衝——

最後頭與背部猛烈地撞上一顆岩石。

「咕噗！」

在雙腳往前伸直的姿勢下，她終於停止滾動了。

塵埃慢慢落定……

「啊～」

蓮看見了。

首先是自己的ＨＰ。現在已經減少到三成以下，終於進入紅色區域了。

再來就是空空的雙手。以肩背帶掛著的愛槍已經不在手裡了。蓮立刻藉由觸感注意到，槍跑到自己背上去了。它在滾動中脫手，現在變成在自己身體後方。

最後則是敵人。在前方30公尺左右的岩石上，有一名身上到處是著彈特效，而且露出鬼一樣表情的大媽站在那裡。她把沉重的機槍扛在肩上，從槍口產生的彈道預測線正延伸到自己的臉、頭、手臂以及腳上。

也難怪她會這麼生氣啦。

兩名伙伴被殺害，身上還被轟出這麼多洞，怎麼可能會不生氣呢？

蓮已經沒有餘力拿出背後的P90來瞄準對方了。

甚至連收起往前伸的雙腳，站起來逃亡了餘力都沒有。

子彈應該馬上就會飛過來，這就是自己的死亡嗎？這就是在SJ看見的最後光景嗎？這麼想的蓮茫然看著眼前的景象。

這時她才注意到，大媽背上的背包，左右各掛著3顆，總共有六顆的電漿手榴彈。

剛才的射擊要是擊中任何一顆就好了！

蓮雖然如此感嘆著自己的霉運，但——

啊，要是這樣的話自己也會被捲進連鎖爆炸裡陣亡。

於是蓮便重新認為自己還是很幸運。接著又覺得死之前想這種事情真是太諷刺了。

下一個瞬間，飛過來的不是子彈……

「妳很努力了！小不點！」

而是這樣的一句話。

看來機關槍大媽最後是想讓自己聽聽她的演講。

好啊，我會聽喔。

這段時間，不知道是幾秒還是幾十秒——自己的生命都還能延續下去。說不定會有拿出P90的空檔。

「那麼，去死吧！」

只有短短的三秒而已。

可以再多說一點話啊。把妳內心的想法一股腦全說給我聽啊。

蓮一邊這麼想，一邊茫然看著接下來要動手殺掉自己的人臉上的表情。

那個人忽然就爆炸了。

所有人都看見了。

抱著機關槍的人，被好幾重藍白色光芒包圍的景象。

蓮就不用說了，連在斜下方的老大也看見了。

另外在距離40公尺左右外的岩石上，為了援護伙伴而架著德拉古諾夫的冬馬和拿著PKM的蘇菲也一樣。

然後——

位於最遠距離的另一個人也見到了。

在猛烈的爆炸聲響徹整個世界當中——

最先了解究竟發生什麼事的人就是蓮。

那是腰部的電漿手榴彈的爆炸以及誘爆。

能想得到的理由只有一個。

蓮把手放在左耳上，再次啟動那個道具。

然後如此問道：

「現在才開始加入嗎，M先生？」

她立刻就聽見了回答。

「最後一戰當然要來湊熱鬧啦。」

SECT.13

第十三章　死門

看見伙伴在爆炸當中消失的老大，巨大身軀被爆炸的餘波轟飛了出去。

羅莎的腰間掛了六顆電漿手榴彈，倒楣的是因為最初的爆炸而被吹飛的一顆在靠近自己時也跟著爆炸。讓她連躲都來不及躲就受到了傷害。巨大身軀被轟飛3公尺左右，一屁股跌坐在沙礫裡才停了下來。

「可惡！一般人會把隊長當成誘餌嗎！」

對於完全被對方騙過一事咒罵了一聲後，老大立刻站起身子，確認自己受到的傷害。

HP還剩下六成。這樣應該還沒問題。

但是——

「嗚！」

還有更嚴重的傷害。愛槍Vintorez不在她手裡了。

塔妮亞和老大因為經常進行近身戰，所以希望能夠自由地運用槍械，因此並沒有使用肩背帶。

結果這次卻造成了反效果，槍械被爆炸的旋風給吹走了。

在周圍尋找一下當然可以找得到，但根本沒有這種時間。

老大毫不猶豫地從右腰的槍套裡抽出黑色手槍。

那是有著平面外表的自動式手槍。依然是俄羅斯製，由Arsenal Firearms公司出品的9毫米手槍「Strizh」。Strizh是俄文「雨燕」的意思，外銷的版本被稱為「Strike One」。

老大一邊用右手握著彈匣裡儲存了17發子彈的手槍，一邊對還生存的兩名隊員做出指示：

「西北方有一名狙擊手！別爬到岩石上！」

從機槍手蘇菲那裡……

「了解！我正往那裡前進！」

而使用德拉古諾夫的冬馬那裡……

「我也讓對方開火了！」

各自傳來這樣的回答。

這就表示爆炸後她依然故意持續在岩石上暴露自己的身形，藉此誘使對方狙擊。然後雖然受到了狙擊，目前總算勉強是活了下來。

「預測線是從北方過來！距離最少也有兩百公尺！」

身為狙擊手的她，一掌握到彈道預測線，就認為是有利的情報而把它傳遞給老大。

「好！所有人一起幹掉小不點！包圍她！」

「抱歉，蓮。沒能把狙擊手解決掉。」

「沒關係啦！」

蓮一邊回答M一邊站了起來。她拉著肩背帶，把P90移回身體前方。

現在沒時間悠閒地聊天了。眼前30公尺處的岩石後面還有一個敵人，而且應該正朝著這邊前進。因為如果是自己的話也會這麼做。

蓮無視旁邊的兩個人，直接往前跑去。

在做出有可能會和敵人碰個正著的覺悟後，依然朝著該處猛衝。視界裡的岩石像在飛一樣往後方流去，結果從一顆岩石後面出現的是……

「嗚喔喔喔喔喔喔喔喔喔！」

以大叫的表情將手槍對準自己的高大女性。

蓮一邊扣下P90的扳機一邊開始突擊。藉由靠近而從底下避開敵人的射擊。

雖然看見自己發射的子彈擊中壯碩女性的腳，但敵人沒有軟弱到會因此馬上跌倒。

這樣的話，就算會劇烈撞到對方也要拚命發射子彈！

鑽過子彈朝對方猛衝過去的蓮……

「少瞧不起人了！」

看見壯碩的女性抬起粗壯的長腿。然後腿就像是圓木一樣往自己橫掃過來。

「咕呀！」

蓮一邊發出細微的悲鳴一邊被踢飛了出去。在空中飛行的途中——

只有這個死都不能放手！

蓮把所有的力量都用在握緊Ｐ９０上面。

接著在空中飛舞的嬌小身體……

「咕噗！」

就落到一顆岩石上。

蓮從背部落到一顆高２公尺的平坦大岩石上。究竟被踢飛了多遠的距離呢？

「嗚嘎……」

雖然沒有劇烈的痛楚，但是背部被人重重一推的感覺，讓她掙扎了整整兩秒的時間。

好不容易想要站起來的蓮，右臂……

啪嚓。

被粗壯的腳給踏住了。

跑到岩石上來的壯碩女性，還殘留著著彈特效的粗壯右腳——

把她的手臂連同Ｐ９０一起踩住。

蓮的手臂與Ｐ９０在她的肚子上就像是被老虎鉗固定住。她的右手完全無法動彈，而且肚子感到很不舒服。就像吃太飽了一樣。

「看妳幹了什麼好事啊啊啊！」

由於是逆光，所以蓮看不見如此大吼的高大女性臉上有什麼表情，但是——

看不見真是太好了一定很恐怖吧可能像阿修羅那樣吧。

她也得以冷靜地這麼想著。

「最後一擊了！」

高大女性的右臂朝向自己。

她的手上握著黑色手槍。可以看見從那裡射出紅色預測線，直接對準了自己左胸，也就是心臟的位置。

噠噠噠。

無情的高速三連射。

不用射這麼多子彈，只要1發自己就死定了。這樣太浪費子彈了。

蓮一邊這麼想，一邊感受著搖晃身體的衝擊。

然後也感覺沒有想像中那麼痛。

明明是對心臟的射擊，卻像是胸口被人咚咚咚敲了三下而已。是因為一開始的1發就死亡了，所以疼痛的再現也消失了嗎？

結果不是這樣。

看了ＨＰ條後，發現雖然是紅色，但是和剛才一樣還殘留著。明明被擊中3發子彈，卻完全沒有減少。話說回來，也沒看見紅色著彈特效。

為什麼？

「啊？」

敵人似乎比自己還要驚訝……

噠、噠、噠、噠。

這次則是緩緩地對胸口4連射。滑套迅速往返，蓮每次都能清楚看見空彈殼飛出來的閃爍光芒。

而她依然沒有死亡。

「這傢伙是不死身嗎？開外掛？」

我怎麼可能做這種事。

蓮雖然想回答對方的問題——

但在那之前就注意到了。她回想起自己戰鬥服左胸的口袋裡裝了什麼東西。

那是衛星掃描接收器——也就是無法破壞的物體。

「可惡！是護具嗎！」

不是啦，妳猜錯了，不過就結果來說是同樣的功效。

彈道預測線從胸口往上升。當它瞄準右眼時，世界就變成一片鮮紅。

「那麼──」

「哇啊！」

蓮把脖子往左邊扭。擦過右耳的9毫米彈直接貫穿她背後的岩石。

預測線再次照過來。這次她換成往右邊扭。左耳近處立刻聽見著彈聲。

接著高大的女性就把手槍靠過來。在距離蓮額頭僅僅20公分的地方。

雖然避開2發子彈，接下來就不可能了。

蓮今天不知道是第幾次的死亡覺悟……

「什麼──！可惡！」

就隨著高大女性焦急的發言與消失的彈道預測線再次消滅。

對準自己的手槍，其滑套退到後面後就停在那裡了。

世界上所有的自動式手槍變成這樣時，就表示發生了一種共同的現象。也就是卡彈或者是沒有子彈了。

這個時候應該是後者。高大女性發射太多子彈了。

習慣逆光之後，蓮已經可以看見高大女性的身體。她依然以右腳踩住自己，一邊用右手退下空彈匣，左手一邊往左腿旁邊的彈匣袋伸去。

一看就知道她準備拿出手槍的預備彈匣來重新裝填，要是讓她這麼做，這次絕對會有10發子彈由上朝自己的臉降下。

嗯。別想成功。

但是，我該怎麼辦？能夠做什麼？

蓮使用了現在還能用的武器。

她移動目前唯一還自由的左臂，從左腿的彈匣袋裡迅速拔出P90長長的彈匣……

「喝啊！」

隨著喊叫聲用力把它丟了出去。

裝滿子彈的沉重彈匣撞到高大女性的左手……

「什麼！」

原本在她手上的手槍用彈匣就被彈飛到岩石底下去了。

「再來一根！」

蓮抽出第二根彈匣後，這次換成往高大女性的臉丟去。長長的彈匣橫向撞上了她的眼睛……

「呀！」

結果對方就發出讓人想起操縱角色的玩家是名女性的可愛悲鳴。

這時她總算放鬆了右腳的力道。蓮像要以右手把對方甩開一樣使盡全身的力量，巨大的身軀立刻產生搖晃並往後倒——

「嗚！」

但腳步一個踉蹌之後，對方還是穩住了身形。

蓮就趁著這個空檔往左滾動身體逃開，整個人立刻跳起來之後，就伸出右臂將P90的槍口對準在2公尺前方的高大女性……

「喝啊！」

然後在全自動射擊模式下把所有子彈發射出去。

啪啦啦啦啦啦啦啦啦啦啦啦啦啦啦啦。

殘留在彈匣裡的十幾發子彈一口氣隨著火焰飛了出去。

當中只有一開始的5發擊中對方。它們分別擊中高大女性的左臂與左手。

「啥？」

蓮傻眼了。

作夢都沒想到對方是會採取這種行動的人。

這名高大的女性知道躲不開後，就自己衝過來。然後還把左臂伸向P90的槍口。

接著在遭受攻擊的情況下，緊握住噴火的槍身前端，強行把射線往身體的左邊錯開。P90雖然持續開火，但是剩下來的子彈全都轟進岩石底下的地面。

一顆岩石上方，伸直右臂拿著P90的蓮，以及用左手握住其前端的高大女性——就保持這樣的姿勢僵在那裡。

「一……一點都不痛嗎？」

蓮忍不住這麼問道。就算不像真的中槍那麼痛，但左臂上開了那麼多孔，感覺應該很不舒服才對。

左臂和左手因為著彈特效而變得一片通紅的高大女性……

「哎呀～一個興奮就全忽略了。不過，完全無法使力喲。」

有著一張粗獷臉孔的她，以女性化的口氣這麼回答。緊接著……

「小不點，妳叫什麼名字？」

「蓮——那妳呢？」

「伊娃——不過大家都叫我老大。」

蓮為了把P90從高大女性手中抽走而開始在右手上用力。

老大則為了不讓她這麼做而持續用應該已經麻痺的左手握著P90。如果沒有中彈，P90應該早就被她搶走了。

互相施力對抗的兩個人，身體不停地微微搖晃著。她們為了取得平衡而移動腳步，看起來就像在跳舞一樣持續交換著位置。

蓮雖然試著把左臂朝著右腿伸去，但是卻碰不到彈匣袋。就算可以抽出放在那裡的彈匣，也不知道能不能把它換到Ｐ９０上。

「看來妳沒子彈了。」

老大露出凶惡的笑容。

蓮一邊想著自己這時候不知道是什麼表情……

「妳不也一樣。」

一邊回答右手拿著沒有子彈的手槍，而且無法使用左手來更換彈匣的對手。

直接讓時間這樣經過的話，等老大的左手力量恢復了，不利的只會是自己。

蓮剛這麼想的瞬間，就發生對她來說更加不利的事情。

「老大！」

視界的右端，距離20公尺左右的岩石上，出現了拿著機關槍的女性。

體形寬大的女性，把ＰＫＭ架在腰間……

「可惡！」

但是沒有射擊。應該說無法射擊。因為一看就知道，現在用這把槍開火的話，一定也會擊中老大。

「別管我，快點射擊！」

老大這麼大叫。

女性似乎因此而下定把敵人連同伙伴一起打倒的決心，但是為了盡量瞄準目標，只見她把機槍從腰間的位置抬了起來。

而靠到肩膀上進行瞄準這個不到兩秒鐘的動作，就成了她的空隙。

蓮看見了。

對準自己，不對，應該說對準自己與老大的機關槍右側面爆出了很大的火花。

先是傳出「喀叮」一聲穿透金屬的巨大聲音，接著機槍的槍口方向就被強行移往左邊。

這絕對是M的無彈道預測線狙擊。

第2發子彈飛過來，命中了腳步不穩的女性右側腹，造成了閃亮的著彈特效。

「嗚！」

整個人跪了下去，再也無法移動，只能成為第3發子彈標靶的女人，將右手朝著腰間的槍套伸去。

那把與老大相同的Strizh，原本是塔妮亞使用的手槍——

她只抽出上面的彈匣……

「用它吧！」

然後用盡最後的力氣把它丟了出去。

小小的彈匣從她手上離開的同時，M發射出來的子彈也貫穿了她的頭部。

失去力量的身體與機槍隨即滾落到岩石底下。接著亮起「Dead」的標誌。

被丟過來的彈匣一邊微微旋轉一邊在空中前進，在絕佳的控制下朝兩個人對峙的方向飛過來。

蓮看著彈匣——

用左手抓住它，然後放進手槍裡再瞄準我要花幾秒的時間？不對，應該說零點幾秒的時間？

並且這麼想著。因為眼前的老大絕對會這麼做。

這同時也是她的機會。只要她的左手一離開，這邊也立刻換成左手持P90，然後用右手抽出右腿上的彈匣來交換——

這樣的話，就是比誰的動作快了。

但是蓮對自己鍛鍊出來的敏捷性與靈巧度，以及練習過無數次的更換彈匣很有信心。

沒問題！可以獲勝！

她一邊這麼想，一邊為了隨時對應老大放開左手而不停在右臂上施加力量……

「沒那麼容易喲，小不點。」

眼前的對手咧嘴一笑後，就感覺到她逐漸從麻痺中恢復過來的左手更加用力了——

不會吧？

考慮到老大可能要做的事，蓮就懷疑起她是不是瘋了。怎麼可能辦到那種事。

彈匣從空中飛過來了。

老大把右手上手槍的底部朝向彈匣飛過來的方向。然後緩緩扭動——

不會吧？怎麼可能？

一邊旋轉一邊飛過來的彈匣，就被老大配合旋轉扭動的手槍——

太誇張了！

啪嚓一聲漂亮地吸進去了。

老大的大拇指撥下滑套卡榫，滑套就在緊咬著子彈的情況下往原處滑動。

蓮一邊看著這一切，一邊想著這些傢伙在現實世界究竟是何方神聖。

從她們漂亮地展現了雜耍技藝這一點來看——

蓮只能想到街頭藝人，接著腦袋裡就浮現「既然看了表演，就必須付點錢才是觀眾應有的禮貌」這種現在一點用都沒有的知識。

老大的左手終於放開Ｐ９０。

自己拉著P90的身體直接往後倒去。老大的右手同時有所動作，將槍口朝向自己的腹部。

「妳……」

世界以及老大的嘴巴……

「去……」

看起來……

「死……」

都變得相當緩慢。

「吧！」

啊～這次真的不行了真的死定了雖然不知道是今天第幾次了但終於撐不下去了要結束了。

這麼想的蓮……

「別放棄啊！由我來守護小蓮！」

感覺好像聽見某個人的聲音。

不對，應該說清楚聽見了。

老大就對著眼前嬌小身體的腹部拚命扣動Strizh的扳機。

她已經不再留情了。

這次不是對準胸口，而是毫不猶豫地把16發子彈全轟進腹部。除了一陣簡直像衝鋒槍一般的連續槍聲外，空彈殼也在極短的間隔內在空中閃閃發亮。

「怎麼樣啊！」

老大這次終於確定自己獲勝了。

粉紅色小不點在射擊的煙硝當中消失不見。

但她還是沒有掉以輕心，直接讓射光的彈匣掉到地面上，左手抽出剛才沒能拔出來的預備彈匣並準備將其插進Strizh裡。

「咦？」

一道緩緩移動的人影讓她停止動作。

「竟然敢——」

粉紅色小不點還活著。

明明朝她的「腹部」開了那麼多槍了。

「竟然敢——」

老大一邊聽著宛如從地獄底端湧出來的聲音……

「竟然敢────」

一邊看見了那一幕。

尚未死亡的對手，手裡抱著那個東西，也就是變成破銅爛鐵的粉紅色P90。

然後也聽見了她的怒吼。

「把小P毀了────！」

實在聽不懂她的意思。

蓮忍不住這麼想。

為什麼，我會把小P當成盾牌呢？

SJ裡沒有武器的死亡掉寶，所以不會出現失去愛槍的情形，但凡事總有例外。

雖然很少發生這樣的情形，但是在戰鬥當中受到太大的傷害，就會超過那把槍所擁有的耐久值，讓它陷入無法修復的狀態──也就是失去這把槍了。

即使知道、了解這一點，我還是把它當成盾牌了。

為了不死亡，為了在大賽裡獲勝。

然後自己暫時存活下來了。

但是小P卻死了。

「竟然敢竟然敢竟然敢────」

嗯，我要狠狠幹掉眼前這個傢伙。

「把小P毀了────────！」

老大在氣勢上輸給以布滿血絲的雙眼瞪著自己的小不點後，正在把彈匣裝進Strizh裡的手停了下來。

P90的殘骸紛紛散落在岩石上……

「原來如此……妳用那個來抵擋嗎？太厲害了！」

老大老實地說出內心的讚嘆。

接著把彈匣完全裝進去並關閉滑套。

就算被稱讚也一點都不高興，嗯，我要殺了這個傢伙。

那一天──

香蓮拚命壓抑下想用槍械幹掉那群可愛高中生的殺意。

現在完全不用隱瞞了。反而可以大開殺戒。

蓮一邊這麼想，一邊看見老大已經完成射擊準備的模樣。

然後開始有了這樣的想法。

雖然沒有武器，但是用咬的也要打倒妳。要咬那個老大的什麼部位，才能讓ＨＰ減少呢？

話說回來，自己好像接受過Ｍ傳授相關的恐怖課程。

那是什麼時候的事情？

星期五嗎？

不對。是今天。而且上完課才不到兩個小時。

這時蓮才終於想起Ｍ在那個時候交給她的物品。

當老大用手槍瞄準自己頭部的瞬間……

蓮一邊瞪著彈道預測線一邊往大地踢去。

「這臭傢伙！」

面對突然往自己這邊衝過來的蓮，老大立刻用Strizh朝她射擊。

但是又小又快的蓮靈活地鑽過預測線後，竟然直接滑過自己的胯下消失在身後。

老大為了不讓Strizh被奪走而拉回身體往後轉……

「別開玩笑了！妳以為能夠逃——」

邊說就邊覺得世界看起來有點傾斜。左腳沒辦法按照自己的意思施力。至於老大本人……

「什麼——？」

則看到自己的HP迅速減少。

看了一下左腿後就了解是怎麼回事了。上面有一道細長的著彈特效——不對，不是著彈。是一道細細長長的傷痕。

被割傷了？

她立刻抬起視線，結果就看見反手拿著黑色凶惡刀刃……

「嘿呀！」

並且再次朝自己衝過來的身影。

冬馬從稍早前就一直注意著……

兩個人以岩石上方為戰場的戰鬥。

「可惡！」

她趴在僅僅距離50公尺外的岩石上，架起了德拉古諾夫狙擊槍。

但是德拉古諾夫上沒有瞄準鏡了。

瞄準鏡脫落後掉到岩石旁邊，接物鏡也因此而破碎。

剛才她為了確認敵人狙擊手的位置而從大岩石上探出身子，結果就看見了。一瞬間就瞄準自己並且射擊的身影。不知道為什麼看不見彈道預測線，卻看見了槍口的火光。

下一個瞬間，瞄準鏡的視界就變成一片黑暗。像是被槍往後推一樣從岩石上滾落後，她就知道原因了。被擊中的不是自己而是瞄準鏡，而它現在已經無法使用了。

雖然背部因為敵人射擊的高精準度與迅速的動作而湧起一股寒意，但託擊中瞄準鏡的福，自己保住了一條命。冬馬急忙把瞄準鏡以及瞄準鏡用的托腮板取下來……

「還沒完呢！」

她就在另一顆小岩石後面的低處探出頭，使用裝備在德拉古諾夫上的一般金屬瞄準器來支援老大。

當粉紅色小不點被踢飛到岩石上時，冬馬立刻瞄準了對方，但是……

「嗚！」

由於老大也衝了過去，所以她只能停止狙擊。

只要有瞄準鏡，50公尺根本是連指尖都可以轟飛的距離，但是用一般的瞄準器沒辦法做出如此精密的射擊。

於是從遠方眺望著兩人進行死鬥的冬馬就一直無法射擊。

隨便開火的話，很有可能會擊中身體大了許多的老大。

就算擊中粉紅色小不點，貫穿的子彈也可能會給老大帶來傷害。

由於不能讓彈道預測線造成阻礙，所以冬馬的手指一直離開扳機，當然著彈預測圓也從她的視界裡消失了。

於是只能在旁邊看著戰鬥的瞬間就這樣一直持續下去——

但是看見老大從伙伴那裡接過彈匣，然後手槍朝粉紅色小不點連續猛射的時候，冬馬就確信自己的小隊獲得了勝利。

她殘存的HP已經不足以承受近距離下被人連續射擊了吧。

但是——

「為……為什麼？那傢伙是殭屍嗎——！」

看見再次動起來的粉紅色小不點後，冬馬打從心裡感到害怕。

「噠啊啊啊！」

面對衝過來的蓮……

「別開玩笑了！」

老大開始射擊，但是又沒能命中目標。

蓮像要閃開拳頭般迅速側身，又衝進自己胯下到另一邊去。老大腿部內側的大腿動脈就這樣被割傷了。

「嗚！」

這次換成右腿受傷，ＨＰ也再次減少。終於進入黃色區域。

互砍嗎！

老大理解這場戰鬥的本質了。

自己雖然拿著槍，但這已經不是用槍的戰鬥了。

腦袋裡閃過第三屆ＢｏＢ的轉播畫面。當時在接近最後的死鬥時，不知道為什麼也變成劍與劍的戰鬥。

在眼前揮舞小刀的粉紅色小不點，可以看得見自己手上Strizh的彈道預測線。只要知道子彈會飛到這裡，就把這條線當成砍擊然後逃開就可以了。

而對方在敏捷性上遙遙領先自己。

高大的自己揮舞著長劍，朝自己進攻的敵人則拿著攻擊範圍雖短，但是看不見要攻擊何處的小刀。

這樣的話！

老大一邊轉身，一邊改變戰術。

第二次鑽過胯下的蓮……

再來一擊！不對，再來幾擊都沒問題！

一邊轉過身子，一邊看著老大右手上手槍延伸出來的彈道預測線。

只要躲過那個就可以了。

只要那個不碰到身體，我就不會被擊中。

一路進行死鬥到現在的蓮，心裡已經沒有猶豫了。

我要幫小P報仇雪恨。

內心只有這樣的念頭，讓蓮把右手的小刀舉在頭部前方並開始第三次的突擊……

咦？

她看見老大改變了手槍的拿法。

右手放開握把，改用左手握住前方的槍管。

「嗚啦啊！」

然後直接朝著自己揮舞。

這是把手槍當成榔頭的毆打攻擊。

既然已經開始突擊就停不下來了。不到最後一刻，都看不出沒有彈道預測線的毆打攻擊究竟會從何處過來。

當蓮知道那是瞄準自己右手的時候，已經來不及放下手臂或者把它縮回來了——

小刀被彈走的話，一切就完了。

蓮全力張開右手。

老大的手槍毆打擊中蓮的右手手腕——

傳出「喀嘰」一聲擊中骨頭的刺耳聲音。蓮的右臂整個被轟向外側。

系統認定是足以造成骨折的傷害，於是從手腕出現閃亮的著彈特效，蓮的ＨＰ也迅速下降。最後只剩下一成左右。

把刀子彈開了！

這麼想的老大看見了。

那把小刀就浮在自己與蓮之間的空間。

而蓮的左手朝該處伸去，並且緊握住刀把。

原來如此，在被毆打之前，先自己放開刀子嗎！

老大腦袋裡浮現讚賞對方的心情……

「哈哈！」

自然就發出了笑聲。

蓮確實反手抓住小刀後，當場輕輕跳了起來。

然後從左到右——

「喝啊！」

橫向撕裂了承載著笑容的粗壯脖子。

蓮著地的同時，巨大身軀也向後倒下並且出現閃亮的「Dead」標籤。

「可惡啊！」

冬馬已經沒有任何猶豫的理由了。

她從岩石上撐起上半身，手指放在德拉古諾夫的扳機上，讓著彈預測圓出現在眼前，當小不點的身體完全在裡面時……

「去死吧。」

她就扣下了扳機。

「快趴下！」

衝進左耳的吼叫聲——

讓蓮在思考前身體就有了動作。

德拉古諾夫的子彈發出低吼，從蓮完全貼在岩石上的身體上方僅僅10公分的空間經過……

「嗚咿！」

蓮發出了悲鳴。

聽見德拉古諾夫槍聲的下一刻……

「在這邊喔！敵人小姐！」

就聽見這樣的聲音，以及「咚磅咚磅咚磅」的連續三聲劇烈槍響。蓮只轉過臉龐，朝著傳出槍聲的方向看去。

「咦，M先生？」

M這時光明正大地站在大約150公尺對面的高大岩石上。雖然只能看見一點點，但那副巨大身軀與迷彩服絕對是M沒有錯。

「喂喂，M先生！快躲起來！死掉的話——你真的會死吧？」

但是M沒有回答蓮的話。

「有膽量！」

冬馬站了起來。

把虎牙與德拉古諾夫對準現出身形來向自己挑釁的高大男人，著彈預測圓立刻補捉到對方龐大的腹部。

兩名狙擊手……

在短短200公尺這樣的距離下互瞪……

各自架著自己的槍並且同時開火。

子彈在空中急速接近，接著擦身而過——

最後各自命中對方的腹部。

兩副身軀都從岩石上掉下去。

蓮清楚地看見較大的身體往下落的景象。

一邊聽著花俏的號角聲……

「CONGRATULATIONS！WINNER LM！」

蓮跑向閃爍著這些巨大文字的天空底下。

往M原本的所在地猛衝，然後趕往他被擊中後落下的地點附近……

「啊啊！」

看見了M整個趴在地上的巨大身軀……

「M先——嗚哇啊啊啊啊啊啊啊啊啊啊啊啊啊！」

目擊到他的脖子往後轉了一百八十度，蓮立刻發出驚人的吼叫聲。

M的臉竟然在有背包的這一面。

而他的眼睛還狠狠地往這邊一看……

「咿呀啊啊啊啊啊啊啊啊啊啊啊！」

蓮差點以為自己要因為過度驚嚇而死亡。

「別這樣大叫啦，到底是怎麼了？」

「呀啊啊啊！說話了！妖怪啊啊啊啊啊啊啊啊啊啊啊啊！」

「誰是妖怪？」

「M先生變成妖怪了——————！」

「妳在說什麼啊？」

M從背部這一邊挺起身子……

「呀啊啊啊啊——咦？」

大叫到一半，蓮才終於發現某個事實。M的臉和手腳的方向並沒有什麼奇怪的地方。

奇怪的是背包的方向。M不是背在背上而是把它維持在腹部的位置，背包的中央可以看見小小的著彈孔。

「什……什麼嘛……原來是用這個當作盾牌嗎……」

在華麗的號角聲作為背景音樂下，蓮無力地這麼呢喃……

「因為我……絕對不想死……」

M以嚴肅的臉孔細聲說出這樣一句話。

比賽時間：一小時二十八分。

第一屆Squad Jam結束。

優勝隊伍：「LM」。

大會總開槍數：49,810發。

SECT.14

第十四章　後日談

蓮和M在被光線包圍後，就被傳送到一開始的待機區域。

狹小的空間裡閃爍著「優勝者！」這樣的閃亮文字。另外還並排著小隊全滅或者投降的時間等比賽結果。

最上面的當然是自己的小隊「LM」。

下方則是「SHINC」這支隊伍。SHINC？蓮雖然不清楚意思，但對方確實是很恐怖的敵人。

再下方是——

蓮停止追蹤接下去的結果，改為看著自己的模樣。

到剛才為止都沾滿沙塵的戰鬥服變得潔白如新，掉落的針織帽也已經好好地放在腳邊。

但是……

「小P……」

被認為完全損毀的愛槍則是到處都看不到蹤影。可能是被判斷沒有任何可以使用的零件吧，甚至連碎片都沒有看到。

「Bye Bye……」

在如此呢喃的蓮右邊……

「唉……」

高大男性一邊嘆息一邊重重坐了下來。雖然實際上沒有出現這種情形，但是蓮感覺地面似乎在搖動。

「辛苦了，M先生。你活下來了。」

「嗯……是啊……」

M邊脫下闊邊帽邊抬起頭來。

剛碰面時那像是棕熊般的嚴肅面容，在現在的蓮眼裡卻像是熊布偶。

M以左手叫出視窗後，幾乎一口氣解除了所有的裝備。幹掉好幾個人的M14・EBR，以及擋下許多子彈的背包，還有射擊蓮的HK45都依序消失了。

最後剩下來的只有下半身的戰鬥服以及身穿T恤的肌肉男。

蓮也學著他，先實體化並穿上斗篷，然後一起解除裝備再換上綠色服裝。

眼前的空間裡有巨大的倒數數字，可以看到數字正110、109、108這樣減少當中。而數字下方……

「Squad Jam正式結束。是否要登出？或者要回到酒場？沒有任何操作的話將回到酒場。」

則有這樣的文字。

蓮是優勝者，回到酒場去的話，一定會被看轉播的觀眾大肆吹捧並提出許多問題……
「我……已經鬧夠了，覺得好累。」
蓮選擇了登出，再來只要按下「Yes」鍵就可以了。
「小弟我也……累了……何況我也不喜歡人家的拍手喝采，今天就先下線吧。」
聽見M的回答……
「M先生在現實世界裡經常用『小弟』自稱嗎？」
「啊？嗯……老實說，在這個世界裝出那種模樣真的很累……還是做自己比較好。」
「嗯，不管你要選擇哪一種個性，總之是活下來了對吧？」
「嗯……是啊……那個，嗯……就是……」
蓮一邊看著M露出很不好意思的表情往上望著自己……
「最後為什麼要救我？」
一邊以惡作劇的心情這麼問道。
M則是這麼回答：
「因為我很安全。」
這毫不掩飾且過於直率的發言，讓蓮忍不住露出苦笑。
然後……

「就算是現實世界裡很恐怖的Pito小姐，應該也能接受這樣的結果吧！只要有好的結果，過程就不重要啦！」

蓮搶得先機這麼說完後，就露出滿臉笑容。

「希……希望是這樣……」

蓮不清楚兩人之間是什麼樣的關係，還有那張寫著「真的把你幹掉」的信到底有多認真。

雖然不清楚，但是既然像這樣存活下來了，Pitohui也就沒什麼好抱怨的了吧。這算是一個很大的收穫。

提到收穫——

「話說回來，我們得到優勝了……應該有什麼獎品吧？」

蓮回想起寫在ＳＪ規則書裡的內容。

前三名的隊伍可以獲得獎品，但不知道獎品內容是什麼。

不是像ＢｏＢ這種盛大的比賽，而且也只不過是個人贊助，所以應該沒有什麼值得期待的獎品，更何況也沒想過自己竟然能夠得到前三名，所以蓮根本沒有在意過這件事。

「啥？啊……優勝獎品嗎……」

Ｍ也像沒什麼興趣般這麼回答……

「已經存活下來了……就算沒有獎品也沒關係。」

蓮一邊往下看著似乎真的這麼想的M……

「嗯，確實沒有比這更棒的獎品了。」

然後一邊這麼說道。

「我猜測……大概會像BoB那樣，之後再寄型錄過來吧。」

「就像參加婚禮後的贈品那樣嗎？話說回來──Pito小姐現在可能也拿到什麼了喔？」

「或許吧。」

「型錄裡面，不知道有沒有P90……？」

面對知道答案還是如此呢喃的蓮……

「不論是哪一個世界──應該都沒有吧。」

M老實地這麼回答。

「說得也是……」

對話就到此結束，經過幾秒鐘的寂靜後……

「那麼，我要下線了。下次再開檢討會吧。」

「嗯……好。」

「幫我跟Pito小姐問聲好！」

蓮一邊這麼說，一邊按下「Yes」的按鍵。

＊　＊　＊

透過AmuSphere的透明零件看著天花板的香蓮，接下來感覺到的五感是——
濃郁的汗臭味。
以及自己癱在床上的重量，還有被汗水浸濕的睡衣。
「嗚哇啊啊……」
香蓮一邊發出毫無意義的聲音一邊緩緩撐起身體，同時也拿下AmuSphere……
「…………」
她看著沒有其他人的房間。
東京傍晚的天空，可能就像GGO裡面那麼紅吧。從窗簾縫隙透進些許亮光照耀著房間。
香蓮慢慢站了起來，往前走了幾步後，裝飾在客廳角落的黑色P90就映入她的眼簾……
「…………」
用手拿起它後，就保持在自己腹部前方的位置上。接著看向全身鏡。
黑色P90的面積不足以保護自己的肚子，不論是旁邊還是上面都可以看見淡黃色的睡衣露出來。

「…………」

香蓮拿起P90後……

「…………」

默默把它抵在肩膀上……

「…………」

瞄準鏡子裡那名高大的黑色長髮女性。

然後吸了一口氣……

「磅！」

隨著爆裂聲把氣吐出來。

依然以右手拿著P90的香蓮轉身來到床旁邊。蹲下來拿起放在充電座上的智慧型手機後立刻打開電源。

選出登錄其中的一個電話號碼後隨即撥打電話。

對方一接起電話……

「你好，我是小比類卷。」

她就毫不猶豫地詢問對方：

「請問明天有時間可以預約嗎？」

＊　＊　＊

「不過，到底是哪裡不行啊？」
「嗯，到底是哪裡不行啊？」
「別說一樣的話好嗎？嗯，不過呢，到底是哪裡不行啊……」
「你們幾個是笨蛋啊！講點有建設性的話好嗎。嗯——輸了就是輸了。我們就承認吧。」
「嗯，不過真的是瘋狂發射了一堆子彈呢。」
「是啊，真的很瘋狂。可以像那樣用機關槍盡情射擊真是太棒了。」
「下一次有ＳＪ的話要參加嗎？」
「要啊！」
「那還用說！」
「當然要參加啦。不過下一次希望能夠再撐久一點。因為想發射更多子彈啊。」
「同感。」
「沒有異議。」
「好！為了能獲勝，在那之前都要修行！」

「修行嗎……嗯，也沒辦法了。就努力吧。」

「哦？那要做什麼？」

「那還用說嗎？所有人一起提升筋力值啊。」

「然後呢？」

「提升到界限，然後雙手各拿一挺機關槍！不是雙槍而是雙機槍！火力將一口氣加倍喲！加倍！」

* * *

二〇二六年二月二日。星期一。已經過上午九點。

茨城縣，百里航空自衛隊基地。裡面的一個房間裡，有兩個男人正面對面看著對方。

一個人是身上航空自衛隊的制服上縫了三佐（相當於少校）的階級章，臉上帶著輕鬆表情的四十多歲男性。

他坐在椅子上，把手肘撐在桌面……

「雖然有點簡略，但今天能報告的大概就是這些了。」

聽見站在眼前的男人這麼說。

「最慢後天會提出包含所有人感想在內的報告書。」

縫著二尉（相當於中尉）的階級章，有著幹練容貌的二十多歲航空自衛官又這麼表示。

三佐不停地點著頭……

「我知道了，很期待你們的報告書。那麼——我先問問你的感想吧。你覺得如何？」

聽見三佐的問題後，二尉便精神十足地回答：

「是的。說得極端一點，就是『優點與缺點都出在它是遊戲上』。」

「這樣啊。那先聽聽看缺點吧。」

「是的。有些敵人或者敵人的動作只有在遊戲裡才可能出現，因此有許多無法直接回饋到實戰上的地方。尤其因為射擊很簡單就能擊中目標，我認為會造成不好好瞄準的壞習慣。」

「原來如此。那優點呢？」

「是的。雖然因為自己的誤判而喪失四名寶貴的部下，但是現在所有人——都在笑著。」

二尉手上拿著軍帽離開房間後，三佐就拿起桌上的電話打了起來。

向接電話的對象報上姓名後……

「您好。按照預定，我們隊上的年輕人去參加了。」

以這句話做開頭後，三佐就將剛才從二尉那裡聽來的內容簡單說明了一遍。

接著最後又加了這麼一句：

「有參考價值嗎——菊岡先生？」

＊　＊　＊

二月三日。星期二。十六點前。

東京都內某女子大學校地內……

「咦～！」

從眼前走過來的一群女高中生，其中一人看見香蓮後就這麼放聲大叫了起來。

雖然不知道名字，但全都是熟悉的臉孔。就是經常擦身而過，手上拿著運動包包，然後其中有一個人是白人的，嬌小又惹人憐愛的六名女高中生。

一個人大叫完後，其他五個人也依序傳出類似的尖叫聲，所以……

「咦？」

香蓮略感驚訝，然後也露出狐疑的表情。

在香蓮找出她們驚聲尖叫的理由之前——

六個人中的其中一個，大概是最嬌小的，把黑髮綁成辮子的女高中生小跑步靠了過來……

「那……那個！很抱歉打擾妳——」

對方抬頭看著香蓮這麼問道：

「妳……妳是經常跟我們擦身而過的那個大姊姊吧？」

在完全不知道為什麼會被搭話的情況下，香蓮就回答對方：

「咦？嗯，是啊……」

「妳把頭髮剪短了嗎？」

「啊——」

她知道理由了。

香蓮微微歪著減輕重量的脖子。變得跟蓮一樣短的黑髮輕輕搖晃了起來。

「嗯，昨天下定決心剪短了。」

剩下來的五名女高中生聚集過來後，一開始的那個就發出爆炸般的叫聲。

「真好看！好帥氣！」

「是……是嗎……？」

高大的香蓮在氣勢被嬌小的女高中生蓋過的情況下這麼回答，對方接著又說：

「之前大家每次跟妳擦身而過，就會說那個人好高，就跟模特兒一樣好看！大家都很羨慕妳，覺得妳穿什麼一定都很好看！因為我們每個人都很矮小……雖然長髮也很好看，但現在的髮型絕對比較適合大姊姊！」

「謝──謝……謝謝……」

「我……我也想長高一點！但是已經長不高了！」

「這樣啊。我呢──一直很討厭自己這麼高，不過呢，前天之後就覺得無所謂了。」

「為……為什麼可以甩開心裡的疙瘩呢？」

「嗯，呃……應該是前天有好幾次都拚死完成某些事情吧？就覺得只要不放棄，人類什麼事情都辦得到。」

「好──好厲害！」

在後面聽著對話的女高中生，「砰」一聲拍了一下綁辮子的女孩背部並說：

「太好了，老大。終於和她說到話了！」

「老大……？」

香蓮以疑惑的口氣如此反問，結果綁辮子的女高中生就露出靦腆的笑容回答：

「這個綽號很奇怪吧？這是因為我是社長。」

說完又低下頭來表示：

「我叫新渡戶咲！是附屬高中二年級的學生！我是新體操社的社長，其他人都是社員。有兩個二年級，三個一年級學生。這女孩子是在日本長大的俄羅斯人，名叫米蘭．斯德諾娃。」

五個人同聲打了符合運動選手身分的招呼，而香蓮也輕輕低下頭來。

「妳們好。我是大學一年級的小比類卷香蓮。」

「『香蓮』小姐嗎？好棒的名字。」

「謝謝。多多指教嘍，小咲。」

「謝謝妳！那個，我們得去練習才行了，下次再見到妳時，可以再跟妳說說話嗎？」

「當然了，我們經常會擦身而過對吧。」

「謝謝，那我們先走了！」

所有人再次以符合運動選手，而且不愧是新體操社的整齊動作行了個禮……

「那再見嘍。」

香蓮輕輕揮了揮手。

六個人很高興般從旁邊跑過去……

「不可能吧。」

香蓮如此呢喃著。

接著就重新轉向前方。這時掛在包包上的鑰匙圈，也就是塗成粉紅色的縮小版Ｐ９０輕輕彈跳了一下。

香蓮晃著剪短的頭髮往前走了十步左右——

就因為朝自己逼近的輕快腳步聲……

「那個……香蓮小姐。」

以及這樣的聲音而回過頭去。

一轉頭往下看，就發現新渡戶咲一個人站在自己眼前。

咲筆直地看著香蓮……

「最後可以跟妳握個手嗎？」

「咦？當然可以了——」

香蓮說完就握住咲伸出來的右手。

這個瞬間，嬌小的手忽然加強了力道。

「恭喜妳獲得優勝。但下一次我們一定會贏喲，小不點。」

聽見很高興般瞪著自己的咲這麼說——

香蓮也知道自己剛才的推測沒有錯，於是也露出滿臉笑容並回答：

「隨時放馬過來吧，猩猩女。」

接著放開手的兩個人——

「啪」一聲互相擊掌——

冬天的東京天空裡，就響徹著這悅耳的聲音。

同一天。晚上十點之後。

東京都內某處。

一片漆黑的房間裡，窗外東京的夜景正閃爍著光芒。

這時傳出女性的巨大聲音。

「啊〜！好無趣好無趣〜好無趣喔！沒辦法參加殘酷的互相殘殺真的好無趣喔！」

接著就是一道像要安慰她的年輕男性聲音。

「別這麼失望嘛，又不是GGO整個消失了……」

「達令那麼快樂地戰鬥——而且還活到最後——為什麼我沒辦法參加呢——為什麼為什麼為什麼為什麼為什麼？」

女性的聲音之間混雜著有人挨揍的聲音，每次傳出這種聲音，就能聽見男人小聲的悲鳴。

「有什麼辦法嘛……」

「為什麼？」

「咳咳！」

再次傳出的毆打聲……

就和男人劇烈嗆到的聲音重疊在一起。

「不過那個小不點真的很厲害呢……」

女性的聲音裡包含著陶醉的感情。

「一開始看見她時，從那種絲毫沒有動搖的體幹就知道她的實力了，只是沒想到竟然那麼靈巧……就是有這種『天生具有ＶＲ遊戲才能』的人。真令人羨慕。」

男人不發一言，只是聽著女性的獨白。

「而且連戰鬥的才能都開花結果了。那個女孩子果然很強。現實世界裡體格不知道怎麼樣喔？不知道是什麼樣的女孩子喔？真令人在意。很令人在意對吧？」

「…………」

沒有回答的男人又被揍了幾拳。

「咳咳。喀。咕噗！」

「唉，好無趣！好無趣好無趣！對了——下一屆！只要主辦人繼續舉行下一屆大賽就可以了！Squad Jam第二屆大賽！因為託你們的福，大賽可以說是盛況空前！那個瘋作家應該贏得不少名聲吧！所以舉行第二屆大賽也不是什麼奇怪的事！」

「或……或許吧……」

「這樣的話——」

毆打聲。

「咳咳！」

「不論有什麼事情我都會不顧一切地參加！達令當然也要參加！這是社長命令！然後我要在裡面拚命地拚命地戰鬥戰鬥戰鬥戰鬥戰鬥戰鬥戰鬥再戰鬥——」

「妳……想做什麼？」

「那還用說嗎——當然是死啦！」

（to be continued……）

後記

全國共九億人的讀者們大家好！我是作者時雨沢惠一。

咦？你說現在的日本沒有那麼多人口？問我有沒有算錯？

話先說在前面，我是文組的。

那麼這次這本書的書名是——

《Sword Art Online刀劍神域外傳 Gun Gale Online 1 －特攻強襲－》。

真的很感謝大家能夠購買本書。

雖然還輸給我最近的新系列……

《身為男高中生兼當紅輕小說作家的我，正被年紀比我小且從事聲優工作的女同學掐住脖子 －Time to Play－》

但是書名也算是相當長了。因為官方的簡稱現在還沒決定，所以像……

《Sword Art Online刀劍神域外傳 Gun Gale Online 1 －Squad J－》或者……

《ＳＡＯＡＧＧＯ１ＳＪ》或者……
《竿顎磯次》或者……
《烏賊果醬》或者……
「充滿時雨沢個人興趣的新作」等等，請各位用自己喜歡的簡稱來稱呼它吧。
而從這裡開始的就是本書的「後記」。
正如大家所知道的，根據時雨沢家的家訓，不會透露本篇的情節。請安心地繼續看下去。
順帶一提，我是時雨沢家的初代然後也是末代當家。

那麼，本作正如書名所表示，是《Sword Art Online刀劍神域》（ＳＡＯ）的衍生作品。
ＳＡＯ是目前好評發售中的，電擊文庫的超人氣系列。
故事是發生在近未來，當時的世界已經實現了能以所有五感享受的虛擬遊戲，而主角桐人與女主角亞絲娜，以及多位充滿魅力的角色就在這樣的世界以及遊戲裡活躍著。
作者是川原礫老師。插畫是abec老師。
詳細情報請參考以下的官方網站：
http://www.swordart-online.net/
我在這裡寫這些內容好像有點不太對。之後似乎會被說是「為了增加後記的分量」。

那麼那麼本作呢，是使用了ＳＡＯ系列的世界設定以及遊戲設定，然後建構出時雨沢原創的角色與故事。

也就是說，不是桐人和其他ＳＡＯ系列角色會出現的故事。這是很重要的一件事。就算會透露了本篇的情節，也一定要把話先說在前面，所以就寫在這裡了。

那麼那麼那麼本作的舞台呢，是在ＳＡＯ系列第五～六集〈幽靈子彈〉篇裡登場的虛擬網路遊戲「Gun Gale Online」（ＧＧＯ）裡面。這是沒有劍與魔法，只有大量槍械的ＳＦ角色扮演遊戲。

身為槍械迷的我，在二〇一〇年八月看完〈幽靈子彈〉篇之後，就懊悔到不停扭動身體。

「嗚哇，太有趣了！然後……為什麼我想不出這樣的設定呢！如果是這樣的設定，就可以寫出大量沒有人死亡的槍戰故事了！而且主角還可以是現實世界的日本人！」

全力懊悔了好一陣子的我，忽然有了這樣的想法。

「想寫寫看以ＳＡＯ世界，以及ＧＧＯ為舞台的二次創作小說！我是認真的！寫完後就發表！雖然就算是同人誌也沒關係，但可以的話還是希望確實取得允許，然後加上黑星紅白老師的插畫後在電擊文庫出版！」

這種事情想是很簡單，但根本不知道能不能實現。因為之前完全沒有這樣的例子。

在著手進行之前就先放棄的話，有人會責備我嗎？不，應該沒有人才對。

「老實說不可能吧？」

但是，覺得既然想到了就說出來試試看，而過了一陣子後，就隨口向我的責任編輯說出了衍生作品的點子——

結果真是嚇了我一大跳。竟然獲得確實取得川原老師、abec老師等相關人士的許可，就可以實現的回答。

「好，有一天我一定會寫！」

於是我就下了這樣堅定的決心，但是沒有實際動筆，而日子就在忙著創作其他系列的情況下不停地過去了——

原本以為計畫會這樣落空並消失，但是為我的野心推了一把的，正是ＳＡＯ的動畫二期。動畫二期正是ＧＧＯ篇。而我在某個活動會場正巧就遇見該動畫的製作人大澤先生，結果他就問了我關於二期的槍械取材的相關問題。他問我「想讓動畫工作人員以真槍射擊看看，有什麼比較適合的地方嗎？」（其實大澤先生也是二〇〇三年播出的動畫版《奇諾の旅》的製作人。沒想到動畫版奇諾會埋下這樣的伏線）。

就這樣，我推薦他某一家在關島的射擊場，之後在和他一起去那裡取材當中，就出現了

「那麼要不要以有報酬的形式正式接下這個工作？」的提議。

於是我就成為SAO動畫二期的槍械監修了。至於具體上做了哪些工作嘛——

我這次是被問到關於登場槍械與情境的點子，然後做出回答或者提案，另外也把或許可以作為作畫資料的模型槍全都帶到工作室去借給他們。

腳本、分鏡以及影像完成後也會檢查這些成品，並且調查槍械描寫上除了意圖性的演出之外是否有什麼重大的錯誤。

這些對我來說都是相當快樂的工作。想不到除了原作者的情況外，名字還能出現在動畫工作人員名單上，我的人生也是頭一次有這種經驗。

我一邊做著這監修的工作，一邊就想著……

「之前就有過推出GGO衍生作品的野心，而與SAO有相當大關聯的現在正是實現野心的最佳時機！只有現在了！我會認真地寫，請讓我出版吧！」

於是我就興致勃勃地向責任編輯、川原老師、川原老師的責任編輯提出這個一輩子的重大心願——

而你現在正讀著這個成果的「後記」！

以上就是這本書到出版為止的雄壯歷史劇了。哎呀，一回顧起來就發現真的經歷了許多事情。

「以電擊文庫的作品為原作，並且在電擊文庫出版」，本書應該是首部進行這種嘗試的作品。

借這個地方，要衷心地感謝允許本作出版，並且擔任監修的原作者川原礫老師。

真的很感謝老師！

至於本作的內容……

「沒看過ＳＡＯ就看不懂嗎？」

在宣傳之後就經常在Twitter上被問到這個問題，所以也想在這個地方認真回答一下。

從結論來說，就算完全沒有看過已出版的ＳＡＯ系列，或是沒有看過動畫，依然可以欣賞這部作品。

但是呢！如果能知道ＳＡＯ小說到第六集的〈幽靈子彈〉篇為止，動畫的話則是一期全部與二期的十四話，一樣是〈幽靈子彈〉篇的內容，我想應該能夠更加享受本作才對！ＳＡＯ真的很有趣，很值得一看喲！

就這樣，滿載槍械迷時雨沢惠一對槍械之喜好的虛擬遊戲槍戰小說完成了。

負責插畫的是長年與我搭檔的黑星紅白老師，而老師也再次幫忙畫出可愛的主角！真的很謝謝老師！

希望大家可以喜歡這部應該是史上首次出現的「電擊文庫衍生出的電擊文庫」！

以上就是本集的後記。

二〇一四年　十二月十日　時雨沢惠一

大家好！我是黑星紅白。
我努力不讓大家說出
「時雨沢老師明明擔任
電視動畫刀劍神域Ⅱ的
槍械監修，
黑星紅白卻完全沒有
繪製槍械嘛！」
這種話了。
我會盡量用
身體等部位
掩蓋住
這個事實…

國家圖書館出版品預行編目資料

Sword Art Online刀劍神域外傳 Gun Gale Online. 1, 特攻強襲 / 時雨沢惠一作 ; 川原礫監修 ; 周庭旭譯. -- 初版. -- 臺北市 : 臺灣角川, 2015.10

面 ; 公分

譯自 : ソードアート·オンライン オルタナティブ ガンゲイル·オンライン· 1, スクワッド·ジャム

ISBN 978-986-366-749-0(平裝)

861.57 104017163

Kadokawa
Fantastic
Novels

Sword Art Online刀劍神域外傳 Gun Gale Online 1

—特攻強襲—

(原著名：ソードアート・オンライン　オルタナティブ　ガンゲイル・オンラインI —スクワッド・ジャムー)

2015年10月24日　初版第1刷發行
2018年5月30日　初版第2刷發行

作　者：時雨沢惠一
插　畫：黑星紅白
監　修：川原 礫
日版設計：BEE-PEE
譯　者：周庭旭

發行人：岩崎剛人
總經理：楊淑媄
資深總監：許嘉鴻
總編輯：蔡佩芬
副主編：朱哲成
美術設計：宋芳茹
印　務：李明修（主任）、黎宇凡、潘尚琪

發行所：台灣角川股份有限公司
地　址：105台北市光復北路11巷44號5樓
電　話：（02）2747-2433
傳　真：（02）2747-2558
網　址：http://www.kadokawa.com.tw
劃撥帳戶：台灣角川股份有限公司
劃撥帳號：19487412
法律顧問：寰瀛法律事務所
製　版：巨茂科技印刷有限公司
ＩＳＢＮ：978-986-366-749-0
香港代理：香港角川有限公司
地　址：香港新界葵涌興芳路223號
新都會廣場第2座17樓 1701-02A室
電　話：（852）3653-2888